我的榆钱早餐，我的灵芝发簪

东 珠 ◎ 著

长春出版社

全国百佳图书出版单位

图书在版编目（CIP）数据

我的榆钱早餐，我的灵芝发簪 / 东珠著. -- 长春：
长春出版社, 2025. 1. -- ISBN 978-7-5445-7605-5

Ⅰ. I247.5

中国国家版本馆CIP数据核字第2024FZ6215号

我的榆钱早餐，我的灵芝发簪

著　　者　东　珠
责任编辑　高　静
封面设计　宁荣刚

出版发行　长春出版社
总 编 室　0431-88563443
市场营销　0431-88561180
网络营销　0431-88587345
地　　址　吉林省长春市南关区长春大街309号
邮　　编　130041
网　　址　www.cccbs.net

制　　版　长春出版社美术设计制作中心
印　　刷　长春天行健印刷有限公司

开　　本　880mm×1230mm　1/32
字　　数　190千字
印　　张　8.75
版　　次　2025年1月第1版
印　　次　2025年1月第1次印刷
定　　价　59.80元

目 录

地爬秧

第一站：最后一个黑夜

毛韭走在回家的路上。

一大块一大块的黑，砸向毛韭的眼珠。毛韭害怕这黑把自己淹没或是掩埋，就使劲用手搓着眼球。搓出了金星，搓破了眼皮，搓塌了眼眶，搓掉了睫毛。她要让眼睛睁着，湿润地睁着。只有那样，她才可以好好走路。路，只有在眼睛的配合下，才能走得更好。毛韭就是这样想的。如同食物，只有在嘴巴的配合下，才算是真正的寿终正寝。

但是，此刻，毛韭分明是两个毛韭。

一个在说：我要学个坏，老天也不让。一个又在说：他衣服都脱了，老天不让。他的皮肤可真黑，像用泥巴纹了身。

毛韭第一次觉得，今夜的黑，是有模有样的。是石头、大粪、土坷垃、刚砌起的牛圈、破墙头、旧衣柜……也是棺材！它们，排山倒海，一浪高过一浪。更可怕的是，它没有声音！如同做了一个噩梦，没有声音。

声音把自己隐身了吗？不，是献身了。献身给颜色了——它献给了黑！我也献给了黑？不，没有，只差那么一点儿，一点儿。

毛韭自问自答。那是在用自己的尿解渴。她也只剩下那么一点点了，可是这一点儿，如同一根针，别在心的位置。痛着，扎着。好像她的行为稍有不正，那针就要扎一下。

远处，山也在酝酿黑暗。正一团团地，长了腿，借着风道，向她扑来。山雨欲来风满楼。那么远的山，十面埋伏，拉着草拖着树，还粘着野老鸹子突然失声的悲鸣，绵长绝望。

我要走个下坡路，我要学个坏，山也不让！

毛韭嘟嘟囔囔，把嘴噘成韭菜花状。实实的一大朵，风一吹，每一粒都是怨尤，即将撒满大地。

前面，是四元店。这是鼻子告诉她的。四元店，能炒出什么？土豆丝，加根芹菜。大豆腐，加根辣椒。或是茄子，钻进已经不洁的热油里。不洁，她想到了不洁。那油，炸过土豆块、花生、虾片、臭咸鱼……

它还能干净吗？

四元店里飘出了饺子味。她想到了吐沫。因为一口吐沫，毛韭昨天刚丢了饭碗。

就是昨天，她还工作在这里。

一个男人，要吃四元钱的饺子。饺子端上来，筷子摆上，餐巾纸铺上，蒜泥辣椒酱油醋围上。四元钱的饺子，阵容不比王府饺子宴差多少。可是，这不行。他要吃蒜瓣，毛韭就去后厨，在油烟里摸来了蒜瓣。摸来了，他说要吃带皮的蒜瓣，不要这赤身裸体的。毛韭脸上一阵烧，折回去，拿来带皮的。蒜瓣穿了衣服，体面了吧？可是依旧不行，他要整头蒜，不要这妻离子散的。他用了妻离子散，多难听！何必拉家扯口，说上这些不吉利的？她依了他，又越过后厨到后墙上摘了头整蒜。还是不行，他说要紫皮蒜，营养价值高。他把营养学说搬来。四元店闭目合眼，毛韭要精神十足，迎接每一位精神病。她忍了他，重走油烟路，爬墙像挤虱子虮子一样，一头一头排查，好歹逮到了一头紫皮蒜。比逮跳蚤费劲。这回行了，关于大蒜的长跑终于结束了。

他还要一杯水。

毛韭转身就倒了一杯白开水，倒完就后悔了。白，多么可怕！在白上，人的想象力是无止境的，人的欲望是无止境的。果真，他不要脸。他说要喝茶水。茶水得上后厨泡。毛韭转身又去了后厨，心想一步到位吧，是不是有点泡沫最好？这样，她就吐了一口唾沫。吐沫在水杯里转来转去，无家可归。茶叶不认识吐沫。嘴里吐出了吐沫，眼角流出了泪水。嘴为尊严而战，眼为战胜而伤。那个变态，就这样吃了饺子。吃得异常满足。因为他折腾一个女人跑了十一趟。四元钱的饺子！

但是，她不干了，再也不能干了。就算他有心情猫玩耗子，她也没有吐沫了。四元店还有椅子、抹布、饮料、打火机、散装小烧、盘子……碰上这样的吃货，每个物件都可能摇身一变，一起变态，折磨一个嗷嗷待哺的女工。

脚下，是省道。

这是脚告诉她的。过往的车辆，发出了疲于奔命的尖叫。尖叫声追着车身，那感觉是一个女人，正在猛追着狠心遗弃她的男人——死也追不上。最后，只能像刀，立在毛韭的耳朵里。生存的空间异常局促，挤着嚎叫，回响许久。或是狭路相逢，数个大灯红着眼。也有赶夜撩骚的司机把头探出来："娘儿们，上车？"或是："你妈，让开！"毛韭一概不理，这样的免疫力，她有。要多少有多少。这事以后再说。毛韭现在急着回家，过了午夜十二点，这道上便人鬼不分了，她心里也突突。

前面，突然现出"甩水湾"。

毛韭要去双桥村，怎么出现了"甩水湾"？她急出一身冷汗。夜风吃汗，一边出，一边吹。毛韭的身子骨一紧一松。她又想起了那个男人，真黑，像锅底灰。不过，她必须有能力战胜这黑。家在哪，比皮肤为什么那么黑更重要。

难道，是这省道晚上要睡觉，睡错了方向？"甩水湾"就是甩水湾村，与双桥村南辕北辙。怎么可能走错？四元店就在通往双桥村的路上啊？"甩水湾"早就没有人烟了啊？毛韭住在双桥村，这是千真万确的。毛韭就住在这省道的边儿上，双桥村第一家，这也是千真万确的。

毛韭有着超强的自我认证能力。这样，她就把胆儿撑大，大步向前走。她要趁自己的胆儿未被撑破之前，栽进自己的家门。

那一定是栽进去的。

院子里，没有一件活物认领她。

一条省道，把农村开膛破肚了。

一年前，毛韭养了鸭子，鸭子往省道上跑。有了省道，鸭子勤快得要死，天天想着走秀，拦也拦不住。养了鸡，鸡也不听话，非要去做省道上的异类。养了狗，狗也不着调，见什么都咬，咬不着就上道。就这样，鸡、鸭、狗，今天少一只，明天缺一对儿，渐渐化整为零。家有万贯，带毛的不算。

但，这是毛韭的家。

当毛韭用手摸着锁眼，把钥匙插进去时，门开了！自己的家，在甩水湾村打开了。再往里走，向右拐个弯，是床。是床就对了！全村只有毛韭家睡床，对了对了。为什么只有她家睡床？因为毛韭这间小屋实在太小，如果弄个炕，插一只脚都困难了。炕是硬规矩，炕太死性。床，晚上放下，白天竖起。能让她的白天不局促，也能让她的黑天不出轨——

睡在床上，不是睡在地上，那就是不出轨。

再伸手一摸：不对了，不对了！一个大活人不见了！

他爸？他爸？

毛韭床上床底嗅着，没人。

他爸！你别吓我！

毛韭里屋外屋找，没人。

死哪儿去了？我告诉你！你别没事找事！你当我做什么去了？这大半夜的！我容易吗？我为了谁？

依旧没人。

你吭个声，你放个屁！谁有时间跟你藏猫猫？我肚子饿，又一身汗，再不吭声，我开骂了，我让邻居们都知道，让他们笑话你！我骂了——

毛韭也是急了，急出了眼泪。

以往，毛韭的男人最怕毛韭在晚上与他吵架。一吵，祖宗八辈一大串，一会儿，全村的灯就像葡萄一样亮了。那是一串眼珠子。能亮一宿，也能亮一个月，一年——就看吵架的级别。那真是把人丢到被窝里了。谁都知道，毛韭的男人，那方面不行。不可能行，一个半残的人。怎么残的？毛韭从来不愿细说。但是，甩水湾村的人都知道。双桥村的人也有一小半知道。农村，最可恨的就是家家没有隐私。这家望着那家的房头，一览无余，何时生火做饭，何时拉灯起夜，都有奸细。那炊烟、那电灯就是奸细。

甩水湾村挨着一个大水库，多大？差不多东北老大。挨着水，那隐私就顺水淌了，枝枝杈杈，像长疯的大树，每一片叶子，就是一张嘴。甩水湾村是树根，根深水盛。双桥村是树梢，加之后来一条省道的横冲直撞，隐私多少有些胆怯。或者说水少了，隐私活不下去。毛韭也是因为这，全家搬迁到这里。不搬，孩子的学就难上了。孩子的心，针鼻儿大小，穿不上那钢筋般粗壮的事件。怎么残的？毛韭现在不愿回想，但是不想不行。仿佛那是一个要生的孩子，生到半截儿，是回不去的。

脚在杂石乱柴上风走，心在残肢断腿上纠结。怎么残的？怎么残的？

滚……

毛韭这一声歇斯底里的"滚"，好似把自己的五官都震掉了。她慌乱地把自己的眼睛捡起来，又把耳朵拽回来。

他爸？他爸！

毛韭冲着天喊。带着哭腔了。她能隐约地感觉到，自己的男人在天上。因为地上都找了。一个半残的人，靠手，能爬到哪里？毛韭不能喊，再喊就是"狼来了"。

天上渐渐现出一颗星。这颗星，像植物，长在天空。那柔弱的星毛，风一吹，云一动，就要失身。这多像现在的毛韭，没有土地，无处扎根。毛韭再看看天，天空又渐渐现出半轮月。这半轮月，虚弓着身子，月身上的白纱，一层一层，咋像个披麻戴孝的寡妇？月下，白天洗过的面袋子，一个，两个，三个……咋像经幡？毛韭越想越发毛。拉电闸。她才想起电。每次她出家门，都把电闸拉灭。就怕自己的男人寻死觅活。

今夜，这样的黑暗，只有人类造出的电，才能将它劈开。电闸在东房头上，一个健全的人，也要爬上梯子才能够得着。而此刻，毛韭的残疾男人，就倒在梯子底下。

第二站：像稀泥一样的早晨

雨，憋了一夜，清晨，天就尿裤子了。无声无息，那是一件羞耻的事。但是，那只是短暂的。一刻钟后，大雨滂沱了。湿了山，涨了河。石头，抓着泥土不放。泥土是它的短裤，石头害怕被脱光，离开土地，它恐慌。匍匐在地上的蔓儿和秧儿，裹着稀泥喝水。那是一种自救，只有喝干，才有地方容身。那也是一场战争。叶子渐渐掌握了技巧，雨来了，喝不下，就倒掉。倒给脚下的土地，倒给风，倒给石头。

喔……啊……

村干部苏瓦燕顶着晨雨来了。苏瓦燕一夜没睡。眼皮松软，眼神无光。他像是刚从地底下钻出来，不敢看死人，也不敢看活人。只把眼睛眯成正午老猫状，用嘴铺排一切。两片嘴，褪色了，旧帆布片一样翻卷着。每动一次，都要费劲地从口腔深处运来唾液。

喔……啊……

又是一声鸡叫，一声鹅叫，他的嗓子才非常吝啬地打开了一道小门。那两片嘴，没有身体自来水的滋润，一个话芽也运不出来。嗓子和嘴的合作总是不愉快。

喔……喔……喔……

苏瓦燕这只鸡，又叫了三遍，才把嗓门又扩了扩。他也许几夜没睡了。

苏瓦燕应该是满语，燕也不是这个燕。可是，村民向来不细纠这些，是禽是兽，不重要了。重要的是他们希望他们的村干部是个顶天立地的人。

这事，这事，这事，都赶一起了！

苏瓦燕的脚在泥土里转圈儿，舌头在口腔里转圈儿，脑袋在衣领里转圈儿。脖子细得吓人，靠声音维持着与身体的粘连。一身的褶子，照着一脸的皱纹。这些日子，他也过得不舒坦哪。头皮上还挂着几缕豆角秧儿，戴了绿，他不知道。

怎么触电呢？都什么年代了？这事还麻烦呢！

喔……啊……

做一回人，再做一回禽。

苏瓦燕咬着手指头，指头上有一个"倒戗刺"。他一边啃，一边琢磨怎么办这丧事。这丧事，与人命案一步之遥。残疾、电闸、女人半夜不在家，这几样加起来，就是发疯的野苏，种子成簸箕地撒。正经庄稼，很难活命了。他常去上边开会，知道一个人非正常死亡，不简单。

村民一个粘着一个，像网里的鱼，都来了。泥鳅也来了。丧事不比喜事，喜事可以后补。丧事不行，必须当场兑现，在阳间兑现，在下葬前兑现。出钱、出力、出声、出劝、出殡，各尽其能——这才叫村子。

这事真是麻烦！还是在半夜，真是麻烦！毛韭，你说说你昨晚去哪里了？你说说情况，我好想想办法……

苏瓦燕蹲下了。他想从毛韭嘴里掏出个活路来。

毛韭封喉了。一个字也说不出来。她是想说话的，一连吐了几口吐沫，就是吐不出声来。急得直抓脸。

你……你这样，看我——喔……啊……

苏瓦燕把自己的药方拿来，刚用过，应该好使。毛韭接过来试了一下，嘴巴画了一个小圆，又画了一个大圆，依旧是无声戏。

你说你，你还封上喉了！你什么时候封不行呢？偏在这个时候封？你自己的男人，你不看好，这大半夜死了，死在电闸下。那个电闸，他本是够不着的。你说，你封喉了，别人要是非说是你伺候他伺候够了，想了这个触电的缺德损招儿，那也是成立的，你无凭无据啊！这大半夜的，天能给你做证？这草窠窠也不会说话。就算我等你，这死人也不能等你啊，他还等着去那边呢！阳有阳道，阴有阴……你不能让他在这边咽了气，到那边又迟了到，被挡在阎王门外。那得多难受啊，他还瘸着腿。毛韭你就使劲大喊一声，看看能不能冲出个话芽来。你别急，慢慢来……

苏瓦燕想说阴有阴道。眼前有女人，他憋回去了。

此刻，他的眼睛被雨浇得眯缝着。衬衫也被雨一点一滴地摁到皮肤上，生硬冰凉。他直视着毛韭，想用渴望撬开毛韭的嗓儿。毛韭再次张大了嘴，那样子看上去像是作呕。没用。然后就是毛韭一直张着嘴，大把大把落泪。

这哑剧让人看着心酸。

村民都劝上了——

一个说："别哭了！走了是好事，享福去了，他活着也是遭罪。那腿那样，能得劲儿吗？这样走了，挺好的，不遭罪。这也是他修来的福气啊。你看他那脸，没有一点儿怨色，这说明什么呢？说明他是真想走了，觉得在这个世上拖累你们娘俩儿了……"

一个说："咱实话实说，他走了，你也没有负担了。你这一天一天过得不容易啊，想出去打个工，家里还有他。想走远一步都不行。这回好了，你还有孩子，好好挣钱，好好把孩子培养成材，他看着也就欣慰了，我想他也是这个意思。"

一个说："你看他一天到头儿，不是投井就是撞墙，再不就是点火闹事。这小草房，那次不是差点儿让他烧了吗？他走了，也好。你再也不用把他成天挂在心上了。你就是挂头牛也好啊，它是不是能耕地什么的？"

村里人，劝起人来，像烙饼，正反两面来回折腾。不糊锅的是高手。

最后，一个刚嫁入双桥村的小媳妇，从人堆里跳出来，点中了毛韭的活穴："毛韭，你不是识字吗？会写不？要是会写，苏瓦燕你问她写，这不就好办了吗？"

苏瓦燕，苏瓦燕，这地方，村民向来不把村干部当干部，向来都是直呼大名。或许，这是另一种亲近。就像人们称呼苞米时，直呼大棒子，那里面带着丰收的炫耀。毛韭会写字，这是个重大发现。苏瓦燕拿出纸和笔，一直在后屁股兜里昏睡，像是一个单薄的棉被裹着一个精瘦的光棍。苏瓦燕工工整整地写上：甩水湾村毛韭——他还没有写完，毛韭就满脸不是，手脚并用、腮耳一齐扭动。她想说话，可是依旧说不出。

不是双桥村吗？怎么一夜之间变了呢？雨已过去，太阳稀稀拉拉地晒出来，前后掉队，不成体统。如一支被吹得支离破碎的曲子。毛韭还是抓到了一缕阳光，被暖烘烘地包围着。她不确信，这是不是在梦中。

苏瓦燕继续写，写完，开始问毛韭：你昨晚几时回来的？毛韭哆哆嗦嗦地写上：半夜。苏瓦燕又问：你昨晚去了哪里？毛韭回答不上了，就那么僵着。苏瓦燕急了：你看看你，一到关键时刻就失忆，失声就够要命的，你再失了忆，这事真是麻烦！你想想，你昨晚去了哪里？

毛韭仿佛是在回忆，又仿佛拒绝回忆。

那笔就是个桥，那纸是刑场，谁会甘愿去送死呢？好多想说的话到了桥上，一看不对，掉头就往回跑。苏瓦燕最会察言观色，知道毛韭是有意不说，就开始用舌头激将：你看看你，你又不是去做什么坏事去了，有什么不能说的？你说了，这事就能顺着正道往下淌了；你不说，我的心里就是再憋出个大坝，也是没用的！到时候，该决堤的不还是得决堤？

这地方的人，挨着水库近，祖祖辈辈说话都浸在水里。生活憋屈像憋坝，大发雷霆像泄洪，水库干锅像上火。说水，大家都懂。说决堤，大家更懂。

还是那个小媳妇："是啊是啊，毛韭你快说吧。人死了，可以永远不醒。可是你的嗓子封喉了，却是可以好的。晚说不如早说。早说早下葬。苏瓦燕你问得再艺术点，你拐个弯，你这样直来直去，肯定不行。"

小媳妇，本是有名有姓的。自她嫁到这里，真名真姓也就闲置不用了。大家就直称她"小媳妇"。这俏名，本是公用的，单独用到她身上，也就承认了——她就是全村最俏的那一个。

苏瓦燕一激灵："快说，你当这是驴拉磨呢？"

但他没有说出口。村干部就得有这个忍耐性。忍耐来自犄角旮旯的鄙夷和不懈。有时还要忍耐来自泼妇的攻击。那么，是什么教会了农民拿起那样的武器？是土地。当土地被工地霸占、被省道挤压、被洪水淹没，那就好比一个女人失身了。失身在中国农村，是大事，直接与后半生挂钩。所以，稍微泼辣一点儿的农村妇女，把自己弄得衣衫不整的，男人就有调戏妇女的嫌疑。谁说农民不懂法？这都是为争土地闹的啊！苏瓦燕还知道：自己是个村干部，上头的尿、下面的屎，表面都得沾。沾了，背后悄悄洗掉。刚才的雨，不是刚把昨天的屎尿洗掉了吗？有洁癖的人，是当不了村干部的。村干部就得贴着地皮。

毛韭，你再好好想想，昨天你回来的时候看见了什么？苏瓦燕很听话，民意得听。

　　毛韭眼里一片狐疑。拿起笔写上：四元店。苏瓦燕得陇望蜀，又问：你是从哪里往回走，然后遇见四元店的呢？毛韭又不说话了。那个小媳妇又急了，用手指头画圈：苏瓦燕你心急吃不了热豆腐，你不能总是看着烟囱一冒烟，你就想上炕啊！那能热乎吗？你得再绕一会啊，绕进去，绕进去，你懂不？

　　我……

　　苏瓦燕依旧没有说出口。

　　苏瓦燕看着她的手指，身体的某个部位就开始发热。绕进去、绕进去……想象着，那应该是用来调情的手指吧？放在这样的场合，风尘依旧。时间在那一刻移向了另一个空间。苏瓦燕脸红了。那个小媳妇误解了，以为他生气了。民妇惹怒了村干部，按着惯例，自己的家族就要倒霉了。地头蛇吐个信子，也是要命的啊。她快言快语不知深浅，她要想办法补上这个大窟窿。但是，不能用身体去填补，得用智慧。

　　她双腿一叉，顺利骑在了毛韭男人身上，一寸一寸地寻找死亡的线索。甚至摸到了毛韭男人内裤的手缝兜。苏瓦燕就那样红着脸站在一边，看一个俏丽的小女人触摸一个男人的私处。私处往下，就是悬崖。没有腿，就意味着没有路。这是多么明了的暗示！而她骑在上面，一荣俱荣，一损俱损。

　　她真的很俏丽，脸上没有斑，腰上没有多余的肉，牙也刷得很干净，指甲缝里没有泥。换上一件衣服，就完全可以与城市女人无缝对接了。

　　突然，那个小媳妇"呀"的一声，从毛韭男人的袖口处，掏弄出一个纸卷。烟卷大小。那仿佛是皇上的赦书。毛韭蹲得太久的腿来不及伸直，就直接折了过去。

第三站：水煎包和珍珠汤

凡是村里死了人，办完了丧事，眼泪也就自动回归了。戴孝或是头上扎朵白花，有时是程序化了。对待生，不渴求。面对死，也无甚悲伤。

如果真的要让悲伤生长，那只是毛韭独自一个人的事了。在夜里用眼泪浇灌，貌似眼睛长出桃。村里可以传闲话、七长八短地蹲在一个锅边吃饭、把别人家的孩子抱到自家的大炕上养上几天、端着刚下的一窝猫仔分文不取地送人。唯独悲伤这事，谁也无法分享和分担。也没有那个时间，陪着一起哭。毕竟都太忙了。

仿佛下了雨，是喜雨还是悲泣，得自己拿主意。拿走喜的，扔下悲的，活着才有盼头儿。

毛韭浑身轻飘飘的。

她这样想——

她的腿，减掉了两条。以前是四条腿。女人的伟大就是她的生育能力：不仅能生孩子，还能抱残守缺生出圆满。那时，毛韭的男人没有腿，毛韭就从自己的腿上，分生出两条腿，如那秧儿那蔓儿一样。一家三口六条腿，不比别人家少啥。毛韭四条腿走路，过着像狗像猪的日子。但是自己的男人，像个人。

她还这样想——

火化，地上多了一把土，人间却少了一具活生生的肉身。地上地下，阴阳互换，多么不对等。毛韭一再认为，是为了寸土寸金，人要火化。其他的理由——环保、卫生、文明……那是糊弄鬼吧？老祖宗不也是土葬吗？不文明吗？要了解过去的陈芝麻烂谷子，不也是考古掘墓填补了大窟窿和空白吗？她脚下的土地，如今生理周期紊乱，突然转基因，消化不良，就要用火攻的方式，帮着土地吞咽，帮着阳转阴。

她又自怜起来——

只是，这样的转换太直接，悲伤不能封口，张着嘴，不知道咬住什么才能保命。突然失重的毛韭，牙齿如乱军，不能协同作战，又颗颗不安分。

她变得聪明了——

重心，引力，那是地球的事。这点儿知识，毛韭多少知道一些。她的孩子韭花，是二道贩子，常给毛韭贩卖一些课堂上的物理常识。毛韭也听懂了：上坡路和下坡路最不好走。

她有点彻悟了——

有时，没有悬念，可怕。悬念营养过剩，还是可怕。一个人，活着的理想境界，在"知与未知"。毛韭的男人死了，一纸遗书写得明明白白——我是自杀，我走了。七个字，没有悬念。一点儿也没有。那只是对生命终结的一个交代。毛韭想抓住一丝来自死亡的折磨和深夜晚归的自责，也抓不住。这是个真正狠心的男人。他这样做，不给毛韭任何缓冲。直接把毛韭逼到另一条陌路上。旧路走不通了，是坟墓了。坟墓像悬崖一样，坚实地坐落在毛韭以往那零乱不成章的、用四条腿架起的日子上。

她还有一个最亲的人——

毛韭去见韭花——自己的孩子。韭花像往常一样，挽着毛韭的胳膊，在校园里游走。她要让全校的人都知道，这是她的母亲。也是以这种方式，给母亲一种别样的尊严。

以往，韭花会问问狗、问问鸡、问问鹅，甚至问问房头儿那个大蜘蛛，最后再漫不经心地问问自己的爹。话道上了爹道，语气也就夕阳西下了。可是最近不是了，没有鸡、鹅、狗做引子，爹也想不起来了。爹始终排在动物之后。也许在韭花心里，那是另一个物种。不是人，也不是禽兽。毛韭伤心于韭花的现状：不问生，不知死。那一肚子的书念到厕所里了吗？

但是，韭花今天有变化。韭花一直在诉说一个梦：牙掉了，大牙掉了，很疼很疼。她想起牙，是在校门口的一个小吃部旁。毛韭想这孩子也许是饿了。牙齿长久切磨不到有挑战性、有诱惑力的食物，对于一个孩子来说，是不公平的。

韭花的眼神以从未有过的惊恐向毛韭诉说那个梦境。又对那个梦境进行感性分析："我的同学说，大牙掉了，多数是家里死了老人，是吗？"

韭花从来不叫妈，心里亲，手上亲，就是嘴上不亲。这样的语障从小就有。不是不叫，一叫，自己就会不坚强，就想撒娇。可是这样的妈，浑身挂满了密实的劳累，哪有地方让她插嘴撒娇！

毛韭看着韭花两眼的不安，一把搂过韭花："哪有的事！那是你夜里睡觉真的牙疼。那疼，钻到了梦里，就做了掉牙的梦。我有一回梦见腿折了，早上醒来一看，是木头箱子掉下砸到腿上了。你看这就是梦，你能信？"

毛韭不能把真相告诉韭花，因为韭花马上就要升入高中了。初中是一个人的腚，坐不稳不行。高中是一个人的腰，立不住不行。这时候立不住，大学就得折腰。这个时候，眼泪得让路，亲情得让路，死人得让路。撒谎也是为了让自家的祖坟冒青烟。韭花是从地里爬出来的，爬到这步不容易。

小吃部里冒出了水煎包的香味，那味道像脱缰的野马，在毛韭的胃里顶撞。是马，就不怕。马可以驯服。这些年，她的胃，就是个跑马场。她一头一头地驯服、送走。日夜恭候着狮子、老虎、黑熊这样的猛兽。来吧！还有什么猛于虎？女人是老虎，我就是老虎，一只母老虎。

毛韭说："韭花，咱们吃一顿水煎包吧？"

那样的试探自己都觉得心酸。虚情假意。兜里比脸还干净。毛韭一家是后搬到双桥村的，没有积攒下人情往来。丧事办完，加上苏瓦燕的号召力，好歹没欠账。韭花说："别吃了，要不，你吃吧，我早上吃得多，现在不饿。"这是个懂事的孩子，从小就是。这样，毛韭就会更加难过。泪珠儿一溜下落，砸着地皮，与灰尘合抱成珠。这要是珍珠汤多好啊！毛韭想。

韭花要去上课了。肚子并没有因为母亲的到来而填满，反而更饿了。母亲是希望，父亲是绝望。相互抵消以后，是零。韭花每次饿了，就去啃书、啃题。草纸上飞龙走马，肚子里九曲回肠，就看谁能干过谁。

他挺好的！别瞎想……

望着韭花的背影，毛韭追上这句话。好似，韭花那马尾梢就挂着自己的家。一甩一甩，往事就一件一件从头发丝儿里跳出来。韭花并没有回头。实际上，她根本没有回头路。

韭花对自己的爹不咸不淡，主要是那个爹，在自己的家门口失去了当爹的尊严。

那个大水库，原本是个天然的大仓库。水面像绸子一样一层层舒展着，绸子下面，鱼挤着生养，急着跳龙门。甩水湾村，就在水库下面，像大马勺一样等着汛期的到来。汛期一到，大马勺里，炊烟袅袅，鱼飞狗跳。大马勺外，江汤湖水，山连着山。常有人说，坐在老天爷的锅台上吃饭，就是鲜。还有人说：你们看这水库的形状，多像个娘儿们！

娘儿们和母亲，有时界限不是很清。可是，就是没有人把水库叫母亲，直接叫娘儿们，可以随时召唤。又是一个大快朵颐的天堂。合在一起，女体圣。可是，某年某月某日，水库被人承包了。挂了好多小旗子，盖了几座小亭子，还在里面放入了好多小王八。处处一副占山为王的架势。甩水湾村名存实亡了，甩不出鱼，像苦胆一样吊在水库下面，日益干瘪。全村人告别了鱼米生香的日子，一起卧薪尝胆。水库被承包，田地也跟着瘦了。这时，就有人骂水库："这娘儿们，被人承包了，看那四处堵得，一条水缝也没有，尿尿都没地方，也不怕憋坏？"

更闹心的是，车来车往，也像彩旗一样，一会儿红，一会儿银白，一会儿又是瓦蓝。城市的气息，一口一口地喷过来，打喷嚏一样，荨麻疹一样。这鱼，没有经过甩水湾村的胆汁消化，直接空运到城里，谁不气恼？又怎么能不在消化末梢生病？毛韭的男人，就做了消化道的第一条蛔虫。他也是深思熟虑的，也是裹坏了好几床被子，才想出一个绝妙的法儿。

他想在自家的门前，自挖一个大坑，填上水，放上鱼。那不就是水库了吗？小点就小点，小坑养小鱼。那段日子，总有人嘲笑他：你弄这坑，养鳖啊？

鳖在这里，不是好词。与"爹"谐音，与王八同义，怎么听都不好听。毛韭的男人并不答话，只是笑。没有笑到最后。他不知道，那水库出手时，连同村民的致富自由也一起出手了——养什么都行，就是不能养鱼。也没有明说，人家上头不放水，就让你这坑干锅，有什么办法？

这样，毛韭的男人就揪住说他"养鳖"的那个人一顿暴打：你个歪嘴闷葫芦，你不早说！我费了这些功夫，挖这么大的坑，菜园子都废了！

菜园子废了，大坑不能废。就像新房落成，旧房成仓房。就像篱笆烂了，还可以烧火。就像老大相了亲，不喜欢，直接让给老二。以此类推。在农民手里，没有废物一说。没面子的事，更得少做。一件就足以让人把头夹在裤裆里，里外没脸儿。已经没面子啊，就得搬回面子。这样，在毛韭男人的巧铺妙引下，就有一辆高级的轿车大摇大摆地从那个大坑上开过。树枝子加稻草加塑料薄膜，那车就像农村娶亲开洋婚一样，弄了一身。塑料薄膜，好似婚纱沸沸扬扬。好在没有泥。车掉进了大坑里，如同瓮中之鳖，爬是爬不上来了，加多少油门也是白扯。毛韭的男人，就像狗一样趴在窗台上等候最佳时机，然后大模大样地走出来，把牛、钢绳、铁锹、石头全用上，热心营救。常说：唉，你们说我这套玩意儿，好像就是给你们准备的！这样，他顺利得了两百元感谢费。

以后，又有几辆车走进迷魂阵。毛韭的男人乐此不疲。他的收入也乐此不疲。

被救的人，意犹未尽。

一些人这样说："这鬼地方，多亏有这户人家！要不，咱们哪会干这拉车的活？"

一些人也这样说："花上二百块钱，舍了那一身泥，也行啊，荒郊野外的，就算是买个平安吧……"

更有人说："以后，咱们可得记着人家的好，把咱们从大泥坑里拖出来，可是不容易呢！"

这世上的人，不全是善解人意的。最后一辆，断了毛韭男人的财路。

时间是在后半夜一点多，天下小雨。小雨和着坑泥，要多缠绵有多缠绵。毛韭的男人只听"咣当"一声，衣服也没穿完就往外跑。车主知道这是故意陷害，托起毛韭的男人就往坑里填。这样，铁锹就全部砍在了毛韭男人的身上。那个恨啊。其实，铁锹不足以致残。车上拉着农药，瓶碎药散，毛韭男人的腿，就这样被农药感染了。一个月后，双腿截肢了。

这泥坑，鱼没养成，活活养了一只鳖。

韭花受不了。她看见自己的父亲是光着身子，像泥鳅一样爬出坑的。而且，大清早的，很多女同学都看到了。时间一长，悲剧变成了笑话。两瓣屁股，有的同学一笑就是一路。

毛韭的男人更受不了。身上缺了两条腿，身边多了个耻辱的大泥坑。有好几次，他都想再次跳下去，一死了之。就这样，毛韭举家搬迁了。毛韭说："换换水土，再长出两条新腿。"水库边的光棍说："瞧这个'扫把星'，活活把一个人的腿吃了！"他们指着水库破口大骂，仿佛那是一个烂女人。

也许是韭花到了教室吧？毛韭想听听那朗朗的读书声。等了半天也没有等到。初中，一切都是沉闷的。小学的清爽，难以再现。毛韭此时很饿，她没有书本啃，也没有习题啃。她只有过去可啃。过去就是两条断腿、一个大坑。好像是一个空碗，再加两根骨头。这个狗喜欢。

第四站：仿佛路过一个水命的村庄

毛韭走在回家的路上。这样的场景，像梦境一样，反复出现。这路，多像跷跷板，它本需要两个人配合着，这头一个，那头一个，才能起落有序。一个人是玩不转的，弄不好就要摔下来。

最近，毛韭越发颠三倒四。

一会儿想：

这路，这路，是不是一直在跟着我？

一会儿又想：

土地，土地，是不是一直在嫌弃我？

最后她总用一句话收尾：

我就是那个没有地的命吗？

往往说完了这一句，她就加快速度奔向庄稼地。脚下缠着一溜土烟。

那是她的速效救心丸。

　　远处，玉米绿得发狂。一大片，一大片，像用了大量染色剂的发糕。馋啊。小时候，毛韭总是说："看那块大补丁。"那时她不饿，只是缺少衣服穿。近处，一个倭瓜，悄悄地探出头。它身上，像墨玉一样深沉可爱。到了秋，到了秋，它就是金色的了，金瓜啊。馋啊。它的秧呢？毛韭沿着倭瓜生长的路径，倒寻。那秧，那秧浑身是毛，从臭水沟边爬出。粗毛变成刺，叶子一半土里，一半杂草里，只有鬈发一样的蔓儿，急着与阳光对接。那蔓儿是手，抓住只是为了攀爬。这个攀爬的过程，必须爱上，必须去拥抱另一株植物，死死抱紧。然后，它才有资格爱上阳光。它的爱不可能一步到位，只有卑微地高攀，才能骄傲地俯视。

　　毛韭两脚是泥，她已经下道了。

　　把自己栽到土里，心里多么踏实。毛韭的眼睛，看土，那土便是会喘气的，会说话的。

　　道上，苏瓦燕正带着一帮人，修饰一个被篡改的村落。前边，像是橡皮擦，擦掉一块块路牌。后面，像是铅笔，再把新的路牌写上竖起。擦掉的是"双桥村"，竖起的是"甩水湾村"。

　　那个小媳妇也在这抢修队伍中。她，萨满的腰铃一样，在苏瓦燕的身边晃来晃去。苏瓦燕是她的腰。

　　嘴还是破锣一样，一敲就碎："苏瓦燕，苏瓦燕，这不就是在玩俄罗斯方块吗？把'甩水湾村'整个移过来，也就你能想得出！"

　　苏瓦燕不语。

　　小媳妇继续敲锣："苏瓦燕，苏瓦燕，你可真行啊！那天，一夜之间，你活栽了一个'甩水湾村'，那么多的路牌，你是什么时候做出来的？"

苏瓦燕还是不语。

这个铃铛，高兴起来，根本不听腰的话。

她依旧絮叨："苏瓦燕，苏瓦燕，你说，要是那天上头的人，再多走一百米，就会看出有假！这里的牌子，还没来得及换呢！"

一定要把话说透："你真行，一顿酒下去，他们全都喝晕了。迷迷糊糊，绕啊，绕啊……"

浇地的嘴，大材小用。

她的手指又开始绕来绕去，弄得阳光不安分。苏瓦燕就怕她的手指，一绕，人就化了。这个过程，就像恰好的盐，遇见恰好的水，说不清的。一触即发。

毛韭听得明白，甩水湾村，平移了。移到了现在的双桥村。双桥村呢？割地，割了一点儿皮。让甩水湾村，寄居在双桥村里。因为甩水湾村，本来就不大，也就是几户人家。

苏瓦燕，苏瓦燕，你说毛韭命好，他们一家刚搬走一年，大坝就咧嘴了！是不是鱼太多了，撑的？撑破肚了？要是毛韭不搬走，第一个淹的准是她家，就是你能喊，就算喊到了她的家。那个瘸子，谁去背能来得及？那大坝里的水，啊呀，那个快啊！一个猛子扑过来，强奸一样！

小媳妇说到"啊呀"，嘴把半张脸都占了。

还不足兴。然后，她用了"强奸"这个词。嘴自动闭上了。随着路牌的一一落实，整个村子慢慢闭上了。她总是这样自吟自唱，差一步就是作茧自缚。她自己并不知道，她的手指，有魔法，每一次都是手指救了她。

毛韭坐在土里了，靠着臀部的蠕动，泥土到了腰。一丝一丝地滑到皮肤上。那是久违的亲切。

所有的新闻，毛韭只关心土地。大水那样猛，与她有关吗？水库里的鱼不是她的，水库边的地也不是她的。那么，水也一定不是冲她来的。她现在住在省道边上，上道就是站在高端，有命。苏瓦燕还是不错的，双桥村与甩水湾村，自他上任以来，一直一肩挑两担。日子总有一根无形的扁担，一扭一扭的，让他的身子不由自主地被推着向前走。发大水的时候，他也没有撂下担子不管。很深很深的夜，他一夜没睡。

恐惧，总是发生在夜晚。白天是骗子。

白天，人们拄着锄头，发一些有人味的感慨。只用两根手指托着下巴，说水库是碗——

这碗，这碗，真能一碗水端平啊……

是啊，雨这样下，碗里的水居然没有漾出来？

兴许是碗底漏了呢？

漏了也没事，听说地下有很多洞，往下漏才好呢……

白天，人们总像神仙一样设问，然后自圆其说。多讲讲神道上的事，能让一个人很快脱颖而出。农民，就是这样。苏瓦燕听着碗里的杂话，就把手里的碗摔到了地上。那碗，他一大早喝粥用的。怎么就把筷子扔下、把粥盆扔下，偏偏抓了只空碗出来？那碗，像女人一样，扣到地上。翻了一个身，栽到石头上。又翻了一个身，无声地裂了。

今晚，你们谁都不许睡！我怎么说，你们才能听我一句呢？

苏瓦燕的嗓子干得冒烟。

听见没有，今晚你们谁都不许锁大门睡觉！

苏瓦燕说到"睡觉"，突然咳嗽起来。身体像干蘑菇一样蜷缩成一团。再咳，这蘑菇就有破碎的可能。碎一朵蘑菇不可惜，哪怕是猴头菌呢，也不可惜。农民就是这样，在某一方面，超级大方。对待原生态，超级麻木。对待就医，超级抵抗。

我再说一遍，把手电筒都准备好。晚上睡觉，衣服也别脱得太干净……

说到脱衣服，惹来一阵大笑。那大笑，像虱子，一只又一只，伴着蚊蝇，落到身上，很痒。不脱不行。

旁边的女人，上了年纪的，掉了牙的，一律不吱声。只把眼睛与嘴巴，在脸上呈"凹"型摆布着。鼻子呢？尽量夹紧鼻孔，造型像喇叭裤。这种布阵，是不屑。更不屑的，斜伸出一条腿，抱膀站着，看苏瓦燕一个人，在热锅上乱窜。

听天气预报说，今晚没有雨了呢！

那个小媳妇搬出天气预报。苏瓦燕既感激又恨。感激的是，她总能打破僵局，让陷入困境的话题起死回生。她的脸上，五官凸着，盛满阳光，在生长。鼻子非常放松，任风来风往。恨的是，天气预报是科学。这世界，科学是老大。不相信科学，就是迷信，就是胡说八道。科学是最好的创可贴，贴上就封口。接下来，那个小媳妇，模仿播音员播报："今天夜间到明天白天，全省局部地区有小雨，持续一月之久的强降雨量，将打道回府……"她的手里拿着细柴棍，指着晾衣绳上的被单，绕来绕去。

她总有新鲜节目，又总在手指上戛然而止。苏瓦燕再也说不出什么了。

只等着夜晚说话了。

夜晚，他一直在与水库交谈，是商量。求求你，千万挺住。水库无语，他就跪下来，我知道你要不行了，可是请你在下雨的时候，再不行吧！你在这无雨的夜里，你不行了，我怎么能说得清楚呢？再等等，也许，后天就下雨了！那时，我也不拦你！我知道水有水命，土有土命，到那时，你想走就走吧。这些年，你也太累了，你一直爬啊爬啊，水哪有往上流的？你也想走个直道，是不是？不管怎么说，我求你了。苏瓦燕磕了几个头。土地是湿的，他希望泥水就是血水。唯有虔诚，可以心安。

这个夜里，苏瓦燕一个人，面对天，面对地。星，遥远地挂在天边，像挂在破渔网上的凉梦，没有昨日重现的可能。凌晨一点，大坝上的一棵歪脖子大树，隐隐晃动了。在此之前，这里，一切都是静态的，只有苏瓦燕是动态的。现在，这棵大树动起来，是屁股先扭动起来。屁股浸在坝体上。

那树，难受极了，像吃错了药，现在发作了。

这一夜，它将死去。与水一起流浪。

苏瓦燕起身就往坝下跑——

鼓包了！鼓包了！

连个狗也没有。狗早都挣断绳子跑掉了。牛也在发疯，顶得牛圈四仰八叉。鸡呢，啄着鸡窝。猫还好，爬上树，房顶它都不要。只有人，一村的人，安稳地睡着。以为有星星，以为不下雨，就是安乐窝太平天。

光喊鼓包是没用的。苏瓦燕在黑夜里，迅速计算了一下水程。

他要跑在水的前面，把每个人从被窝里拽出来。水是来要人命的。他还要把自己的嗓子保护好，这时失了嗓，就是失了一村人的性命。韭花家，太好了，搬走了。这样，他有足够的时间，去喊救别人。韭花家门前，一个大水坑，太妙了，可以大喝一阵，消化一下来势凶猛的坝上水！

他在喊，水也在喊。

水喊起来，一句是一句，中间间隔的时间很长。苏瓦燕，要在水换气的时候，插入自己的喊声。只有这样，他的声音，才不会被水声吃掉。

一家一家，砸门，把人推出去，一边喊着——水来了，快跑！往双桥村跑……

后来，直接说——往双桥村跑！

再后来，都省了，手一指——快跑！

水库，这个大脓包。那棵树，一根扎在脓包上的针。终于完成了一次颠覆性的自我大修复。在无雨的夜里，在星星的掩护下，一路向北分流，寻找新的居所。在韭花家门前的大坑前，水，高调着跌了进去。五分钟后，又高调着爬了出来。这五分钟里，苏瓦燕没有被水追杀。他进入了那个小媳妇家。

一个光溜溜的女人，一个湿漉漉的男人。好在，好在，她的手指也被惊慌困住了。她没有绕来绕去。丈夫打牌去了，把"幺鸡"独自扔在炕上，一夜未归。苏瓦燕把她扛出来。这时候，看一个裸体的女人，是不打紧的。如同产妇，接生的是个男大夫，生死攸关，还能计较男女肌肤之亲吗？那一夜，那个小媳妇，横在苏瓦燕的肩上，竖在苏瓦燕的怀里，最后，又弯在苏瓦燕的胳膊肘里，一丝不挂。多少神明的天气预报，也不会预报到这一层啊。我的地啊，我的地啊，她把头埋在苏瓦燕的胸毛里，像窝在一堆草里，踏实，有温度。她只能喊出地，再也不信天了。

人都是在地上爬行的，长了腿，也是在爬。有人爬得高，有人爬得低。最终，都要在土地上算总账。人跟天，是没法算账的。天想做什么，就做什么。把脚扎进大地，走一步，就可以控制一步。苏瓦燕救了全村的人，也挽救了自己濒临死亡的威信。他得到了一村人的跪！高贵的膝盖，跪向他——嘴上没毛的他。他不长胡须，淡淡的几根总是装饰不了那么大的下巴。寒酸得如同盐碱地。这也成了说辞：嘴上没毛，办事不牢。

假如那下巴是土地，贫瘠一点儿也行啊。毛韭总是望着苏瓦燕的下巴，想念自己的土地。

毛韭的土地，没有账可算了。

自己土地的丢失，她不知道应该去跟谁算账。跟老爹算账？还是跟老观念算账？老爹，老观念，是粘在一起的。像无法手术的连体婴儿。老东西。有一段时间，她恨得咬牙切齿，就把老东西挤在牙缝里，压在舌根下——

天下，还能找出第二个这样的爹吗？背着我把土地卖了。这个老东西，老不……

毛韭想说老不死，终究没有说出口。是血缘让她闭了嘴。她内心也很撕扯：地比爹重要，可亲爹只有一个。地是爹，爹是地。但是她不解恨，依旧逢人便说：都说养儿防老，他没有儿子，也不能把地卖了啊？这个老东西……

这好像是两口子在对骂。毛韭的爹，有理说："我没有儿子，我的地我想卖就卖，我谁也不指望。我就用这钱养老。"然后，两耳一塞，再也不言语。女儿是泼出去的水，再多说一句，仿佛就要脏了舌头，闪了老腰。十亩地，得了不到千把块钱，这是毛韭后来打听到的。更是恨上加恨——

千把块钱，还养老呢！养脚都不够！这个老东西。

谁是罪魁祸首？

毛韭的地，最后一道程序，是经苏瓦燕的手签出去的。毛韭先前也恨着苏瓦燕。曾大闹到苏瓦燕家里，大打出手，把苏瓦燕的胸脯子抓出五道红沟，又在脚面子上踩出两块青记。

毛韭还拿着镰刀：我要把你的大腿筋挑了！让你尝尝没有土地是什么滋味！

什么滋味？抽筋扒骨，山崩地裂。

村干部好当吗？

苏瓦燕只能把毛韭的爹拉来。一杯茶一勺糖，一粒土一垄地，重新对账。这个老东西，编着瞎话说毛韭同意了，全家同意了。前面编的和后面编的，一字不差。差了也晚了。土地，多么紧俏的商品，买一次，管好几十年。这样的买卖，供不应求。千元卖出去，万元也买不回来。

第五站：吉祥旅店

吉祥旅店，像一粒扣子，钉在省道上。两个窗，是两个扣眼，任时光扎进扎出。有了省道，连绵的山体，仿佛穿上了西装。笔挺，针脚均匀，工业的痕迹，散布其中。而作为布衣一族的土包和山坳，它只在赤贫的村落，用歪歪扭扭的泥泞土路，延续着一村又一村的日出和日落。

路，贫富分化很严重。一些路先富起来，一些路渐渐死亡。大路吃小路。

吉祥旅店，这粒扣子，早晚有太阳的时候，它散发着光阴的橘黄色。温暖，像印象派的油画。把任何女人搁进去，都是美人。到了雨天，它便耐不住情绪的干扰，灰蒙蒙一片。那是一幅破烂不堪的铅笔画。那雨，费尽了姿势，也梳理不出一块养眼的地方。

此刻，大刚刚把雨收回。

是强行收回的，因为只是一阵风，把一道道厚云刮来，呼啦啦堆到天中央，太阳便妖娆地走出来，雨就不见了。那麻利的劲儿，好像彩排了多遍似的。

毛韭来了——

掉脸子？我一来你就给我掉脸子？啊？你以为我愿意挨着你的身？你的身，脏兮兮的。不说了，不说了，再说，胃也要吐出来。我还没有吃饭呢，再把胃吐出来，我拿什么往下活？

掉脸子，是东北土话，意思是瞬间生气变脸。

毛韭现在所有的语言，喜欢直接输送给不说人话的东西——吉祥旅店、土地、倭瓜、玉米，或是其他。语言输送渠道的改变，是从上一次封喉开始的。她也曾经试图在女儿韭花那里坚持原道，可一旦离开女儿，嗓儿就发涩。她跟人，再也没有先前的那种亲切感了，同时也厌恶自己。自己，是另一个人。就连照镜子这事，她也喜欢到河边照水镜——平静的水，她把脸贴上去。

水一下子认出了她脸上的皱纹，嘲笑般晃荡起来。

毛韭就对水说："老天拔地，我这张布满地垄沟的老脸，实在不适合去干那种事。"

又拍拍水说："这也只是一个过渡，放心吧！"

施了粉，却像是在干热的地垄沟里撒了尿素化肥，白花花的，不爱化掉。其实也不是粉，是自家的面袋子，毛韭翻过来，把脸一半一半蹭上去。她吃不起上好的面粉，这低等劣质的面粉，恰好与她的肤色，不太隔色。她的眉毛长势凶猛，到眉梢的地方，不收梢，大改其道向上一挑，又立出一个小山包。安在她脸上，远远望去，像两粒盘扣的疙瘩揪儿。

假如出售一半眉山给苏瓦燕，粘到他的下巴上，他又何必受那些奚落？毛韭总是这样颠三倒四地想问题。只想，不说。她跟人，暂时绝缘。

再往前走两步——

音乐，从吉祥旅店的墙缝里溢出来。经过墙体的过滤，只剩下了旋律。唱的是什么？歌词被墙体吞吃了，一字一句都有归宿。毛韭把头向前探，直视吉祥旅店的门脸，才发现，这里居然有个香堂：供着佛，燃着香，还有水果、蛋糕。旁边站着一个年轻的女孩儿，短裤，光着腿，小衫很费劲地捂着她的胸，没捂住。一缕刘海儿，高山流水般从头顶垂到肩膀。她的眼神一直在看自己的脚——这处境，单单去责怪脚？

毛韭最近很深沉。

这样的工作大概很枯燥。女孩儿背倚香堂，一条腿前伸，仿佛那条腿总要逃跑。但另一条腿，又深深陷在吉祥旅店里。

一个球女人滚了出来。双手扣着小腹，胸腔里像钻了蛇，一拱一拱，最后什么也没有拱出。那难受的样子，恨不能把脸憋上头顶。她在年轻女孩儿的腿上，绊了一下，反应很强烈，球一样跳滚过去："啊呀，就是你腿长，是不是？"

女孩儿依旧一动不动，一条玉腿，很有定力。

纸，纸……

球女人咬紧牙关，以最小的空间，放生出两个字。生怕这污浊的空气乘虚而入。女孩儿右手向后一掏，眼睛也不用跟上，就从香堂的脚下掏出了劣质的卫生纸。工作的方圆，她熟悉得闭眼也能摸到。然后一甩，再用嘴一吹，纸就顺风飞到了球女人那里。见到纸，球女人就开始流鼻涕。

怎么，客人又没洗澡？身上又是很脏？

她在问球女人。依旧不抬头。她说这样的话，是在例行公事，表达一下同为女性的怜悯。动嘴，不动心。动皮，不动肉。如果把心长在这里，那实在是太傻了。

站在门外的毛韭，也跟着一阵呕吐。她退到墙角吐。这时又一个麻秆儿女人，一脸怒色地支棱出来。这个高个子女人，少说也得五十五岁。她不麻烦别人，自己弯下九十度的老腰，亲自去掏。抱着纸就往门外跑。

拿那么多？一会又不够用了！姨呀——

女孩儿那一声长长的"姨"，好像她派出去的一个跟班，一直跟着，余音绕梁。女孩儿依旧动嘴不动心。说这样的话，也是为了工作需要。说了，走走程序，比不说要强。

这边，毛韭还没有吐完。那边又来了一个，毛韭又要到另一个墙角，继续吐。

麻秆儿女人还烫着头发，一溜小卷规规矩矩地趴在头皮上。她身上没有多少肌肉做隔离带，全是骨。是什么让她这样骨感，去干这直戳骨头的事？毛韭越想越为这样的女人悲哀。

眼泪流出来，胃里就好受多了。眼泪是毛韭最好的药，眼药、胃药。有一段时间，她的眼睛总是干涩。她就去想一件伤心的事，哭上一会儿，眼睛能清楚半个小时。这半个小时，她多数是与路边的荒草亲近。绿色多么可贵啊！根下沾着土，叶上含着露，那湿润的生气，看一眼就成了仙。再摸一摸自己的兜儿，没钱，才凉水浇顶般清醒着——自己是个人。晚上，梦见那个死鬼，又糊涂起来，又变成了鬼？那一身的仙气、人气和阴气，在她身上无休止地周转着，弄得毛韭很累很累。她要三选一，做出一种选择，然后重磅出击。实际上，她只有一种选择，那就是去做一个人。首要的任务是赚钱。所以今天她才又来到了吉祥旅店门前。

毛韭的头，被那个年轻女孩儿的目光逮到了。这个捕捉的过程，没有任何铺设，毛韭自投罗网。女孩儿终于换了一个姿势，两条腿交换了岗位。

是……你？

女孩儿这回动心了。她脸上的表情，是从皮肤里拱出来的。接着她的脸红了。她只是一个吧员，脸红了。毛韭想倒回去。假如女孩儿不拿出好脸色优待于她，她也许还有走进去的勇气。现在不同了，女孩儿分明认出了她。

是……我？

毛韭淡淡地回答着，也在问自己。低成 90 度的头，还想再低成 45 度。音丝像毛毛雨，风一吹就不知所踪。脸烧得像馄饨砂锅。她脸上抹着一层面粉，真怕烧煳了、烤焦了。

唉，姨啊，你可别干了，上次，上次……

女孩儿自己都难为情了。她还是动心了。上次，上次，不动心，不用心，怎么能记得住？就连刚才的那声"唉"，也是充满了无奈与怜惜。

接下来，女孩儿又开始看自己的脚。不打算再与毛韭说话，她把目光直接铺到自己的脚上。毛韭不知道怎么办才好，向前一步，向后一步，都不是。就那么尴尬地站着。

卖都卖不出去？嗯？

毛韭在心里骂了自己。

那两个人——球女人和麻秆儿女人，结了工钱，重新整整衣襟，擦掉了脸上的脂粉，很利索地把头发抚了抚，向着大道走了。仿佛刚才什么都没有发生过。她们也许认识毛韭，也许不认识。但是，这不是重要的。因为就算是认识，也不会主动搭话。做这样的事，掩耳盗铃吧。毛韭还在那里站着。

她把舌头派出来，让它说话——

啊……丫头……

那个女孩儿，猛一抬头。又是一脸无奈："姨，你看，你都赶上我妈妈了。我也就对你说话这样，听我说，你别干了，上次，上次，唉！让我说什么好呢？我是为了你好，你要是天天那样做下去，你图个什么呢？要是让你心硬起来，你是一天两天也做不到的。听我说，我一打眼，就知道谁行谁不行，我是为了你们好，出来不就是挣钱吗？可是你却往里面倒搭，你的心，软得像柿子。要是我的老板听到我对你这样说话，他明天就一定会开了我。可是，我也不怕，我有我的想法，我不能让你这样下去，你都是我妈妈的岁数了，女人啊，可怎么办？有时，想学个坏都没有出路……"

我说，你就不能干点儿别的吗？

末了，女孩儿突然甩出这句硬话，差点儿把毛韭刨走。毛韭眼窝里溢出了泪。她很害臊。

陆陆续续，又有几个男人吆喝着走过来——

地爬秧，地爬秧……

女孩儿便不再吱声。脸上迅速换了表情，贴向他们。她年轻的身体里裹着这些长篇大论，让毛韭很吃惊。要是自己的女儿站在这里？她又开始颠三倒四地想问题。男人们看见毛韭，集体嗷嗷地叫着，每叫一声，身上就会冒白烟。那衣服，实在是太长时间没有洗过了。泥浆干了，一层一层龟裂着。汗盐，一圈一圈扩散着，云芝一样开在后背上。脸呢？魂儿画的。左腮一抹泥，右腮一块黑。耳朵眼儿里，也塞满了泥。那是干活时耳朵痒，顾不得洗个手，就直接伸进去掏。鼻子，鼻孔处挂着厚厚的一层黑毛，像小吃部的排风一样油腻。头发，剃得像狗啃的，高矮不等，参差不齐，或是露着头皮，或是一小撮一小撮纠结在一起。

有没有新来的地爬秧？

男人们围在香堂前，像问有没有新割的韭菜一样自然。女孩儿的大腿已被捏了好几下。

——哎呀，有有有！

——哎呀，轻点，我的腿，都让你们捏胖了！

她的大腿疼着，嘴上忙着，开房，接客，一个一个答对。这份工作，前台不能慌乱，要稳住。大腿与嘴，好像不在同一个身体上。很明显，她站在这里，她漂亮，先把男人的欲望挑起，然后再送往下一道程序——交给地爬秧。

下次记着洗个澡再来！

女孩签完最后一个单，身子使劲一甩，挣脱了所有的脏手。关于洗澡，这赤裸的提示，每天成打地从女孩儿的嘴里甩出。吐沫星子都能洗澡了。但是，来这里消费的男人们依旧不洗澡。洗澡多贵啊，今天洗了，明天还是脏。天天在地上爬，哪能不沾土？再说，祸害的又不是自己的女人，脏就脏，怕什么？来这里的男人们，都有这样的消费心理。

地爬秧，是对工地妓女的称呼。

毛韭第一次弄懂地爬秧时，实实在在是稀罕了半天。

——地爬秧，这是谁的发明？这名字起得绝妙啊！不叫小姐，不叫妓女，不叫黄小米，也不叫坐台的、干那事的、臭不要脸的，偏叫地爬秧！

——是啊，妓女的身份也有三六九等，伺候工地的男人，干粗活的男人，最低等的工地男人，就应该叫地爬秧，叫别的还真不行，不合适！

——秧，在地上爬啊爬啊，一个须儿，一个蔓儿，一片叶儿，一寸秧儿，开朵花，再结个果——看果，不是照样让人心里生喜？它一直贴着地，它没有忘记大地，也没有嫌弃脏水坑，它抬起头来，就是水灵！

……

毛韭第一次做地爬秧，是被两项费用撺着去的：药费，学费。怎么就撺到了吉祥旅店？现在想，鬼使神差，是命吧。明明写着招女工啊？谁能想到——女工还有"地爬秧"这个工种呢？

汽配、小吃、四元店、元宝饺子、小笨鸡、美发店、洗头房、轮胎店、两元刮脸、歌厅、吉祥旅店等，它们像冰糖葫芦一样，一大串。毛韭一一去啃，一一硌牙。走到最后：吉祥旅店招女工。刷马桶也行啊，毛韭这样想。

但是，马桶也不用她刷。这里不缺清洁工，这里就缺地爬秧。那个年轻的女孩儿说："地爬秧，你不懂吗？这地方的人，都懂啊！你真的不懂？"

女孩儿的表情，认真，严肃。

仿佛那是一个高贵的工作。

女孩儿用手轻轻一勾："姨，你过来，我告诉你……"

嫩小嘴咬着老耳朵，费了很大的劲儿，才算把"地爬秧"这个概念栽到毛韭的耳朵里。那时，夕阳就要西下了。毛韭带着全家的"巨款"——总共30元钱，站在这里，望着前方。前方是笔直的路，路边什么也没有。秃着。把眼睛眯起，再延展几里路，前方，还是什么也没有。再往前，就是城区了。没有人愿意把店安在离城区这么近的地方，那样没有优势。毛韭就这样站了一个钟头。她对这样的生存现场没有经验。假如前面还有一个店，她可能拔腿就会跑掉。但是，前面什么也没有。城区，太远了。灯，陆陆续续地复活着。黑夜也就劈头盖脸地来了。

站在黑里，黑捅了毛韭一刀。

毛韭发狠回击：活下去就是光明，皇上的妃子，有的还是名妓出身呢。30元钱，已经在她的裤兜里睡着了，她不忍心在今晚拆散它们。当然，她又自我安慰了一番：

——爬到城区又怎么样呢？无非是在复制自己即将过去的这一天：挨家找活。奇怪，店主总是先看她的脸！每次都败在脸上。这张脸不经看，庄稼人的脸，只能给土地看，才看不露。

——借款？那更难了。难以启齿。打住！

——再过一天？再过一天，30元就花没了，下顿在哪吃？有这30元垫底，心里踏实。吃了，花了，日子就露底了。太可怕了，女人就怕过这种有边没底的破箩筐日子。她这些年，没有欠下外债，很自豪呢！

——前面是黑，后面是黑。灯在遥远的远方亮着。吉祥旅店的灯也亮着。先扑向近处的灯，再扑向远处的灯，臭蚊子的活法！自己就是臭蚊子，啥时才是貔貅呢？

——做吧，做吧，为了貔貅……

心照不宣：几乎是同时，毛韭和那个女孩儿的目光，对流了。女孩儿的目光粗壮，主动迎接着毛韭的目光。毛韭的目光，行走在上面，平坦无比。

第一次走进去，毛韭的眼睛受着压迫，她哪儿也不敢看。一扇又一扇的门，飞过她的脚尖。毛韭一口气闯到最后一扇门，抬头一看，门上写着"员工宿舍"。这就是她的工作间了。那个女孩儿说得清楚：走到头，进去就是。毛韭大喘一口气，眼睛风扫一遍，原来每个门上都写着"职工宿舍"。门和门，长得太像了，不怕弄错？毛韭想。毛韭用力过猛，门把手抓掉了，门上出现了一个手腕粗的大洞。毛韭弯下腰，试图把那洞堵上。什么填充物也没有。门把手上有一块红布，毛韭揪下来，挽了挽，堵上了。一身汗的她，忽冷忽热。这回她转过身来，用眼睛的余光，把走廊燃烧了一遍。又有新发现：原来每个门把手上，都系着一块布条。她的是红色，其他的依次是绿色、黄色、粉色、紫色。再往前看，就看不清了。没有风，也不飘动。毛韭看出一点儿门道了，便影子一样一转身钻进了那屋。没有窗，只有一张床，一个痰盂。床上铺的是灰格子布的床单。被子是深绿色的，接近黑。毛韭习惯性地用手指捏了一下被子，也就是半个指肚那么厚。冬天，盖这样的被子得多冷！就是现在，这里也不暖和，阴凉得像是地窖。灰床单，毛韭躺在上面，心里五味杂陈：这是土地的颜色啊。不过，她奔波了一天，这样把自己的四肢舒展开，那一瞬间她很想睡觉。困意一层一层包裹而来，一会儿自己的脚就没有知觉了。毛韭睡觉，总是脚先睡着，然后才是腿、腰和胸。最后，才是大脑。躺了一会儿，从棚顶上掉下来一层白灰皮，非常慵懒地砸到她的下巴上。毛韭也懒得起来收拾，连抖被子的力气都没有了。她只看着棚顶，一团一团，被漏雨尿得十分难看。再一细看，那图案又像是自己男人的头像。再看，那鼻子、眼仿佛动了一般。毛韭在心里又发了一回狠：今天你就是会说话，我也是躺在这里了……

她躺了十多分钟，见还没有动静，就在被窝里摸索着把裤子脱了一条腿。另一条腿，她没有脱。女孩儿说得清楚，这里有个规矩：脱一条腿是半价，脱两条腿是全价。半价是35元，全价是 70 元。毛韭脱了一条腿，另一条腿，她实在是下不了手。她得有一个接受过程。这一切做完，有人敲门了。毛韭轻轻地说了一声："进来吧。"然后毛韭就僵在了床上。

门开了半天，像裹在黏土里的犁，拉不出。

毛韭把门关得太狠了，门又受了潮。后来，门脚处长长地"嗯"了一声，蹭着地皮，总算开了。毛韭把头一下子埋进了被子里，一股刺鼻的塘泥味冲了出来。她又把头拿出来。很显然，在这里工作，鼻子是多余的。

男人只是短暂地露了一下侧脸，便一直背对着毛韭，低着头，两只手在前面鼓捣。这个时间，毛韭扫了一眼他的脖子：呵，真黑！一层一层，褶皱着。毛韭想起了多年以前她家养的那头老黑牛——那脖子就是这样。也许只是脖子黑吧？毛韭在心里默默地叫他"黑牛"了。黑牛仿佛有感应一般，转过身来。这样，在毛韭最想看他脸的时候，就看见了他的脸：比脖子还黑！脸是锅底的颜色。他的黑步步紧逼，毛韭的承受能力是步步退让——也许只是脸黑吧？在工地做粗活的男人，不都是这张脸吗？

把目光移向他的衣服：一身的铁锈，红的、褐的、黑的。大腿处还开了一道口子。毛韭知道，这是钢筋工，和力工一起，被称作是工地上最脏的工种。那个女孩儿刚才用耳语给她上课，所有内容都是围绕着工地进行的。还说：要是赶上瓦工、木工的班，那就太好了。在工地，瓦工、木工身上比较干净，穿得也相对讲究一些，他们是干细活的人。

脱下来，不就干净了吗？

毛韭自我安慰。

毛韭就等着他把衣服脱完，她在渴望着一身稍微白皙的肉皮。"咔嚓"一声，黑牛的腰带开了，裤子就掉下来了。那裤子，短跑运动员一样，突地一下，就跑到脚跟了。

——还是黑，比脸黑，比脖子黑。

这回，所有的一切都是黑的了。天是黑的，黑牛是黑的，床单是黑。毛韭倒吸了一口气，在集结一种战胜黑的力量。黑牛拖拉着两条柴腿，一步一蹭地向床边移来。他没有脱上衣。这样子，看上去他像一个刚刚开裙的蘑菇。这个毒菇！毛韭把眼睛闭上，就等着黑上加黑了。

离床边还有一步远，黑牛突然不动了。毛韭一直闭着眼，但她能感觉到，黑牛不动了。大概他在欣赏我吧？毛韭这样猜测着。有什么好看的？一副老皮囊，除了比你白点儿以外，还有什么好看的？毛韭又在心里希望他快点儿上来，早结束早回家。

屋子里寂静得让人窒息。窗外汽车的尖叫，一遍一遍挑衅着。五分钟过去了，黑牛依旧不动。毛韭真想大喊一声：你快上来。因为她的心，正被耻辱嘲笑着。又咬了咬牙：算了吧，再等等。这样，她就放松了神经，躺着，等着。她都好久不在床上等待这样的事情了。以往，她睡觉是两条腿都不脱的。今天脱了一条腿，等到将来——将来啊，一定把两条腿都脱下来，那得是一个什么样的好男人啊？今生还有机会享受那样的夜晚吗？

毛韭这样想着，眼泪就掉了下来。泪水，一把珠一把珠，无声地洇进了头发。

突然，黑牛身体一扭，腿一折，就倒下了，支在了床上。毛韭吓了一跳！她把被子向后一抽，床上顿时现出了一块空地。大哥，你这是？毛韭还是叫了大哥。她知道，他至少有五十岁了，但是看上去是六十，毛韭会计算男人在工地上的折损率。黑牛一句话也说不出，只用手拄着自己的胃，浑身抽搐着。他全部的精力都在自己的胃上，汗泥从鬓角处流下来，额头也正在一颗一颗鼓出汗珠。大哥，你这是怎么了？毛韭是真的害怕了，她迅速穿上刚刚脱掉的那一条裤腿，那一瞬间她想，这一条腿，也是有备而来，命运啊！

胃……胃……胃……

黑牛艰难地说着。

干粉丝不小心掉到了炭火上，就是这个样——抽搐不由自主。一转眼，缩成一团了。

吃过饭了吗？大哥？

毛韭不知怎么，她第一感觉他是饿的。她有过饥饿的感受，饿一上来，那一身皮肉是不够它吃的！它还要吃掉意志，吃掉骨架，深度的饥饿，就是让一个人趴下，爬不起来，静静地等待食物的营救。毛韭顾不了那么多了，她冲出去，冲到吧台，向女孩要面。这里只供应炒面。

女孩儿一听到面，脸上笑起来，水开锅的样子。嘴巴向后厨嗔怪地一甩："师傅，来两盘炒面，一个酸甜口的，一个咸口的。"女孩儿做事很认真，每次她都是这样搭配。酸甜口的，女人爱吃。咸口的，工地男人格外爱吃。他们天生缺盐。

工地男人的汗，是最咸的。

　　一会儿，炒面上来了。毛韭也不敢把黑牛从床下扶起来，因为她也不是十分确认这是不是饥饿所致。只是闻到了味道，黑牛抽紧的身子就拱直了一点儿。毛韭有信心了，她慌乱地拿起筷子，匆匆喂了一口。她不可能不慌乱，这样的生离死别的场面，她也没有经历过啊！屋里只有她和他，又在这样一个说不清道不明的地方！毛韭又喂了一口，黑牛渐渐缓过来了，身子又拱了拱，比先前又直了一点儿。这回直接坐在地上了。先前，他是坐也坐不下的，骨头挣命了，筋也造反了，抛皮弃肉。毛韭把筷子递过去，示意让他自己吃。还好，一盘炒面，五六口就噎下去了。那面条，打着卷儿，结着疙瘩，叽里咕噜地往他嘴里跑。

　　大哥，好些了吗？你几顿没吃了？

　　黑牛举出筷子，两根筷子一并。毛韭看明白了，是一顿。唉，没吃饭，还跑到这地方来，为什么呢？她没有问出口。把黑牛的裤子踢给他。他还光着腿，腿上沾了几根炒面，像死去的蚯蚓一样难看。他腿上的青筋，一根一根，就要逃出皮肤。毛韭这才看清他的脸：瘦得皮包骨。两只眼睛，像是被眼眶集体抬出来的一样，感觉一不小心就要塌回去。

　　毛韭把另一盘炒面也推给他，看着他吃，恍若隔世。黑牛的眼珠湿了，很快，就干了。泪也需要自产，库存已不多。他的身子骨越来越舒展了。又是三大口，一盘炒面又少了一大半，才突然意识到自己不能再吃了。推给了毛韭。毛韭吃，一口下去，肚子很快就把那一口炒面瓜分了。她能感觉到，面条正一根一根地，以阳光的姿态，在体内发散着。

这就是毛韭第一次做地爬秧。有名无实，有惊无险。两盘炒面也是她结的账——15元。黑牛一分钱也没有。吉祥旅店，他也是第一次来。那天下午，他丢了刚结的两个月的工资。血汗钱啊！工资装在上衣兜里，上衣挂在工棚前。他只是洗了一把脸，一转眼，衣服就失踪了。当时风很大，又是下工以后。偌大个工地上，只有一个捡破烂的老太婆被风吹着跑——那是个耗子一样的女人，出出溜溜背后乱偷。黑牛知道，十有八九是她偷的。他就顺着风道，追赶老太婆。眼看就要追上了，老太婆却把裤子一退，就地小解。那是个他妈一样岁数的女人，怎么再追？况且他看了，那个老太婆手里什么也没有。但他确认，是她偷的。工地的小偷，不，工地的大盗，个个都有拿手绝活，抓也抓不着，打也打不得。就算是抓了个现形，就算是送到局子里，也是白忙活。因为他们所有的家产，就是一间租来的狗洞。再富裕一点儿的，会有一辆倒骑驴。你永远不知道他们把东西藏在哪里，也永远不知道他们是怎么偷到手的。

那天，黑牛悔得两眼流泪，跟毛韭说："要什么脸呢！急着洗它干什么呢？洗就洗吧，还脱什么上衣呢？有钱烧的！你说，我是不是活该？"

又说："我晃晃悠悠爬上这省道，我就是想让车轧死的。结果，结果却被门口那个孩子拉进来，说这里有地爬秧。我想那就爬一下，再死也算不白活。我没钱，爬谁谁倒霉，就当给我送终了。你不知道啊，工地的男人，不容易啊……"

他说到"啊"的时候，都是哭丧的调调了。那悲凉的颤音儿，拉得很深很深，仿佛要把心拉出来。

……

这样绵长的回忆，像一块裹脚布，黑多白少。

扔也扔不掉。

我说，姨啊，你就不能干点儿别的吗？

女孩儿又一句话，把深陷在黑暗里的毛韭，挖了出来。那舌头就是锹。

我……我……我……

毛韭语无伦次了。一个大人，被一个小女孩儿抢白，实在是下不来台。

我……我再想想办法。

毛韭还是没有出路。

没有钱了，是吧？我先借你50，完了你还我。不还也没事，你都是我妈的岁数了……

女孩儿自问自答，钱就从兜里掏出来了。50元，响着，亮着，闪着油油的绿色，这绿色，开了花，变成桃粉，那就是100元。开成一片，那就是一打100元，那就是好日子。但这突然到来的春色，带着毛韭的泪雨，绽放在女孩儿的玉指上，她不忍心接，也不好意思。眼窝子还在发热。

拿着吧！姨——

女孩儿把钱塞到了毛韭的手里。

接过这片单薄的春色，毛韭放眼看天：太阳穿着正装上岗了。午间的太阳，一本正经，一身正气。已经是夏天了，毛韭才刚刚抓到一张春。

第六站：刷烟河工地

刷烟河和甩水湾村的那个水库，有关系。生活在这里的上了年纪的满族老人会说——

唉，刷烟河和那个水库——要是不决堤的话，那就是一个上好的玉如意！一头金黄，一头翠绿，多好！人们作孽啊，老天一生气把它收走喽……

有人就反驳说："那哪是收走了？那不是把玉如意的云头打碎了吗？"

一些地痞混混则会编上几句二人转小调，对刷烟河的现状再渲染一下——

锄头春夏痒痒挠，

秋到收割剃头推！

唉哟哟，唉哟哟

工地就是手术刀

割了地皮比楼高！

……

一连唱上三遍，嘴都唱歪了，也不知道。

但是，对一条河性别的研究，历来都是甩水湾村和双桥村老少皆宜的话题。现在，甩水湾村随着决堤的水库，爬到双桥村——俩村趴在一起了！这也是那帮地痞小混混们，用男女之事做灵感而发明的暧昧比喻。

这一点儿也不低级。

在这个比喻的引导下，村民们很会荤素搭配：小孩儿说，刷烟河是女神。他爹说，是女人。他娘准会一板一眼地纠正：是个格格。老人也不甘示弱，说是大黄。大黄是一条母狗。

而苏瓦燕语出惊人：刷烟河不男不女。

它浑浊啊！黄泥汤子，天天都像是被大雨点儿刚浇过一样。女人是水做的，男人是泥做的——合在一起，不男不女。这种说法，是苏瓦燕的原创。苏瓦燕的肚子里，积攒了一些文化硬货。可是，在这样一个靠渔猎起家的地方，苏瓦燕曲高和寡。

当然，他这套理论也没有夭折，只是变味了。

那个小媳妇说："看这个黄脸婆，没治了！老天瞎眼了？这么好的山，却配了这么一道破水！"

她说"破水"时，特意把嘴并拢，然后让唾沫星子烟花一样喷出来。最近，她只对黄脸婆生恨。因为苏瓦燕的老婆找过她，说："妹子，你石清水媚的，别让俺家家雀儿拉上粑粑蛋儿！"苏瓦燕的老婆是站在大街上，当众教训她的，并用舌尖把"粑粑蛋儿"这几个字玩弄得非常俏皮招笑儿。

当时，七老八十、妯娌寡妇、小毛孩子都在。她这种骂街，太高明了，一箭双雕，还把燕贬称"家雀儿"。东北音："家巧儿。"小媳妇当然还嘴："你家苏瓦燕顶着豆角秧子过活，谁知那架条是谁？"苏瓦燕老婆更厉害："谁也不是，我是墩豆角儿，不是地爬秧……"

这样，苏瓦燕老婆，就用"地爬秧"骂了小媳妇。墩豆角，就是一种不用架条的豆角，一尺高，像红豆、绿豆、黄豆一样。它不爬，长多高是多高，一直站着。

这样的对骂，小媳妇没有占上风。她在苏瓦燕老婆手里输得四脚朝天。

这样，刷烟河在小媳妇嘴里，又病了一级："看，这个黄脸婆，这是得黄疸型肝炎了！看，它还传染呢！看，旁边的沟沟渠渠，前两年不还是清清亮亮的吗？现在怎么也发黄了？还有那个大工地，那是个什么东西？有能耐，你往那里流啊，那里缺水呢，缺得狠呢！谁是地爬秧，我不是……"

她是离了人群，特意独自一个人跑到河边去骂的。

骂着骂着，小媳妇自己就要哭。

其实，在她不懊恼的时候，她对刷烟河有着更理性的认识——

刷烟河，在东北，一直在爬行。几乎每个朝代，都没有忘记去糟蹋她一下。所以，这地方的人烟，一直特别密集。生生不息。算起来刷烟河的日子更不好过，因为她的丈夫更多。这是个精神病一样的推理方法，但是，小媳妇觉得，行得通。相信，只有苏瓦燕能听懂。那么工地，应该就是刷烟河的新任丈夫。河是女人，终究是个女人。她爬啊爬啊，身体都快爬干了，眼瞅着年老色衰了。雨是什么？雨是刷烟河寄给上天的眼泪。水库决堤的时候，就在刷烟河泪雨长流的日子里。

工地，在小媳妇的目光里，是一个打火机。她聪慧，小眼睛大视角。她嫁来，有前科——在前一家，怀了孕，受了气，生了孩子离了婚。她嫁过来时，浑身精瘦，衣裤通红，一张梨花脸，煞白。撒了谎订了婚，又算准月经期举行了婚礼。这样，在新婚之夜，她好歹瞒过了自己的第二任丈夫。但是，她并不开心，天天提心吊胆，生怕自己这个赝品事发。每天晚上，她都是爬到丈夫的身上，一点一点开拓新的处女地，好像她是男人。其实，她和苏瓦燕什么事也没有，她只是很享受那一次被男人抱着的感觉。她是一个安于被一种生活背景包养的小女人，却生长在城乡结合的夹缝里。自从工地塞进来，这道夹缝越来越窄了。

因为，她的第一任丈夫出现在了工地上。当然，这经过了很长时间的铺叙——仿佛一个不会写作文的小孩儿，一开篇总是切入不了主题。

毛韭先是挨了一顿打。这顿打是小媳妇《第一任丈夫交响乐》的序曲。

毛韭拿着 50 元钱，她知道这是春天，干净的春天。那么，毛韭给自己定了规矩：当一个正经女人，把这片干净的春天，侍弄得晶莹透亮，好像是土地回来了！阳光下，毛韭把那张钱，看了又看，看着看着，四面青山就长出来了，云也飞来了，好像还有鸟。毛韭变得有点儿迷信了，她要借着 50 元的祥瑞，就近找工作。当然，她舍不得花掉这 50 元。她要供着。这不是钱，这是神！

应该说，是黑牛给了她灵感。

黑牛给她铺了一条通往工地的路。毛韭下了省道，向北越过三重门市房，又七倒八扭地穿过破烂麻袋包一样的一片民居——这些民居都在等待工地用工。毛韭想：这不就是工地的肿瘤吗？毛韭对肿瘤念念不忘，因为她肚子里有一个。良性的？恶性的？她不知道。知道了也没用，没钱去割它。然后，她上了刷烟河大桥。桥下的黄泥水汤让她眩晕。她几乎是飘过去的。

过了桥，又走了十余里土路，渐渐接近工地了。

刷烟河把工地染黄了！

毛韭长叹一声。自言自语。一阵狂风掠走了她身上的汗，她有点儿冷。这冷，一方面来自生存深处的恐惧，另一方面，来自阴森、孤独且有些病态的工地——工地，被一圈蓝色的栅栏板密密实实地合抱着。再往上看，吊车像钓鱼的老头儿一样，在天空中垂钓。楼呢？起了骨刺！骨刺下面，一层绿色的防护网，若无其事地挂在那里。像是医院包扎用的纱布。她对纱布有阴影，她丈夫的那两条断腿，一直没有离开过纱布。网上呢？蜘蛛一样粘着几个人。也有几只黑蜘蛛爬到了楼顶，就蹲在上面。他们离天太近了，这让毛韭产生错觉：天和地换岗了。

工地的大门开着，那是饥饿的嘴巴。

毛韭害怕这张嘴——吐出来和吞进去的，都变形了。吞得多，吐得少。人，多数被吐出来。把身上的肉吃掉，把一副骨架吐出来。这副骨架，还会行走。毛韭摸摸自己身上的肉，薄薄的一层，不知道可以让工地吃多久？

毛韭越想越怕，身上的肉，正在飞向工地。她裹紧衣服，竭力按住自己的肉。肉不听话，依旧向着刺耳的搅拌机处张望。搅拌机几次尖叫，肉就几次跃跃欲试，每一处都是起跑状。电锯再叫唤几声，肉就乱了阵营。

我还管不了自己了？

毛韭绕开工地的大门，踩着夕阳的尾巴梢儿，一瘸一拐，向西围着蓝栅栏绕，用脚尖探摸走进工地的其他门路。站着的门，是不可信了。只有趴在地上的土坑，才更可信。坑走的是隐线，门走的是明线。门是工地的嘴，坑是耳朵，或是鼻孔。也许就是耳朵眼儿呢！毛韭总会突发奇想。

更奇的：夕阳一转身，就把坑送来了。

这碗，这碗，真光滑啊！

毛韭蹲在坑边，就像蹲在碗沿上。她的舌头，仿佛舔着碗了。接着她跳进了碗里，用手把碗底的蒿草一抄，抄出了一件上衣：黑牛的上衣。就是在吉祥旅店一直没有脱下来的那件。再一抄，裤头袜子还有一条破毛巾，便挂在了毛韭的手指上，魔术一样扯出一串。毛韭的手指，越战越勇，抄着碗底的土，用力一抓，又抓到了一根绳子。拽一下，不动。再拽，还是不动。把两只手用上，绳子终于动了——它一脸严肃，极不情愿。绷直身子，宁死不屈。

蓝栅栏里边，丁零当啷，一阵乱响。显然，绳子在那边也安了个家。从家到坑，很不平坦。毛韭屁股冲天，把头倒着插向土坑，眯起一只眼——工地生活的底稿，便尽挂眼睑了。她看清了：绳子的另一头，系着一根长长的螺纹钢。

这是谁给工地针灸呢？

她这后半辈子的联想功能，恐怕是离不开医院了。不是中医，就是西医。螺纹钢，像囚犯一样，跟着绳子挪向毛韭——螺纹钢仿佛知道了自己的命运，临近毛韭，它大步流星，一副舍生取义的纯爷们儿样儿。

一根螺纹钢，悄悄背叛了工地。

那只是手指的丰收，身体即将泥石流，她不知道。在黑牛还没有出现之前，只有黑牛的这件上衣，可认亲。毛韭大大方方地弹着衣服上的蒿草，几摘几抖，衣服就干净了。然后，她的后背，中间的脊柱骨上，突然一阵刺痛。她知道那是螺纹钢！只一下，她的身体，便如玻璃一样，裂了。接着，她身体上唯一肉厚的地方——臀，战争爆发了。她依然能感到，那是人的脚，在践踏她的肉。臀与腰是近邻，有三只脚流浪到了腰上，她碎了。后背，后腰，后臀……这是身体的阴面，不长眼睛。土坑，这是工地的阴面，不长眼睛。毛韭悲哀地意识到，在这没有阳光的地方，在这夜晚即将到来的时刻，唯有发出声音才可以自救——

黑牛，黑牛……

她趴在坑里，爬在绝望里。她的喊叫，在胸腔里就已经四分五裂了。

黑牛……

她的声音，像布条一样，一条条飘向夜空，虚无地飘摇着，在天上宣战，就是不能落地生刀。

黑……

在她只能喊出一个字时，落在她身上的大脚，才一只只被黑夜收走。最后一只脚，只是蜻蜓点水，履行仪式了。一阵风吹来，借着风道，她好像也被黑夜收走了。最后，她不痛了……

次日的太阳，照常升起。

工地的太阳，不干不净。再次醒来的毛韭，躺在工棚里。她首先去摸自己的腿，再摸自己的脚，确认五个脚趾都在时，她长舒了一口气。然后，她动动自己的腰。"啊"的一声惨叫，自己的声音，把自己吓着了。她想起了螺纹钢，后背也跟着想起了螺纹钢。刺痛的记忆瞬间漫延到全身。她伸手去摸脊柱骨，还没够着，又是"啊"的一声惨叫。她今天才知道，脊柱骨比胳膊和腿更重要。

黑牛走了进来，端了一碗鸡蛋羹。

"他们，他们打错了，以为……以为……你是工地捡破烂的那个老太婆，他们看你拿着我的衣服，还往外偷螺纹钢……"

"那个老太婆，就盯上我了！袜子裤头毛巾都给叼走了，你说我这么瘦，我的衣服谁能穿？"

"你喊黑牛，我听出是你的声了。可是，已经晚了，他们已经把你打完了。我啊……我还是花钱雇的他们……你说，我这是做的什么事？我是恨死那个老太婆了，裤头儿也偷！"

"你放心，他们下手狠，但是，不伤命。他们会打，打的都不是致命的地方。你……你能坐起来吗？"

"起来，吃点鸡蛋羹吧？要上厕所，我给你拿了盆，你就往这里头尿吧。唉,在工地,你就别计较男女了！都是我……唉……上次你救了我的命，我却花钱雇人打了你一顿，我……我……"

"你吱个声吧？算我求你了……"

黑牛跪下了。那碗鸡蛋羹，像一个果，结在枯树上。压得树枝几欲折断。

"你吱个声吧？算我求你了……"

黑牛跪着向前挪动。他用这种方式赎罪。他是铁打的汉子，钢筋工。他不知道，毛韭根本坐不起来。

"那我……弄……你，你吃？"

工地的男人，大都失去了面对女人的功能：说软话、上床、温存都不会了。连最起码的道歉、愧疚、伺候病人也不会了。总的说，已经不是人了。黑牛本想说"喂你吃"，但他说不出来。舌头早被工地买断了。舌头被迫换了一套语系。

毛韭依旧不动。她不知道应该动哪。现在，打开身体的钥匙，坏了。没有备用的。黑牛又跪着向前挪动，挪向毛韭的嘴。一大勺一小勺，喂她。毛韭闭着眼，黑牛睁着眼。这样的默契，都是为了躲避彼此的身体。泪水，从来都是不分场合。究竟是谁的泪水先跑出来，黑牛不知道，毛韭也不知道。一碗鸡蛋羹，很快见底儿了。一个果，只剩下果蒂了。它更大的作用是，借助一双男人的手，喂到了一个女人的嘴里。仿佛是偷吃了工地的禁果。放下碗，黑牛从上衣的内兜里摸出了一瓶红花油。知道舌头不行，也就不再折腾舌头调兵遣将。直接用手，单刀直入。

手指先去触摸毛韭的脚趾。那多像十粒芸豆！黑牛的手，抚摸着芸豆，渐入佳境，一路向上，摸到了毛韭的脚踝、小腿、膝盖。到大腿处，黑牛犹豫了一下：假如没有红花油，这些动作是多么下流！他的理性与红花油的气味一起燃烧着。大腿处，伤得最重。因为他交代过：使劲踹她的屁股，让她走不了路。他是恨死那个捡破烂的老太婆了。裤头儿也偷，没有裤头儿穿的日子，弄得他那个地方，红肿干痒。每一走路，裤裆里像拖着大地一样沉重。每一出汗，又像夹着火炉一样煎熬。

"这红花油，真霸道，像小钢钻儿，钻哪儿哪儿就舒服……你……你把身子翻一下，我给你的腰上再抹一抹……"

黑牛无话找话。

假如没有红花油，这些想法是多么的下流！

他在心里自我折磨。红花油，是他另一只合法的手。今天，在这只有两个人的工棚里，这只无形的手，带着标志性的气味，从女人的脚，一直爬到女人的腰，战无不胜。毛韭把身子动了一下，又恢复原状。仿佛紧闭的门，开了一道门缝，又合上了。黑牛，开门的功能还没有完全丧失。他放下红花油，向窗外望了望，像是在获得一种来自远方的许可。他看见太阳点头了，吊车点头了，一朵云也点头了。他把手插向毛韭的腰底——那腰，与床板粘在一起了。黑牛一个指头一个指头，逐一插入，剥离。毛韭咬着舌，这种疼痛，咬唇咬牙都不好使。土地会痛吗？会吗？它也是这样被人天天捶打，今天被扒皮，明天又被掘出五脏六腑。它不会叫，也没有红花油……毛韭第一次心疼起土地。

你忍着点儿，我动手了，疼你就喊——

黑牛双手托着毛韭的腰，随着毛韭的一声惨叫，他终于看到了一片腰花。那花，开得过于茂盛，落英满地，青紫相叠。只有塌陷的腰沟处，花朵无法居住，仍是一片原生地。每一朵花，都连着疼痛，都动不得。他的手指再也不敢降落，只有眼泪，穿越了荒凉的悲哀，到达这惨艳的生存现场。

妹子，真……

他再也说不出一个字了。眼泪控制了舌头。毛韭匍匐在潮湿的床板上，泪水涌动着双肩——起伏的春山，寒凉的春山，无人呵护的春山，贫瘠的春山，才在山底下开出这一片让人揪心的野花。它等待的不是阳光，也不是雨水，它等待的是泪水，黑牛的泪水。终于，黑牛越过了腰花，再次向前，用沾满红花油味道的双手，抱住了枯瘦的春山……

第七站：苏瓦燕是一条街

苏瓦燕喝醉了。什么衣服也没有穿。现在，他正在一张图纸上狂乱地跳舞。

这个舞会，设在刷烟河大桥上。这桥，因为缺少人烟的滋润，草长得异常荒凉。费劲地抽出一尺的绿，再往上，就露出了枯黄早衰的念头来。桥上低矮的秧类植物呢，爬着爬着就进退两难了。仔细观察它们，也不全是秧类。有的植物，本来很有上进心，本想昂起头，大大方方，直指苍穹。可是，因为缺水，因为路面的崎岖，因为被人践踏过，就不得不趴下来，横向发展，寻着地面前进。盲人，盲秧！植物要是瞎了眼，残了，就得这么走路！苏瓦燕就是喝醉了，也还是能说出掷地有声的醉话。

这个舞会，蚊子来了，小咬来了，汗珠来了，成群结队。就是没有来人。蚊子是食客，小咬是看客，汗珠引狼入室。汗珠的味道，引着蚊子、小咬风起云涌。苏瓦燕左拍一下，右拍一下。头上一下，屁股上一下。他的衣服，就放在不远处的一块石头旁。脱的时候，苏瓦燕有话："媳妇，你出去一会，让我自己疯一阵。"又说："你在，我不好意思。"还说："我就喜欢这样光着睡，多躺一个人，我都觉得挤。"最后他说："娘的，奶奶的，姑奶奶的，石头女人。"他说"娘的"，是因为这个女人，是他妈给定下的。他说"奶奶的"，因为他的媳妇，他奶奶喜欢。他说"姑奶奶的"，因为他的媳妇，得当姑奶奶敬着，不能摸不能碰。那个禁区，除了合伙生了一个孩子以外，其余的每一次合作都不愉快。他说"石头女人"，小小地卖弄了一下文化。因为古书上说，无法和他尽情那个的女人，叫"石女"。把自己的女人贬成荒野的石头，他才能身心轻松——身体四敞大开，一脸幸福地躺下。睡了一会儿，他忽然回到石头旁，从裤兜里掏出一张纸，在地上铺排，这头拽拽，那头扯扯，总是不够长。铺的时候，那张图纸，是床单。铺完了，他发现了写在图纸上的字：苏瓦燕。自己的名字？再一看，又多了一个字：苏瓦燕街。

"哼！苏瓦燕是一条街？"

"没错！苏瓦燕就是一条街，我走，我踏，我踹！我自己的路我要走个够！"

"盲人，盲秧！爬啊，爬啊……"

苏瓦燕开始在地上爬，他最先模仿的是马齿苋。马齿苋，红色的茎，血管一样摊铺在地面上，每一根都是迷茫。多亏它有叶子，叶子善于收拾残局，规整的叶子，仪仗队一般，齐刷刷地掩饰着幕后的艰难。苏瓦燕浑身掏弄着，他觉得自己的手太少了，腿也太少了，头也太少了。只有肚子刚好够数，肚子是根，一个也可以支撑起一小片尴尬的绿色。接着，苏瓦燕模仿的是鸭爪菜。他欣喜于自己的手与鸭爪菜的叶子是那么相像！五根手指，五根叶柄，这是剔了肉的鸭爪。他趴在地上，他把双手合十，再展开，再合十，再展开……如此向上交替着反复，他的鸭爪菜长势极好。他又打了一个喷嚏，这样，他的鸭爪菜如沐晨雨，一片光鲜。前面，是一株艾蒿。这株艾蒿，刚刚遭遇了灭顶之灾，把自己的头弄丢了，命运打了对折。苏瓦燕晃动着自己的脑袋，又用双手掐着自己的脖子，两个眼珠知道兵临城下了，想逃跑，一连努力了几次，也没有跑掉。

苏瓦燕彻底趴在了地上。

苏瓦燕喝的是"五粮液"，村里自酿的一种粮食酒，五种小杂粮胡乱撮合在一起，群居，配对，发酵，再点上少许农药敌敌畏，一喝一个倒，上头入腹。他把自己喝成这样，原因是他丢了一样东西：乌纱帽。物证就是那张图纸，人证就是小媳妇。小媳妇，小媳妇，要是在旧社会，做他真正的小媳妇，多好！苏瓦燕每次喝多了，借着酒精的作用，他会把小媳妇放在心房里，一层层地脱光，一寸一寸地欣赏——那不是女人，那是开在刷烟河畔的变色野百合。在他爬不动的时候，她总在远方向他招手。这一次，也是她在招手。二个小时前，她站在苏瓦燕的院门口招手："上头来人了，上头来人了。"苏瓦燕正捧着一本新出版的满汉辞典，准备再往自己的肚里装点金银。他讨厌上头来人。一来就得陪，一陪就容易出错。村支部的大门，挂了很多葫芦蔓儿。现在，葫芦还没有长成，有的还在开花。张镇，这个他一直试图从脑子里删除的人，就坐在村支部院子中央的树墩上，一脸严肃在等他。张镇，全称"张镇长"，胖，像倭瓜。苏瓦燕实在想不出他更像什么。觉得自己像葫芦，就私下里给张镇补了一张"倭瓜票"。可是，苏瓦燕不知道，今天张镇不想当倭瓜，他想超越种族科属，当人参果。怎么不在中午来呢？也好让我好好破费一下！这是常用的客套话，苏瓦燕从来不差话，这是做村干部的基本功。另一个基本功，是喝酒。以往，说到吃喝，张镇总是一脸笑，拍一下肚子。今天，他没有笑，他拍的是屁股。他的屁股，沾了几根带刺的拉拉秧，引着鹅来了。鹅一上来，人语不懂，也把正常的人语打乱了。苏瓦燕很会一语双关：

你看，鹅也饿了。他意思是：我也饿了。这样的动物交际，苏瓦燕最有实战经验，必须会。能在农村跑来跑去的，不就是这些猫啊狗啊鸭啊鹅的吗？不会拿它们说事，怎么陪聊？张镇苦笑一下，又拍了一下屁股。这回苏瓦燕知道苗头不对了——拿屁股说事，一定是窝囊事。哼！哪怕拍一下腰呢？苏瓦燕心想。他讨厌这种隔靴搔痒的谈话方式，又惧怕水落石出。苏瓦燕看看葫芦，小媳妇就站在葫芦架下。她满脸是问号。太阳，一天的行程，已近终点。苏瓦燕撵走了鹅，他知道，有一些事情，不能让鹅知道。鹅知道了，以后见到鹅，就是旧伤复发。院子里空空的，小媳妇正与葫芦蔓辗转连为一体，是植物人。说吧，张镇，出什么事了？是大坝要决堤了？张镇又拍了一下屁股。下手狠，一阵灰尘从裤子上飞起。飞得心不在焉，有点假。张镇把眼神调整到恰当的火候，从上衣兜里掏出一张图纸，递给苏瓦燕。苏瓦燕接过后，人就爆炸了。这回骂出了声："他妈的，他妈的，我苏瓦燕是一条……是一条……他妈的……那不是你们非让我当……当枪？"

苏瓦燕虚放了一枪。他大骂出口，冲破葫芦架，先是向左跑。后又在岔道处折回，向右跑。这样，小媳妇沿一个方向跑出十多里，没有见到苏瓦燕的影儿。他知道自己现在急需喝醉，也知道喝醉了，自己喜欢把自己脱光！脱光了，才是真正的轻松。他跑到"五粮液"家喝酒，猪正在吃酒糟，他也抓了一口吃了。他一直想知道，猪是怎么生活的。这回知道了，猪，想醉就醉。"五粮液"家没有人，"五粮液"在看家，他喝了一瓢又一瓢。第三瓢的时候，他把酒倒在自己的裤裆里，他想知道，那玩意儿喝酒是什么样？这回他看到了，那玩意儿喝酒，就是不醉。它紧闭着嘴儿，就是不喝。不喝，怎么能醉呢？不做事，怎么能有错呢？他成天看自己的胸、自己的胳膊，照着镜子看后背，就是没有好好看看那玩意儿！它忽略了人体最精密的仪器。这仪器上，写着欲望。两个小时前，苏瓦燕身体装着两瓢酒，带着被流放的悲壮，一路向北。他要去看看那条街——苏瓦燕街。现在是什么样子？也许就是一条土路。如今这条土路要当官了。一个蚊子一样的小官，不是国道，也不是省道，就连一个区的主道都不是。永远也不会是。当官，当道，都是一个理。这样，他用了两个小时，沿着毛韭曾经爬行过的旧路，爬到了刷烟河大桥上。哗啦啦的河水，从背后将他抱住。把他摁到了河床上。

小媳妇，大媳妇，都来了。

苏瓦燕，还在跳舞，还光着，浑身精光，确实是一丝不挂。苏瓦燕的十指，正搅在蛛丝间，远远望去，如蜘蛛精戏猪八戒。他的大媳妇，也许从来没有在光天化日之下观摩过苏瓦燕的肉身。所以她的表情，又羞又恨。她居然用一只手捂住了双眼。另一只手，她支出两根手指，捏着小媳妇的下衣角，提向苏瓦燕说："妹子你泼辣，你去，你去……"她连小媳妇的袖子都不敢拽。小媳妇一脸诧异：这个女人，像结过婚的女人吗？是苏瓦燕的女人吗？她不知道这种哀求是伪是诈，不挪步。苏瓦燕的女人又说："妹子，你去……你去，快给他穿上衣服，姐求你了。"都求了，脸也求了，心也求了，是真的。小媳妇抱起衣服扑上去。苏瓦燕还在跳舞，他的舞步，与刷烟河的水浪，同起同落。水浪太大，小媳妇一个人，无法摆渡醉酒冲浪的男人。

她回头说：你来，你也来，你抱着他的腰……苏瓦燕的女人，从来没有抱过苏瓦燕的腰，抱了好几次，都抱到了胯骨上。在她的思维里，腰上一定住着大块的骨头。其实恰恰相反，腰上没有大骨头居住，腰是软的。小媳妇急了："你们两口子，真应该平时在家好好练习练习，怎么抱个腰还不会呢？"苏瓦燕的女人，开始演练抱腰。小媳妇指挥说："十指扣住，锁上他，锁上他，等我来。"苏瓦燕的女人，把十个手指交叉并紧，就等着小媳妇。乖乖的。那一刻，她在后，苏瓦燕在前，像两个汤勺一样扣在一起，中间没有汤，干烫着。苏瓦燕的女人，第一次知道了男人的味道。

最终，还是用衣服抱住了苏瓦燕。把他塞进衣服，小媳妇大媳妇一边一个，一熟一生，如同炕头上的花枕头和旧棉被。苏瓦燕被囚在衣服里，手脚的舞台显然小了，不方便了。这时，他才想起嘴，用舌头舞蹈。开始，舌头舞得别别扭扭，总是不到位。后来，苏瓦燕突然仰天长啸，如鞭子一样抽打舌头。

舌头彻底激活了。

"要不是我，那水库得淹死多少人？他们……他们，长心了吗？光长鱼了！"

小媳妇大媳妇说："是是是……"

"你说……你们说，把……把甩水湾村，移到双桥村，是我的主意吗？是吗？"

小媳妇大媳妇说："是是是……"

"他们出的馊主意，拿我当枪，我不当不行啊，不行啊，官大一级压死人啊……"

小媳妇大媳妇齐声说："是是是……"

"看看看，拿一条破街，补偿我，我喜欢的是钱吗？啊？是钱吗？"

小媳妇大媳妇说："是是是……"

"我苏瓦燕，是一条街了，名垂青史了，千人踩万人踏了，就要开工了……"

小媳妇大媳妇同声应和着说："是是是……"

"是什么是？你们知道什么？看……前面，再前面……那条破街，那就是我！我有那么破吗？啊？"

小媳妇大媳妇说："是是是……"

"是什么是？都给我滚！"

苏瓦燕的手臂，仿佛只是轻轻一挥，两个女人，便如拐杖一样离开了主人。太阳，也如魂魄一样，离开了大地。苏瓦燕，整整折腾了五个小时。在这五个小时里，他释放了，还没有重生。

刷烟河，双桥村，甩水湾村，工地，将面临又一次大规模的调兵遣将。调谁呢？遣谁呢？刷烟河不能动，自古以来，河与大地的手术太难做了。河一出生，就有自己命里注定的河道。河与城市发生关系——交媾、热恋、单相思、被遗弃，那都是后来人为造成的。其实河很淡泊，孤独或是繁华，它都能泰然处之。刷烟河也是这样，这次调兵遣将，它只是扮演了一个路标。和苏瓦燕的命运差不多。所以，酒醒后的苏瓦燕，会站在刷烟河大桥上，望着滔滔的河水，一遍遍地诉说："只有我懂你了。"又说："只有河动不了，动它也没有意思。河没有欲望。"还说："小沟小叉，就等死。用土一埋，就毙命，活活把它们憋死。我苏瓦燕,就是那小沟小叉啊!憋死我,让我成为一条街——步行街!"苏瓦燕也哭,哭够了,脸就瘦得有点脱相。就会说:"工地有欲望,就动它!"然后苏瓦燕自问自答:工地是个什么男人?工地不是男人!女人也不是!

工地的欲望,就写在那张图纸上。双桥村,将变成双桥区。甩水湾村,将变成甩水湾区。应该高兴,升格了。这是老百姓的思维。村变区,村主任变不成区长,只能当个片长。这是村干部的思维。而苏瓦燕直接变性了——变成了一条街!

——燕,燕,街就街吧,我查了一下,那条街,过去还是有名的御道呢!皇上专用,几百年都没有改过名字。你看你多厉害,皇上也得给你让路,你赶上皇上了……

苏瓦燕总是醉酒。

小媳妇实在不知道怎么安慰他。她很认真地查了历史资料,越过妓女、军阀、日本鬼子,把货真价实的皇上搬出来。把辽金明清的皇上都请来了。她从心底心疼苏瓦燕。她直接说"燕",就表白了这种心疼和亲近。

"燕,燕,你看大金皇上,就常走这个道,你再看看大清的皇上,也走过这条路。怎么就没有人知道呢?这么有名的路!没了多可惜!"

小媳妇是看着苏瓦燕的脸色说话的。她所有察言观色的功能,只在苏瓦燕身上好使。她把苏瓦燕问住了。苏瓦燕突然失声说:"老祖宗留下的那点香火,爬到今天,也爬不动了……"

第八站：爬着爬着天就亮了

乡村的早晨，是鸡叫醒的。工地的早晨，是机器叫醒的。七月的刷烟河，水涨了很多。水面一次次发情，向岸边的植物求爱。这爱来势太猛，只有高一点的大树，可以消受。对于那些低矮的草本植物来说，这样发情，近于发威，很可怕。蓼科的植物，水一扑就倒了，它不会爬，叶子葬花，一个浪一个坟。只有秧类植物，顽强地寻找着活路。秧知道相互搀扶，不排斥。相互让路，不霸道。相互低头，不计较。

工地，流行黄色段子。工地营养不良，长不出绿色，只能长出黄色。自从毛韭做了一次地爬秧，似乎刷新了吉祥旅店"地爬秧"的形象。整个工地，像讲述才子佳人的故事一样，讲述着毛韭与黑牛的故事。

这个故事，长了翅膀，飞遍了工地的各个角落。

"真招笑儿啊，钱没挣着，还倒搭两盘炒面！黑牛真牛！一分钱没花，吉祥旅店好像是他家开的。"

"笑什么？有什么好笑的？女人，还是有好样的，不是个个只认钱！"

"是啊，以后，咱们也得对地爬秧好一点，别像祸害老母猪一样糟践她们，她们也是人。你想，她们也很困难，还能有这善心，不容易。"

"得了吧！那也得看准人，我上次，也是饿得难受，那个女的硬是把我踢出来了！"

"我问你们，吉祥旅店门口那个年轻的女孩儿，最近怎么不见了？"

"怎么不见了？我告诉你们，人家有正事着呢！人家考试去了！"

"考什么试？"

"人家报考了工地安全员！"

"靠，真有正事！笑贫不笑娼，过去，有正事的妓女当了皇上的大妃。现在，有正事的地爬秧，要当安全员，哈哈哈……"

"她不是地爬秧，肯定不是！"

"不是？你知道，你试过？"

"她能当安全员？看她那胸，能让工地安全吗？大家都看她了，不出事才怪呢……"

"别胡说，出不了事，这叫一物降一物，我肯定听她的！"

"话说回来，咱们这个层次，能遇到这样好的地爬秧，日子还算有盼头。男人，还是需要女人来疼的，没有好女人疼，做个男人有什么意思？"

"看见没？吉祥旅店的生意，最近超好！这事，还传到黑龙江了呢。前两天，我一哥们儿，从黑龙江工地打电话，向我询问这事，还问我：那个地爬秧长得好不好看？"

"呸！还真把她当名妓了呢？"

……

说起地爬秧，工人们干起活来，眉飞色舞，更有劲头儿。当然，他们不知道，毛韭就是那个义气的地爬秧，就是那个救了黑牛一命的地爬秧。

黑牛很想给毛韭找一份工作：做饭。

做饭是工地的俏活，收入中等，体面干净，关键能让毛韭活得像个女人。这事，得去求林三工长。林三工长，是刷烟河工地新来的工长。林三工长，十分讨厌工地的男女关系。他开会，常这样训话：你瞅瞅你们，一个一个像兽一样，一身臭泥，累得跟王八犊子似的，还有心情去干那事？家里老婆孩子都等着钱花，老爹老妈等着钱花，舍家撇业的容易吗？牵肠挂肚的容易吗？你们挣的都是命！把钱胡乱花在下三烂的女人身上，值吗？也不怕生病？再让我抓着你们，直接开除工地……

林三工长衡量一个工人的好坏，男女关系是否清洁，是重要的标准。所以，这让黑牛很为难。黑牛小心翼翼地控制着他与毛韭之间的距离。每迈一步，都精打细算。黑牛是真怕丢了工作。林三工长有一样很好——但凡工地来了女人，只要不跟工地的男人睡在一起，他就很放心，不会追究。是谁的？来自哪里？来做什么？为什么住了那么久还不走？这些问题，林三工长从来不过问。实际上，他不放心的只是夜晚。看好工地夜晚的男女关系，就等于全天候看好了整个工地的男女关系。工期紧，一个萝卜一个坑，工人们在白天，是没有时间做那事的，也没有机会。林三工长最恨的就是吉祥旅店和里面的地爬秧，那是他眼睁睁却无法插手的领域。他最焦虑的就是傍晚，这个时间，生理上饥渴的工人下工了，大部分工人会去找地爬秧快活一下。一路大喊："解乏。"

黑牛不会去。

最近，黑牛的早餐吃得很少。因为他在夜里吃饱了。

夜晚，他的地爬秧——毛韭，就睡在他的隔壁。中间只隔着一层房板。仿佛是虚设，一切信息都是共享的。热门信息，多是尿盆传来的。毛韭尿多。这是伺候自己的丈夫留下的后遗症。黑牛总是被尿浇醒，那声音真好听。他甚至后悔，应该买一个白钢的，而不是现在这个塑料的。白钢盆，应该更好听。夜晚，黑牛总会在尿声里，陷入混沌。

那是一片幻境。

——工地的沙子，变成了大米，毛韭在抓，一边抓一边笑。

——工地的板砖，变成了豆腐，毛韭在搬，一边搬一边笑。

——工地的钢筋，变成了豇豆，毛韭在摘，一边摘一边笑。

——工地的水泥，变成了饮料，毛韭在喝，一边喝一边笑。

——工地的图纸，变成了煎饼，毛韭在吃，一边吃一边笑。

这一切都是铺垫，这么长的铺垫，黑牛有足够的耐心等待。因为最后的重头戏，是毛韭。

——工地的馒头，变成了毛韭的乳房，他在啃。先是小口，后是大口。最后剩下一小层的时候，黑牛便收住嘴，不再吃了。黑牛舍不得一次吃光，他知道这是梦，他要留下一点儿，做下一次的梦引子，如同面引子，这样的方法，百试百灵。梦引子，真的夜夜发酵，他夜夜有馒头吃。黑牛现在才明白：女人，就是给男人吃的。女人好吃，女人身上的那些零部件，个个长势喜人。

梦是靠不住的。黑牛很清楚。在为毛韭找工作的事上，他还在努力着。

得求林三工长！

就算肩上扛着钢筋，黑牛也会突然冒出这句话。他还把这个愿望喊成了号子——求啊，工啊，长啊；求啊求啊求，工啊工啊工，长啊长啊长……

他想让毛韭做饭！

这也是黑牛心中持之以恒的信念。

这样，毛韭就与林三工长打起来了。这一仗，是小媳妇《第一任丈夫交响乐》的高潮。

黑牛去求林三工长。

求的时候，黑牛给林三送了三样礼：十斤榛子、五斤花生、一桶小磨香油。前两样，都是老家的土产。后一样不是，小磨香油是一个来自河南的工人送给他的。他没舍得吃。他红着脸对林三说："那……那个，我家那口子，想找个工作，工长还得麻烦你给安排一下，能不能让她做个饭什么的？"黑牛有心理准备，如果林三工长急了，他就把毛韭的故事再讲一遍，把谜底揭穿，告诉林三工长，毛韭就是那个救他命的人。容不下破烂女人，还容不下义气吗？黑牛知道，林三工长是一个很讲义气的人。黑牛把毛韭说成是自己的女人，也没有跟毛韭商量一下。在毛韭这里，他大男子主义了。男人的事，不用跟老娘们儿商量。腰板也直了。林三工长见到榛子，很是欢喜：这玩意儿毛头毛脚的，长得跟我儿子似的！黑牛知道，他没有儿子，他只有一个五岁的女儿，但他坚持叫儿子。林三工长喜欢榛子，只这一样，就可以旗开得胜。花生和香油，是小兵小卒了。黑牛如释重负。以前他给林三工长送过钱，但是林三工长坚持不要。很厚的一沓，他也没有要。那时候，他认为那是林三工长在装人。今天，他明白了，林三工长更喜欢这粘贴在榛子身上的乡情和亲情。是真的喜欢：他把榫子对着阳光用嘴吹，边吹边说："把嫂子领来让我看看吧，正好咱们这里吃饭的人多，做饭的人少。还有，你跟嫂子说，让她帮我洗洗衣服，内衣内裤不用她洗，就给我洗洗外衣就行。我给她多加两百块钱。"

上面的话，林三工长说得跟榫子毛一样轻巧。这样，黑牛就把毛韭领来了。毛韭见着林三，身上的元气，瞬间恢复了。元气，是在气愤的强力号召下，一下子聚集的。她上前揪住林三的脖子。林三个子很高，这样，毛韭就像吊瓶一样，挂在了林三的身上。毛韭的手指就是吊针，五个手指在林三的身上乱扎着！

"啊？真是冤家路窄啊！你还认得我不？认得我不？"

毛韭五个指肚点在林三的脸上，一点儿一个红，她根本不给林三开口的机会。

"我今天，扒了你的皮，才解恨！没有你，我能在这里吗？我能挨那顿揍吗？我能当地爬秧吗？你个丧心狗男人！你个变态的狗男人！"

毛韭第一次骂男人是狗，是变态。黑牛在一旁急得直跺脚。他是钢筋工，只会用力气，不会干技术活。毛韭与林三打仗，技术含量太高了，是倒叙，先说结果后说原因，黑牛插不上手，也插不上嘴。他想把毛韭从林三身上摘下来，就是摘不下来。毛韭像蜱虫一样，叮得很紧。

黑牛更怕的是：他们两个，什么关系？

"你个变态！你吃十个饺子，你折腾我跑了十一趟！你吃个大蒜，折腾我上房爬墙，想起我没？想起我没？"

毛韭双目通红，咄咄逼人。提到饺子，林三软了，两膝一弯就蹲下了。这样，毛韭就从他身上脱落了。大概是林三的哭，让毛韭收起了所有的愤怒。很多东西，是怕眼泪的。男人在一个女人面前流眼泪——那是示弱，也是坦诚。

林三说："嫂子，你别说了……我想起来了……对不起……我那天，我去吃饺子，那是因为，我家她，最会包饺子，可是我把她伤透了。我让你给我拿蒜，我说不要妻离子散的，我是真的不能去看那一瓣一瓣的东西。我说不要白皮蒜，那是因为以前在家，她总是给我拿紫皮蒜吃，说紫皮蒜有营养……我不是有意为难你，我那天太难过了，太难过了啊……"

林三已经泣不成声了。

"嫂子，这工地，害人啊。天天，他们是早六晚六，我呢？我是早四晚十，有时夜夜不睡。我生怕出人命，我不是怕赔钱，赔钱也不是我赔，况且每个工地都有死亡名额。可是，他们要是谁把命搭上了，我能安心吗？这些年，我在这里，憋了一肚子火，我回家就发火……我回家就折磨她。你说我变态，是对的，进了工地的男人，都会变态的。你骂吧，骂了我，我好受一些。你看我天天站着，满工地神逛，其实我是在爬啊！但凡有别的出路，谁会来工地呢？就像你今天，要是有别的出路，还会来工地吗？你……是哪个村的？黑牛，你在骗我，是吧？"

黑牛一身汗，一脸泪。他在听一个工长的独白。这独白里，插叙着毛韭的身世。毛韭也是一身汗，一脸泪。身上出水的方式，泪连着情感，汗连着冷热，尿连着饥渴。毛韭跟林三说，她先前是甩水湾村的，现在是双桥村的。一听到这两个村名，林三止住的泪水，又涌了出来。林三的眼睛很大，泪珠也大。

"啊！这样说来，她和你们是一个村的了。你知道我为什么来这个工地吗？我就是想离她近一点。我们散了以后，我觉得我太对不起她了。以前，我家里条件不好，她一个人揽着一大家子，我回家还折磨她。工地折磨我，我就回去折磨她。她没有人可折磨，实在挺不住，就冲着窗户大喊。喊一次我打她一次，终于把她打跑了……"

毛韭不知道林三具体在说谁，问他有照片吗？林三就从衣服内兜里摸出一张两寸照片，递给毛韭。毛韭呀的大叫一声："这不是小媳妇吗？她不是处女啊！"

接着，毛韭又嘱咐林三："你可千万别去找她，你就这样远远地看着她吧……"

毛韭越来越知道小媳妇的难处了。

毛韭就这样上班了。除了黑牛以外，在这个工地里，没有人知道她就是吉祥旅店那个有名的地爬秧。有了这份工作，她与黑牛的关系又近了一步。这种近，不需要两人相互走动。他们依旧各忙各的，彼此携带着对方的信息，连同病毒。林三对工地看管还是很严，他最怕工人们男女混居，那样的话，恶果太多。恶果，警察喜欢，一端就是一窝。毛韭的身份，名正言顺——黑牛的女人。但是，毛韭并不死心塌地，她一直在寻找着可靠的证据。

——这要感谢一只王八。

刷烟河工地，向北走出十多里地，有一个小水库。有了毛韭，黑牛特别爱洗澡。其实，洗完了依旧是自己睡。但他只有洗完了，才觉得对得起毛韭。梦里，他还要与毛韭约会。这回，梦里，馒头变成了泡芙糕点，有奶油，他吃得欢。黑牛的梦境，装修了一样。他认为这都是洗澡的功劳。有一天，黑牛去水库洗澡。不知怎么，一只王八爬到了他的身上。黑牛就把那只王八带回了工地。他知道王八的学名叫乌龟，可是，叫乌龟也不好听啊，男人被乌龟大王八盯上了，多不吉利。说不吉利，就不吉利。到了晚上吃过晚饭以后，黑牛的腰就直不起来了。怎么弯都是刺痛，活像一个虾爬子！把我烤了吧？你们快把我烤了吧！我不当虾爬子，黢黑黢黑的，那算个什么？我要当大龙虾，通红的那种……黑牛疼得浑身是汗，他都开始安排后事了。工友们都在安慰他。黑牛吃过一次虾爬子，知道它怎么煮也不红。林三说这病来得蹊跷，碰到了王八，也不见得都是坏事，快送医院吧。这样黑牛就连夜被送进了医院。好不容易挨到天亮，拍片子一看，是腰椎长了骨刺。林三说："快点手术吧，这都压迫神经了，这地方跟脖子似的，神经一窝一窝的。"这样，黑牛就手术了。手术完了，林三又说快给家里打个电话吧，让家人来伺候一下。在这个工地里，林三说什么就是什么。这就是工长，一言九鼎，说一不二。电话打不通。林三说往他家的村部打吧，让村主任跑跑腿，通知一下。这一说，黑牛就哭了。哭得鼻涕很长很长，也忘记了毛韭还在身边。也许是因为毛韭还在身边，他才哭得那样委屈。他一直摇头、摆手、流眼泪。他身上只有这三个地方可以动弹。整个腰按兵不动。林三知道他有难言之隐，就用目光击退了病房里的工友。黑牛说："我已经离婚了，家里只有儿子儿媳了。我没有钱了，儿子儿媳也不会伺候我了。千万别往村部打电话了……"

毛韭在偷听。这样重要的证据，她不能错过。

那一夜，守在病房里的毛韭，做了一个关于土地的梦：甩水湾村的那个大水库，被林三指挥着填平了。那块土地，由苏瓦燕做主，划归到毛韭名下了。毛韭在土地里，种啊种啊，把今生想种的，都种上了。累了，她还用土，为自己洗了一个澡。洗完了，她又在土里晒了一会儿月光。是月亮，不是太阳。月亮一直在天上爬，她学着月亮，在地上爬。爬着爬着天就亮了。女儿韭花来了，黑牛来了。最后，她的丈夫也来了，长出了腿，和阳光一起微笑着。阳光下，一茬一茬的秧儿，一层一层的蔓儿，都在伸着手，等待明天……

父亲，牛车，鸢尾

1

请允许我用人性的情感去回忆它。它与我的故事，一开始是有点儿血腥的。

它就是鸢尾花……

在我们家，常常要面临这样的尴尬：在父亲那里，我要与我家的那头老牛争宠。父亲给牛洗澡，用河里最清的水，却从不给我洗澡。父亲天天给牛梳尾巴，却只给我梳过一次辫子。父亲还给牛梳理全身，用新买的竹笤帚，从头到脚，一丝不苟。梳理的时候，我就站在牛的身边，每扫一下，我的全身就像过电似的麻酥酥的，好像我是牛。此外，我还得到了一些牛毛。

这些我都能理解，毕竟我们一家的日子，都在这头牛身上。唯一不能理解的是，父亲居然给牛送花，送的就是鸢尾花。那天黄昏，父亲赶着一车的青草远远地回来了。草香到达了我的鼻翼，把我身上的神经全都激活了。那青草，棵棵肥嫩，叶叶油绿，像春韭。虽然颠簸了一路，还是英姿飒爽。它们究竟来自哪里？我的鼻子闻不到，只有父亲和牛知道。

到了院门口，父亲和牛深情地对视了一下，牛就停了下来，等着父亲卸车。对视，是父亲与牛的交流方式，他们已经度过了需要鞭子加吆喝来解决人畜沟通的磨合期。父亲把一捆捆的青草放到草棚里，牛静静地看着父亲，像一对老夫妻。草棚，是牛的厨房。这里窗明几净，高档餐具、厨具一应俱全，各种小吃更是色香味俱佳。铡刀是父亲新购置的，餐具是父亲纯手工制作的，是用整块的木头雕刻出一个大槽。雕刻的时候，槽的边缘不用砂纸打磨，故意留出凹凸，让牛蹭痒。牛的小吃是豆饼、玉米面还有大粒咸盐。牛不能吃黄豆，吃了黄豆，它就会胀肚。我家的锅台塌了一年了，父亲不闻不问，却在这里对牛施展他的厨艺。

凡此种种，我认为，牛比我们重要。

把一捆捆的青草安顿好，父亲开始铡草。以前，每到这时，父亲总是叫上我，让我续草。我没有主动，我就站在父亲的身后。我要用这种被动的方式，让父亲知道我是有用的。可是，这次父亲居然没有叫我。

牛尾巴在屁股上蹭来蹭去，还时不时地伸展一下，扫扫父亲的胡腮。我一下子就猜透了其中的秘密。原来，一捆捆青草里都有几朵墨蓝色的花。那花被青草掩护着，被父亲的手迷惑着，毫无惧意地来到铡刀下，然后碎尸万段，流出墨蓝色的血。寸寸青草，瓣瓣芳魂，就这样葬送在父亲为牛准备的野花宴里！父亲每铡一下，我的手就像短了一截，等到铡到我的胳膊的时候，我开始反抗。我手忙脚乱，一捆捆地解救。父亲捆草的技艺高超，草扣精致、简约、结实，从来不会自动散包，解开它需要密码。好在，我曾经看过父亲收割麦子，他对一切需要捆成捆的东西，都使用一个扣式。这就像他所有的裤子与一根腰带。密码很快就破译了。青草划伤了我的手，尽管，把鸢尾花解救出来的时候，它们遍体鳞伤，它们披头散发，它们花衣破裂，我还是很高兴。牛见我在夺它所爱，便不停地用尾巴给父亲发信号。等到父亲回头，厨房已是一片狼藉。

我和牛的矛盾，从此激化到了顶点。而父亲站在牛的那一边。父亲一边恶狠狠地压着铡刀，一边骂我败家。牛一直向我瞪眼，眼珠像要掉出来。牛不会说话，它在用表情配合着父亲的语言。我怀里抱着鸢尾花，我能感觉到它们需要抢救，它们在我的怀里瑟瑟发抖，它们离开了人迹罕至的大草甸子，第一次见到人烟，第一次与铡刀同处一室，恐惧极了。父亲还在抱怨，我的耳朵尽量不听，我怕耳朵塞满这样的语言，太沉重了，跑不掉。趁父亲安慰牛的工夫，我伺机冲出草棚。草棚的门槛子太高，没过了我的膝盖，它把我拦住了，我就顺理成章地趴到了地上。就在我要趴下的时候，我把怀里的鸢尾花使劲往外一推，我的下巴生生地砸到了石头上。

我的下巴突然长大了许多，像用了酵母，还抹了辣椒，生疼。我把鸢尾花捧到河边，这是它们最好的疗养院，水源源不断，可以安度余生。回来的时候，路过牛棚，我看见牛正满足地咀嚼着它的野花宴，我能闻到豆饼和玉米面的香味，也能闻到鸢尾花的血腥味。我与牛的矛盾，从此不可调和。

那一夜，我给牛悄悄地准备了黄豆。生的。

2

父亲还像往常一样出现在黄昏里。"黄昏"是父亲教我的，我要多次使用它，才对得起父亲的教诲。黄昏里，父亲抱着我，抢先于我的老师将"黄昏"的意思解释给我听：就是天快黑的时候。我相当自豪，一夜激动，并在第二天的语文课上，第一个举起了手。黄昏，彩绘了我的小学。黄昏里，父亲的牛车再次出现在院门口。父亲还是父亲，车还是那辆车，牛却不是那头牛了。在那头牛与这头牛之间，父亲伤心了很多回，但是没有打我。他只是经常掉眼泪。我想，我解救的鸢尾花，它们是在父亲的泪河里重生的。这有盐分的河水，会让它们体内更坚强吗？

车上还是一捆捆青草，不同的是，花是花草是草了。父亲变了。高高的、一层层的青草，像砖一样砌在车上，而顶部是我最喜爱的鸢尾花。我的鸢尾花像女皇一样，高傲地在黄昏里望穿秋水，朵朵与我对接。等到父亲的牛车停稳，我还会让父亲把我举上车，坐在鸢尾花丛里，享受一下女皇的待遇。我抱着花，向车下张望，四面八方都向我走来了。然后，我把它们一一邀请、修剪、插瓶。不一会，我家的西屋、东屋、窗台、木箱还有炕上，便处处是鸢尾花了。它们像蝶一样舒展，又像兰一样静谧。夜晚，我对着它们想那逝去的鸢尾花，父亲对着它们想那逝去的牛。

父亲对牛，一直是情感专一的。新来的牛，除了没有享受到父亲的野花宴，其余的都享受到了。每次铡草，父亲还会叫上我。我把缕缕青草一下子塞进铡刀的喉咙里，那吞咽的声音又让我想起了那墨蓝色的血。父亲指点我给牛做可口的饭菜。先把草铡成一寸长，再把豆饼用水泡了，浇到铡好的青草上，然后再放上粗盐搅拌。这素拼的佳肴，看起来赏心悦目。

新来的牛，像填房，处处照顾着父亲的情感。父亲与牛，依旧不用鞭子。有时，新来的牛也冲着父亲撒娇，像少妇一样叫两声。但当它见到父亲面无喜色，便乖乖地把头插进空槽里，许久再抬起米。那时它也许正悄悄地流下了眼泪。有时，新来的牛想撒撒欢，前蹄刚一举起，见父亲的脸上有怒色，便很快收了前蹄，规规矩矩地原地踏步望远。

泡豆饼的时候，我在想那忘恩负义的黄豆。春天，那头逝去的牛给它们犁地，好让它们在土里尽快扎根。夏天，那头牛再次进入地里，用更深的铧在地垄沟里翻土，把它们的根固定。秋天，那头牛再次上山，把沉甸甸的它们拉下山。入冬，那头牛在场院里拉着沉重的石磙，一圈一圈，直碾到下雪。冬至，那头牛拉着它们到油房，在那里，那头牛得到了唯一可吃的豆饼。而我却给那头牛吃了很多生黄豆。整粒的生黄豆，会造反的，吸收了牛体内的水分，它们会在牛肚子里迅速膨胀，以至把牛撑死。

对于那头逝去的牛，我有些后悔，但又不完全是我的错。我开始帮着父亲打扫牛的厨房、牛的卧室。还学着父亲的样子，帮着给牛修理蹄瓣。

有一天，父亲很早就起来了。因为我感觉到大炕上突然宽松了许多，我的身子一下子舒展了，铺了满满的一炕。不一会，我还没有睡够，父亲就隔着窗喊我，让我快点起来。那喊声与窗上的玻璃撞击后发出的合鸣，非常有诱惑力。我先把梦放到一边，起身穿衣下地。出了门，父亲已经把牛车套好了。车上有一个麻袋包，鼓鼓的，用手一摸，全是牛爱吃的。再一摸，是大煎饼，这是我不爱吃的。这是我家的主食。在稀薄的炊烟里，我坐上了牛车，不知道父亲要把我带到哪里。

我问父亲，父亲总是说，到了就知道了。这回答就像我问炊烟一样。

一路上，沉睡的蒿草裹着浓重的露水，车前草被深深地压在车辙里，柳树窠像永远睡不醒一样死死地挡住我们的路。过了好几段的艰难险路，前面豁然开朗，听到了些许的狗叫，见到了远处的陡山。山上的雾还在缠绵，在半山腰中飘来荡去。我像雾一样坐在牛车上，辫梢都湿了，滴着水。鞋子也早湿了。牛走得慢极了，像被山吸住了一样，每一次脚步都可以分解成五部分：摇尾、抬前蹄、放下、抬后蹄、再放下。我索性闭上眼睛，感受这难熬的爬坡。再后来，我睡着了。父亲一直喊我，不让我睡。一个身体，我派出声音胡乱应着，其余的都在睡觉。

到了山下，父亲下车了。

父亲说："到了！到了！快起来看看！"

不知过了多久，父亲突然冲着我的耳朵大声喊，我身体的各个部分一下子各就各位了。

我的眼睛先睁开了："这是什么地方？"

父亲说："你好好看看，这是花园！是花园！"

父亲很兴奋。

我问："可是，花呢？"

我只看见一片绿的汪洋，汪洋没有尽头。

父亲说："你看这！"

父亲浑身都湿透了。他的衣服很旧，褪了色，沾了雾就显得格外醒透。

我坐起，顺着父亲的手指，一路向北，我看见紫色的虚烟在我迷茫的睡眼里渐渐落实，我看到了鸢尾花。接着，我看见了大片的鸢尾花……

牛车还没停稳，我就跳下了车！

青草都让路了，那么多的鸢尾花，一簇一簇的！大地一夜之间冒出这么多毛笔！是毛笔，那么开的花骨朵儿，紧紧的，墨色的，多像刚刚蘸满墨水的毛笔啊！毛笔，我是见过的，它插在我家的年画里。年画上那么多的图案：大钱儿、金元宝、鱼、带把儿的胖娃娃，我就想起了毛笔，这是多么伟大的联想！而那盛开的鸢尾花，则恰恰是这支毛笔在叶间、雾里、水边肆意涂抹的精灵。

清晨的草甸子，没有风，只有雾。父亲要割房草，牛也不用我照看，我有足够的时间与鸢尾花亲近。那花真是别致，圆润的蝶瓣嵌着三条飘逸的凤尾。花蒂部分，像汉服中衣的领口，有层次，含而不露。汉服，我家的年画上也有。我家与人物有关的年画，有人有仙，我却只想起了仙，想起了那个花下吟诗的女仙子。这么静谧的野外，我的心里是住不下人的。

3

父亲的车上已是层层新绿。

我的手里却空空如也。我一朵鸢尾花也没有采。这出乎父亲的意料。

我想，来过这里，就再也没有必要把它们采到家里，像蹲监狱一样蹲在人间的窗台上。它不是父亲割的房草，它需要不断从地下汲取汁水，年年开出墨蓝的蝶。我想让它飞。父亲的房草，要选那细细的、有韧性的、长相标致的割回去，然后放在背阴的地方阴干。我家的老房草，它们在房上一趴就是五年，待到年老体衰了，一阵风把它们刮走。然后，老屋便苦苦等着更年轻的房草来接班。父亲是失职的，他没有让新草与旧草交接，就专门等着风来。

而这次，父亲辛辛苦苦割了一天的房草也没能到达目的地。我们刚出了草甸子，黄昏就追上来了。远远地，黄昏里现出了一个人。父亲见他来，便站住了。

茫茫草甸子，未闻一声狗叫，却出现了一个人，又是在黄昏，这无论如何都要慎重。父亲望着大片的鸢尾花自言自语。鸢尾花渐渐隐于暮色，那个人却拖着长长的影子，一步步接近我们。水靴稳稳地踩在塔草堆上，他显然非常熟悉这里。

他终于走近了我们。手里拿着刀，那刀直直地割着黄昏。

他与父亲交流依旧不用嘴，他把刀子放到自己的下巴下，比画着抹了一下，大拇指和食指迅速擦出一个响亮的手花，然后扭头就走。虽然，那个手花的动作极快，我还是用牛来时爬坡的慢动作分解了一下：那刀子是鸢尾花的叶子，那大拇指与食指瞬间的绽放就是鸢尾花！寻得了这份美意，我便不怕了。我不怕，父亲更不怕。父亲像应付这种场面的高手，会意起车。那个人边走边收了刀，只看天不看地。水靴依旧稳稳地踩在塔草堆上，每走一步，便把黄昏死死地踩进塔草堆里，直到所有的黄昏都消失在他的脚下。

他一直不回头，用声音判断着我们与他的距离。父亲一句话也不说，这么需要声音的夜晚，牛也不叫一声，撒娇也行啊。不知走了多久，大概翻了两座山，前面现出了一点儿微弱的光。这光小如豆，却让我看到了希望。等到我们走进光里，那个人再次掏出刀子，指指车上的房草，又指指地。父亲会意，把车上的房草一捆捆地往下卸。我也跳下车，帮着父亲卸车。我的体重与一捆房草的重量差不多。每抱起一捆草，我就能摸到这捆草的密码，它正好触着我的腰。这是一个与我家一样的院子。房草都卸完了，父亲还不走。父亲像是到了自己的家，把蹲在地上的房草一捆捆地列队整理，摆在了白天可以背阴的地方。

他终于说话了："走吧，那个我弄就行了。"

父亲依旧不说话，像是黑夜里根本不存在这个手持刀子的人。父亲整理完最后一捆草，收拾完车上的绳套，又用手拍着叫醒了疲惫的牛，然后示意我上车。

当那如豆的灯光消失在夜色里，这一天也就消失了。

父亲割的房草，被劫了。

父亲割的房草，最终没有到达我家的房顶，它半路换了主人。被劫，这野生的江湖课，最初还是父亲向我启蒙、普及的。

我对课本内容已经倒背如流。我们村，割房草的父亲，割房草的小伙儿，割房草的老头儿，都有过被劫的野史。父亲讲课时，就像今天卸草时那样，平静得像大雾里的鸢尾花。

仿佛，那都是此生应该发生的，不必大惊小怪，发生了，以后的路才能更顺当。

我后悔，没有采一朵鸢尾花，哪怕只是一朵，我们也不算是空手而归。我后悔，没有拔出一支笔，哪怕只是一支笔，也会绽放出整个鸢尾花园。我和父亲在如墨的夜里行走着。夜里，伸手不见五指，是呼吸让我们知道彼此的存在。父亲确实是累了，蜷缩在空荡荡的车厢里，很快便呼呼地睡着了。我依旧趴在麻袋包上，下面是牛吃剩下的豆饼。

父亲一路上说着梦话——

咱家的那头老牛，就是从这里牵回来的……

咱家的这头牛呢，是我从前面那个拐弯处，再往南走，翻过两座山，花了大价钱买回来的……

你将来考上学，就应该从右边那个路口走出去，再翻一座山，下了山，你能看见还有一个大草甸子，大草甸子里有大片大片的鸢尾花……

你不是说它像毛笔吗？我明天就去给你买一支毛笔……

还记得"黄昏"是什么意思吗……

千万不要忘记了……

碧蝉花

1

这样的重任，我怎能完成呢？

我的母亲，在一个烤死人的夏日，命令我背上喷雾器。喷雾器里已经装满了农药。我的母亲说："去吧，趁着最近几天没有大暴雨。地都荒了，庄稼快让杂草吃光了！"

母亲说的杂草，就是碧蝉花。

而我，就是不背。

我把手死死地倒扣在后腰上。我能感到，我的手指都要扣断了。我想，只要我不出手，这个喷雾器就很难爬上我的背。

浅绿色的喷雾器，浅绿色的药水——那本是冰镇饮料的颜色。可是，把它装在喷雾器里，实在是太可怕了。我先天惜命，我一看到喷雾器就吓得要死，哪怕是空的，我也要眩晕。而当农药喷洒出来，我就感觉天塌了、地陷了，感觉我中毒了，我快要死了！

面对喷雾器，我能在几秒钟的时间里，迅速计算出我死亡的速度。我确信只要背上它，离死就不远了。也许活不过今晚。活不过碧蝉花。或者说，我看见它就是死期将近。

我在寻找着各种借口：没有口罩，药水跑到鼻子里怎么办？药水淌进脖子怎么办？顺着汗毛渗进皮肉怎么办？但我不能说出口。毕竟，还没有人因为喷洒农药而死去。我只是亲眼看见，成片的碧蝉花，在农药的震慑下，花和叶子一触即落。有时，小风一吹，就能把它们轻松送上西天。

死是可怕的，然而，多少生命的终结，也不能给我带来致命的恐惧。只有装满农药的喷雾器，让我窒息，让我腿软，让我吓破胆，让我恨不能跪下来请求母亲放过我。

我渴望天空马上下大雨，或是隐约飘来一片阴云。

一小片也可以救我！

只要天空阴晴不定，母亲就可以举棋不定。

我知道，我一定是有病。

我患有先天性"喷雾器恐惧症""农药恐惧症"。我毫无退路地与碧蝉花站在了一起……

2

这是我最近刚刚获悉的五个农药配方。

最近，我长大了。长到了三十多岁。多出多少？我总是记不清。在与植物常相伴的日子里，我常常是不知何年的。只记得花开花落。这五个配方，是自我记事起，世界的专家们历经

30 余年研究出的新成果。可谓举 "联合国" 之力，是用来消灭碧蝉花的。

我是用手抄写的。手都软了，心也碎了。

依旧是怕，像小时候那样。我怕死在这里，怕碧蝉花死在这里，怕土地死在这里。

怕人类死在这里。

之一：50% 速收可湿性粉剂（日本住友化学株式会社生产）

之二：50% 广灭灵乳油（美国 FMC 公司生产）

之三：5% 普施特水剂（美国氰胺公司生产）

之四：72% 都尔公司乳油（美国孟山都公司生产）

之五：50% 乙草胺乳油（中国生产）

这是一篇论文，主要用来研究日本住友化学株式会社生产的农药速收对碧蝉花的杀伤力。结果，经过试验，速收的效果奇佳，防除碧蝉花的效果可达 93% 至 100%。另外，这篇论文还提供了一个较好的配方：速收 + 广灭灵 + 都尔。美国和日本，强强联手。

汗颜！93%，100%，这就是碧蝉花的死亡通缉令。

全世界通缉，全球大追捕。

追上了我的童年，追上了我的青春，追上了我的后代，锲而不舍。那是一个超大的喷雾器，让我恐惧。

几十年来，一批批的农药学者、粮食专家在碧蝉花身上，前赴后继。目的只有一个：彻底杀死它、灭绝它，永远别再出现。就是这样一种普通的小杂草小碎花，在现代人眼里，却可恨到没有退路，像土地的疑难杂症一样魔幻。它究竟是土地的皮肤病、土地的血液病，还是土地的癌症？这样的疑问，年年爬满论文。

几十年来，人类和碧蝉花的战争总是那么敌强"我"弱。这个"我"就是碧蝉花，我一直是站在碧蝉花这边的。我还与很多杂草保持着和睦关系，我生性怜悯它们。其实，那根本不是战争，那是直接使用酷刑。碧蝉花只有招供和暂时屈服……

人们研究它的叶子。叶子被逼无奈，道出了叶子的秘密：碧蝉花的叶子上涂满蜡质，农药不易渗入。于是，人们舍弃了水溶性农药，换上了乳油和可湿性粉剂。可是，碧蝉花毫不示弱。天气越是干旱，它的蜡质层越是增厚。可见，植物只是不语，它显然已经知道，人们要趁着老天干旱时，用农药陷害它。我母亲的话，它一定是听到了。于是人们加大用药量，在正午阳光最毒的时候，用农药射击它。

可是，它还是不能灭绝。

人们研究它的匍匐茎。茎无处躲藏，道出了茎的秘密：碧蝉花的匍匐茎，披散生长，再生能力很强，就算是碎尸万段，也能沾土生根。有时，无根的茎一连几天无土无水，眼看就要枯萎死亡。但是，假如这时突然天气转阴来上一场雨，它马上就会活过来。假如没有雨，它也能及时抓住一个大雾天或是一个多露的早晨，从头再来。茎有节，节处藏根。人们懂得了这个秘密，就用阳光暴晒它，吊起来晒。

可是，它还是不能灭绝。

人们又研究它的根。它的根细如发丝，绝不是只固定在某一个地方，好像随时准备逃跑。无论多少农药倒进去，也是绕道走。根是不能吸收的，根没有那么粗壮的嘴。根比叶子的自卫能力更强。于是，人们把它的根拔出来，连同匍匐茎一起吊起来暴晒。

可是，它还是不能灭绝。

人们最后研究它的籽。跳过我的先人研究它的籽。跳过碧蝉花这个俊俏、暗藏着生命仙机的花名研究它的籽。就是这碧蝉花籽的秘密，让我更加钦佩我的先人。对于我来说，中国的古人就是我的先人。先人，是我面对他们时而使用的敬语。中国古代的文人、农人、药人，甚至是画师、厨师、牧童，他们个个都是植物学家。他们根本不用多么高明的科学仪器，只凭着眼睛和劳作，就可以洞悉植物的成长日记。

他们早就知道，碧蝉花的籽，像蝉一样，具备休眠的功能。

所以，它叫碧蝉花，必须带着一个蝉字。无蝉，就不是此花。无蝉，也不能述尽此花的生存之妙。

妙！我总是这样为这植物的聪慧、人类的愚蠢而拍手叫好。一味地想灭掉对方，就是愚蠢。

只要它有籽，农药又能怎样？

无论是93%还是100%，消灭的只是它的地上部分。

全世界都白忙活了。

碧蝉花，抗寒、抗冻、抗干旱、抗剧毒、抗践踏、抗贫瘠。埋在土壤深层的花籽，埋上多年也不会丧失发芽的能力。每一株碧蝉花，会生有数百乃至数千粒种子。对于碧蝉花来说，地上的绿意与花朵，只是它漫长生命历程里最短小的一个篇幅。

那不正是蝉吗？

3

世上，没有哪一种花是长相吓人的。就连天花，也是美的。那不是病，那曾是盛开在天界里的花。所谓天花乱坠，是一种极乐世界。

花，天生就是喜神。

天降喜神，一花一世界。

我就是这样理解的。

我的先人们，也是这样理解的。

没错，那是我的先人们，如我一样远离农药的先人们，与我一样疼爱碧蝉花的先人们。

假如没有花，这个世界该是多么无趣，多么没有退路。那样的日子，我不能想象。因为我的生活，一直处处是花，是真正的中国式奢侈。每一种花在我的世界里，都是意义非凡的。

现在，我要先说说蝉。然后再继续说碧蝉花。只要没有农药站岗、监视、向人类逞能，碧蝉花就是美的。

美得天都醉了。

我总是这样上天入地地不消停。这就是真实的我。请注意你的脚下，也许你会遇到碧蝉花。请相信：花知道，你在找它。花知道，你在疼它。花知道，你在写它。我就是带着这种信仰，在花的世界里，在植物的长河里，走过了一年又一年……

最近，碧蝉花一次次入梦，我知道，它需要我去写它。它的生境已是水深火热。

我也确信，我所写的每一个字，它都在阅读。

蝉，中国的老百姓称它——知了。

这个名字起得最妙，它穷尽了中国人的智慧。我再也找不出比这更妙的昆虫名字了。知了，那就是中国的禅。这两个简单的汉字放在一起，表达了人生的一种境界：知了。

如何做到"知了"？蝉能现身说法。

伟大的中国，意蕴昆虫，水墨花鸟，抱月眠风，无处不自然。

伟大的中国，是柔软的、灵性的，是与青山绿水常年互动的。

伟大的中国，产生了禅宗。世界唯一，独领风骚。

碧蝉花，就是地道的中国花名。它与玉蝉花一样，被多情且多才的中国人赋予了蝉的形象特征。

碧蝉花与玉蝉花，仅一字之差，但科属种并不同。

中国的古人与现代的植物专家比起来，前者更能掌握植物的心性，与植物是真正的知心。以蝉喻花，是他们朝花夕拾、揣摩花性以后而得到的定论，绝不是简单的以貌取名。

玉蝉花，别名花菖蒲，是鸢尾科。

它的花，是神秘的深紫色，大蝴蝶一样，醉醉的，懒懒的，沉沉的，定是人见人爱。若是在仲夏的大草甸子里见到它，再被天光洒上些水雾，那正是紫气东来，一片祥瑞。它的花容更像蝶。但是，中国的古人最终叫它玉蝉花，那实在是命。

碧蝉花，别名鸭跖草，是鸭跖草科。

它开宝石蓝色的小花。可怜的小花，可人的小花，目前，它正受着农民的围攻。它正日夜不安地忙着安排子孙的后事。它有50多个别名，堪称植物界的"别名之最"。现在，这50多个别名都变成了一道道通缉令。谁能把它清出地球，谁就是庄稼地的大侠。也有心疼它的人称它蓝蝴蝶。但它最终叫碧蝉花。那实在也是命。

很抱歉，这就是碧蝉花的生存现状，异常艰难。我的命运锦上添花，它的命运雪上加霜。也许，天的心都碎了。命是蝉命，像蝶又能怎样？仅凭一件易碎的蝶衣，又怎能修补根深蒂固的艰难身世？

蝉的命，苦死了——

它为了躲避昆虫的攻击和陷害，一直生活在地下。钻出地面的那一天，要在不足两个月的时间里完成蜕变、婚配、生子。然后此生终结。美国有一种17年蝉，在地下生存的时间长达17年之久。那是极其漫长的潜伏，那也是极其黑暗的生命旅程。

对于个体来说，它永远知道自己的死期在哪，也知道自己的寿命有多长。地上，就是它的坟墓。永远没有送葬的儿女，也永远不知道自己的父母是谁。雄蝉交配后不久就要死去，雌蝉在产卵后也要相继死去。

每一只蝉都是遗腹子，都是孤儿。

六根清净。

碧蝉花，它与蝉一样。看似花期很长，细细碎碎地绵延了整个无霜期。实际上，每一朵花的生命只有一天。这更像蝉！蝉，从地下来到地上，就要蜕变，就要马上放翅。

那就是开放。

我的先人是伟大的。

我依旧说，我的先人。

我在走近他们，他们就是我的。

他们也是蝉。

他们早就为我备下了地广天高的智慧。只需我静下来，向着时间的深处回望一下。

他们是这样对待碧蝉花的：让碧蝉花加入了中药队伍，并破格提拔，让其与多味中药配伍，战胜人间的多种疾病。碧蝉花最主要的功能是消炎去肿利尿。最关键的是，人在野外意外被蛇咬伤，可以采集碧蝉花捣碎，敷在伤口，便可迅速救命。

他们，还把散落一地的碧蝉花瓣，拾起，研碎，当作天然的颜料，画画，染衣，写诗。那是中国最美的葬花。明宣宗很爱猫，他画的《五狸奴图》，碧蝉花也是其中的主角。

曾经的碧蝉花，书香气、烟火气俱在。

在那时，它不是粮食的公害。它可以自由开放，济世有度。那样的和谐，我也曾深深地体验过……

4

我是被父母放养的。放养的孩子是什么样？就是我这样：倔强、坚持、生命力强。

这是我后来才顿悟的。

先前，我也曾怨恨过父母：怎么就那么狠心呢？

任由我疯长。什么也不管，像碧蝉花一样。

十几岁时，当母亲在喷雾器的事件上赦免了我，我并不是无毒一身轻，每天还有很多劳作项目等着我去完成。

放学了，随便扔给我一头牛，任务是想尽办法让它吃饱。

牛吃饱了，再给我一筐菜，任务是把它们打扮得漂漂亮亮。这筐菜要是萝卜还好，洗洗干净，再摘掉萝卜上的杂毛就可以了。要是碰上韭菜，特别是第一茬春韭，韭细如毛，裹着稀泥，那定是难为死我了。一根一根，针一样，叶薄如纸。我最初的耐性就是韭菜培养的。

菜弄完了，再给我一个困得要死的夜晚。有蚊子陪着我，那才是我自己的时间。我要写作业，而父母仿佛早已忘记了我还有作业这回事。好像，我上不上学都不重要。

但一定要下地。能把双脚插到泥里，才是有出息的孩子。等我写完作业，已是半夜。在拥挤的火炕上，随便找一个缝隙把自己插进去，开始睡觉。好像只是睡了一小会儿，又要起来。

这时，母亲早已把我昨天亲手侍弄过的蔬菜挨个洗了个澡，湿漉漉地放到我的自行车后车座上。我还要送它们一程，把它们送到镇上的小商小贩手里，然后我才可以上学。

我就是在放牛的时候，认识了碧蝉花。

所有的不快，一扫而光……

黄牛，蓝花，夕阳，再加上一个粉嫩嫩的我，光阴慢得像要瞌睡了。我也是花啊，把我撒到碧蝉花窝里，染了一身花汁，随它去吧。我所有的自恋都是野花教会的。

我的花师，最会宠我……

碧蝉花，它在我这里，还有很多昵称：小可爱、小玩意儿、小乖乖、小东西……那花小得，仿佛我说话声音稍大一点，就要吓跑似的。

我第一次喜欢上它，是因为它可以帮我完成任务。牛最喜欢它。那么大的牛肚子，像大坑一样难以填满。天天塌陷，天天要填。只有碧蝉花可以帮我。我只要找到了它，我就可以坐在梦里，遥望着山下的炊烟，静静地收获，然后在暮色里拍着牛圆滚滚的肚皮下山。

那心情和牛的肚皮一样满足。

除此之外，我还有几片黄豆地，那里面长满了碧蝉花。黄豆是阔叶，碧蝉花是阔叶。农药，是按着植物的叶形匹配的。碧蝉花聪明，借助黄豆掩护自己。它多数是生长在黄豆地里。这是农药向我普及的植物常识。

我的母亲，她在经过几次过分信任农药而漏洞百出以后，大为伤心。她渐渐感到，农药是大杀手。土质一年不如一年。这是致命的。这将意味着未来的大绝收……

她望着成片的碧蝉花，黯然神伤。

但是很快，她就笑了……

她笑起来最好看。

她摸索着教我更好的办法：把碧蝉花连根拔出，成抱抱出庄稼地。一定要抱着。因为碧蝉花长得太旺盛了，体内的水分太多了，抱在怀里，像湿面条一样沉甸甸的。

这事儿我愿意干，累点儿也行啊……

那是很累的。一累就是几年。那是最慢的除草方式。碧蝉花的籽，在犁杖的深耕下，像蝉一样，一年年被翻出土地。我和母亲一年年地抱着它。盼头儿总是有的。

被我们抱出庄稼地的碧蝉花，像花布一样成匹地铺满地头、沟涧、树下。我把它们码放得整整齐齐，像我曾经捆扎过的韭菜。

花是一头，根是一头。我希望它们在新居尽快扎根。它们有这个能力。我和母亲，身上挂满了碧蝉花，风一吹蓝花一地……

那种美，是壮美！

那种美，是植物的地下根，虽不容易被发现，却也可以一丝一丝地刺破凝固的现实，串联大地。后来出现的鱼田稻、鸭田稻、蟹田稻……我总在怀疑，我的母亲功不可没。

养生，多么可贵。

母亲，是一朵微小的碧蝉花……

一边，黄豆灿灿。一边，蓝花点点。

丰收，再也没有顾虑。

土地，再也没有后患。

那时，我格外敬重母亲。面对土地，她已学会收起长驱直入的征服，取而代之的是和声细语的商讨。

她知道，两不相伤，最长久。

她不是专家学者，却也自悟用最环保的方法治好了土地的"蓝花病"。那是源于内心对土地深沉的爱……

现在，还有几人知道碧蝉花的秘密？还有几个人，像我的母亲那样为了土地的长久肥沃，甘愿放弃农药的快捷？还有几人喜欢坚守一粒种子的成长细节？这如蝉一样的卑微生命，还魂一样附着到植物身上，满腹蝉苦，一身禅语，谁能读懂？

有一大部分的野花，一直是被当作杂草，被农田驱赶，流离失所；被农药追杀，险些赶尽杀绝；被高科技玷污，死不瞑目。想想这些，都会让人心痛。自然的法则，被人弃之不用。

多数的村庄，模仿着城市，渐渐褪去了村姑的素美。小河里再也荡不起一尾鱼，石头上也没有了捣衣的砧声。那声音多好听啊！木棒、石砧、布衣，一声下去，沾着水意，一梦到江南……

成片的碧蝉花，就是江南水乡的布衣，就是中国的青花瓷。它的美，无可替代。布衣不长久，但养生。青花瓷易碎，但养生。多少年来，我一直在想，除了母亲那种善待土地的方式，就没有更好的办法吗？毕竟，仅靠双手的力量，还是有限的……

5

我非常难过。目前，没有更好的办法。

盾负泥虫，曾经缓解了人们的忧虑。但是很快，它又让人们再次跌入治理杂草的深谷。

盾负泥虫，是一种鞘翅目昆虫。

它可以大量取食碧蝉花的幼叶、幼茎，而不取食碧蝉花的老叶、老茎、花和籽。它与碧蝉花的生活史是同步的。经过笼试，让 20 对盾负泥虫与 30 株碧蝉花同居，发现碧蝉花的结籽数少了 94.6%。让昆虫上阵，总算是把人类的双手解放出来了。但，新的问题又出现了：盾负泥虫飞翔力很弱，食品单一。在没有碧蝉花时，它会不会自行饿死？

这种研究，在中国整整持续了 20 年。

20 年，那是一条回归路。在回归中，重新认识人与自然。

纵然没有取得最终的成功，也是大成功！

最难调理的是自然！再好的中医，也难以为自然把脉。自然的生物链，唯有不去破坏，维持本然，才更明智。

世界，约有 70 多亿人等着吃饭。

中国，约有 13 多亿人等着吃饭。

土地，一直在衰老。土地一直生不出孩子。只有植物可以像天然的护肤品一样保养土地。

现在，美国一些地方的农耕方式已整整倒退了 50 年，是被迫。美国的部分农民，被迫恢复了手工除草方式，就像当年我的母亲。因为在农药的作用下，土地越来越无助，杂草越来越难以治理。

走上绝路的植物，已经到了乱世出枭雄的地步。看似平静的植物世界，植株在悄悄变异，花的颜色在一天天变浅，变成丧礼一样的白色。一株通体皆白的植物是多么可怕！而我见识过！农药会使自然失色，由彩色变成黑白。有良知的专家已经站出来向世界呼吁：我们必须改变对农业的看法，更昂贵的技术，并不能让我们真正接近它们……

也许，没有办法，就是最好的办法。

也许，无为而治，就是大境界。让双手动起来，抚摸着土地的温度，感知着植物的疼痛，才更能理解"家园"的含义。

我还要再说一遍：花，天生就是喜神。

天降喜神，一花一世界。

请在百忙之中，在一个晴朗的天，抬起头，望一眼天空吧！就用我们最普通的肉眼，我们依然可以明澈清晰地看到，碧蝉花，它是真正的天姿云貌！它的花瓣，上面的两瓣是蓝色，下面的一瓣是白色。

那就是蓝天和白云。

多少年来，它一直都是这副花容。

农药也没有让它失色。它在等待，等待着与人类和解，等待着与大地欢聚……

而当你低下头，你已经具备了天眼。离慧眼还远吗？观花是渐修，望天是顿悟。渐修与顿悟，那就是中国的禅宗。

那就是碧蝉花。

那就是蝉！

是禅！

这美妙的天花，降落人间，大风起兮戒定，聚散从容慧生。

只一花，足可以通天达地。

我们的眼睛，是有着很多功能的，是我们对它的开发和利用不够。不能视微，就无以观大。碧蝉花是微小的，天空是宽广的。碧蝉花与天空对答，叶叶枝枝都在诉说：万物有灵……

鸳鸯玉

1

赏心乐事我家院。

也可以这样说，玩物丧志我家院。我又犯病了。我跟老天爷一起病。我追着一首曲子，七日而不舍。这是一首马头琴曲：天上的神云。神云啊，我的城市沙尘暴浩荡，甘肃沙还是内蒙古沙？还是更远的沙？我的白天下落不明，我的星空青黄不接，我的眼里本来就容不得沙子。我只能于琴弦上隐逸的干净的云朵里避难。

七日，我跟着曲风，自命领衔主演，一人分饰两角，把西王母和穆天子的情诗，唱了又唱。

西王母：白云在天，丘陵自出。

道里悠远，山川间之。

将子无死，尚能复来？

穆天子：予归东土，和治诸夏。

万民平均，吾顾见汝。

比及三年，将复而野。

……

让老情诗入新曲，合成歌，这还是我的原创。我一直觉得，世间凡是没有歌词的纯音乐，并非生性无欲喜欢苦修，而是在它孤独的单身之旅中，都是一个秉性：宁缺毋滥。

宁缺毋滥，着实是一种高尚的品格。

作为一个职业的晚会策划、现场执行导演，吉京广，一百场电视文艺晚会结束了，十年过去了，我才知道，我遗落了如此仙乐。我才知道，这个版本的西王母，与穆天子是情人关系的西王母，一个女汉子一样的西王母，我喜欢至极，甚至心疼。做个多情的人，我的才能与生俱来。过去，我常常创意出世人鲜有耳闻的国风雅乐，彩排、细琢，和演员一起搬上舞台。或许它只等我独唱？我把一身的硬骨和一团又一团的小家子气收起，一曲曲还原着她的眼神、举止、步态、惆怅、斟酒、传情、依依、把苦恋的心煎熬到杯盘狼藉、扶醉阑珊、又战风狂吹拆散一对玉鸳鸯。啊，我最会表达不舍，这世上我有太多的不舍。我隔着密不透风的长空，只身闯荡他们两情相悦时的阴阳，跨界怀想她的美貌，野性的长发，一身的豹皮衣，豹子的一根尾巴还带着，发卡、腕饰、纹身，她还长着两颗可爱的小虎牙，笑起来就更美。这样的美女与野兽，又常年身处玉国，怎能不让穆天子心动？这个天子可是一直远离姬妾把更多的时间让位于国家治理上的呀。再想想，他一路风尘，为了践行一个王的精准，东南西北，四维上下，甚至虚空，都要八骏朝拜，起步就是一万里的长征，步步谨慎上心，唯恐怠慢了天地，惹恼了邻邦，辜负了怀有善意的风吹草动。他择吉时与西王母相见，还备了层层叠叠的厚礼，各种玉，各种桂花和姜，像绅士一样等待西王母的芳心开出桃花，摇摆着可爱的尾巴。可是，瑶池一梦未醒，家国战报传来，血腥玉英，他是王，怎能长住温柔乡？

于是，临行时，他亲植一棵槐树，又御笔书石以记之。

他说，美人，玉人，宝贝，让我赶快飞马回到我的子民中吧，等我吧，等我三年吧！

穆天子，如此懂得浪漫，拿着寓意深刻的树苗表达情爱，又怎能让西王母不留恋？

这样的情歌，唱它，不需技巧。

技巧是很做作的事。它只需我倾囊献出元情和元气。因为他们相见，自然发展到情诗唱和时，也是没有经过彩排全然由着情感冲浪直接本色出演了。我唱到嗓子沙哑、眉眼含泪、再也不能圆满时，才悟到三千年前的这场别离是如此亲民。

他们喝酒的杯子都是亲民的。

夜光杯啊——

它就是西王母设宴招待穆天子时的酒杯，特地拿出，款待远道而来的东土之王。

一杯见情深。

世间的情缘竟是如此耐人寻味。

今天，中国乃至世界的夜光杯，均产自甘肃省天水市武山县。这里的玉恰恰就叫鸳鸯玉。

2

世间的情缘竟是如此耐人寻味。

我分分秒秒都在感受它的玄妙。

刚刚——

我写到武山县，写到鸳鸯玉，又写上一个句号。这时，半秒也没有耽搁，电话响了，快递妹子说，我的夜光杯到了。仅是闻名，她可能就醉了。电话里，我能听出，她显然是把自己涉世未深的春嗓调整到了最和煦的部位，她还一下子因杯成材，把语音功能发挥到极致，并自悟拿出了国航空姐的音素，这让她出语柔美又端庄。此外，她还欢快地甩掉了死气沉沉的老套送达方式，说出了寄件人的姓名：唐云亮。她还可能一路都在猜想：究竟是什么样的人要使用夜光杯呢？世上，果真还有夜光杯如此真切地来到她贫贱骨感的怀抱、触动她生计落魄的粗指？

我这个开心啊！

仿佛一年前让我险些丧命的阴郁磁场已全部矫正。这就是我死里逃生的又一捷报。我对肉身的虔诚感动了上苍，它来自西边，它还是天上的神云：唐云亮，静云轩。都是云，又静又明亮，我喜欢。重生，作为一个人，我越来越专业了，经营自己的气场，追寻此等静明飘逸，连一个名号也不放过。我的命已容不得半点闪失。

十一天前，我一脚扎进他的店里。

他的店，甘肃省，天水市，武山县，山丹镇。

他比我小。

这一步，我跨越很大，没有犹豫的步子，一步就是一带一路，一步就抵达了西情尊位。

这时，唐云亮又难过，又想笑。

正是哭笑不得。

我们人类对身外之物的好奇心、对母国累世积攒下的情感、对远离自然的饥渴总是一触即发。一发就不可收拾，一拾就放不下。我们共事洪荒。生是拾荒的生。这里，正发生着世上最让人笑破肚皮的雅事：夜光杯。很多人见到它，就解衣，就抒怀，就往腋窝里放，就寄迷望于黑暗，想亲验，此杯到底发不发光。世相百态，一杯之引，千手抱古，类比顽童，十分可笑。而唐云亮，就这样任他们自寻答案、自悟到购或者不购。往往，他也凑趣，排杯于几案，将数个杯子，敲击出音乐，拍韵节强，悦耳。这时，他悄悄回到了真正的商朝，这就是大商朝的朝歌吧，就这样任性解释一回吧！一年销售 50 万元，有钱就可以任性的！玉，含着几亿年的自然神石，其音最是净美。往往，顾客就这样寻音求助于他。于是关于鸳鸯玉的文化讲坛又开始了。杯子成了教具，而他成了教主。唐云亮日夜耕耘，这正是一个农民的本职，不让任何人失望，这也正是一个农民的厚道。

上一年，黑龙江省的一个高中生，迷恋夜光杯，求之不得，寤寐思服，又家境窘迫没有闲钱，唐云亮就赠他一个。

赠玉，向来就是美事一桩。他喜欢系在这根木桩上。

自他野心入玉，他的日子就更是明晰地被一个字覆盖：割。四季里，他日日都在割爱。

他不是割爱高手。一个又一个夜光杯从这里走出，下落虽明，再会无期。因此，收到退货时，他还一反常态地感动、拍照晒图。因此，微店秒拍偶尔不佳赔钱时，他也还是高兴。这是他的心，赠玉于惜玉之人，玉是何等幸福啊！玉是上师，以卑渺之身，机缘观照，得以师从玉门，顶顶重要的就是学会放达。达而生迹广阔。可是这次，掉入他店里的玩笑比起经常发生的腋窝事件更稀奇古怪。一个客户要求他把杯子砸碎。电商，就是这样，一日日，富婆也有，官员也有，学生也有，各种人都有。他可真是舍不得啊，就跟客户商量自己砸不行吗？客户说，不敢砸，坚持让他下手。他是这样砸的，简直就是厚葬了，祝语，洒净，拿出正新的白毛巾，细细包上，再三回顾，又请人录像。就跟制作一个木乃伊的程序是一样的。

又有什么办法呢？我们吃这碗饭！

他哭笑不得。

一个人，于生计，最常用的一句话就是：吃这碗饭。他们，向地要饭，就要忍耐，学会割爱。

这是一场躲不过的修行。直到忘我。

我们是同修。

他的生，也是割爱的生。这个初中未毕业就下地的西北汉子，上学，总也交不起学费，总是拖欠，被老师接连点名两次，他就再也不属于课堂了。他与学业分手的日子，并没有什么大志立于黄土地上，甚至认为制作夜光杯是前途荒诞的，且已露出了荒诞的线索：鸳鸯玉，一直被玉商运到酒泉、敦煌、甘肃，一直暗地冒充祁连玉。玉可替，杯不可辱没！鸳鸯玉，何时才能正名呢？武山县的夜光杯，何时才能光明正大地替西王母分忧呢？关于夜光杯的传说、野史、正史、近代史，早已与它们血肉一统了，它们咽下的石粉比食盐还多。他也是深度学习了制作夜光杯的，长达半年上手，又长达半年成手，而达到精湛，毕生都是短暂。这是武山县数代子民的必修课，一个又一个百年大计，就是让一门手艺长进子孙的心眼指尖。但他，最终还是积攒出一张慢车票，跨越了他二十岁的玉门关，跟着刮遍大江南北的打工季风南下，到广州，到深圳。

命运之水就是如此神奇。几年后，他竟于艰涩的打工生涯里出色地完成了一句诗：远行近乡玉。他上了人间大学，亲临各种卑贱的工种，依旧没有学费，他请师学艺、润滑世情、问鼎高贵、扣解关卡，就赠家乡的夜光杯。距离果真产生了美。他最感激的是唐朝一个叫王翰的诗人：葡萄美酒夜光杯。没有这句诗，他将如何附玉生存？这样的机缘，往往稍纵即逝，讲领导人赠夜光杯给泰国公主和尼泊尔王后？讲一个外国访华使团的团长夫人宴席惜玉忘情顺手牵羊牵走了夜光杯、中国又用一场魔术巧妙破案挽留了国宝？讲渭河畔艰辛的采玉人？时间都来不及。唯有诗，七字之诗，之师，遮掩了他不高的学历，又证明了他是正统的古丝绸之路的后裔。他就这样懵懂地感知到了文化的力量，将自己潦倒的文化自信扶正，并怀上了一颗儒商的种子。黄土之外，他玉心饱满，杯情激荡，还没有回到家乡，就迫不及待地把寂寞聊天时的日志空间装修改扮，这就是他第一个店。他带回了微商、淘宝、网卡、储蓄卡，还带回了各种吱吱叫的小电器。乡人眼里，这是一些比来生还虚空的字眼，都远观之，都暗劝之，都觉得没有一个未婚妻实际。可他志在必得。一个男人，除了需要女人，更需要事业的碑迹稳固浮生。他还不知道，他正以一人之力，四下打通销路，造富，为这里填补着一项久唤不应的商业模式空白。

他说，挺难啊。

刚回来时，这个小镇上，根本没有快递，就算有了，也没有人愿意承接这样金贵的易碎品的快递生意。走山路，到邮局，发货又退货，希望又失望，也不知碎了多少个杯子！他又开始琢磨怎么包装、怎么写宣传语、怎么让鸳鸯玉摆脱夜光杯赝品的阴影。它是自然矿产，怎么能一生背个假名呢？他又拍摄视频，让视频画面挽救盲目，从矿山拍到作坊，上传网络，全程直播，半秒也不剪辑。剪辑就有作弊的嫌疑。这样，他就更为鸳鸯玉鸣不平，夜光杯的制作过程，就跟一生一样长，也跟一生一样小心翼翼……

拿出毕生的小心，只为一杯而名，只为一玉而名。

末了，他说，武山县都很感激鸳鸯玉，修了房子、娶了媳妇、买了牲畜，还有衣食都来源于它。黄土、翠韭、油圈圈、黑枣、浆水面、散饭……它们与鸳鸯玉、夜光杯一起为这里驱赶着来自祖上的执拗、清贫。韭菜呼唤着镰刀，鸳鸯玉呼唤着金刚砣，地下呼唤着地上，日夜不息。鸳鸯玉、夜光杯，比韭菜还长寿，可以换回人均年收入的三分之二。

第一次，我斗胆为地下代言，我从内心默许他们开采。这都是肉身，肉身难得。

我想，地下也是不会为难我的。

其实，他一出音，已让我碎心一地。我的来访瞬间变得复杂又翻滚着苦难学生时代的风花雪月：还债、还愿。此时，他一定不知道，我已降大任于他。他是我即兴临摹的债权人，他喜欢鸳鸯玉，他曾带着夜光杯尝遍了中国各个时段各个区域的阴晴圆缺，正合我意。十七年前，我吃不饱的日子里，我卑微如蚁的日子里，就是这种乡音支撑着我，我的文笔，也因阅读数封情书而大有起色，情缘深厚，可行文。他们高我两个年级，向我示爱，还时时跟踪我，追到食堂，追到女生宿舍楼下，追到电台的午夜心声，追到我的梦中。他们说，不求别的，唯愿这样跟着我。跟吧！山西、陕西、甘肃，这里出产的汉子，个个执着，个个让我觉得欠着他们太多。我至今还能背诵出一长串的电话号码，这个号码，曾传来西北的春芽、市井和村落。衣食艰难的我，没有冬服过冬的我，需要四年才能毕业的我，只有长发和长跑可以免遭校服淹没的我，倔强如铁犁杖的我，又是多么需要疼爱、呵护、跟踪……

这种尾随，一步步扫除了我的清贫，是我随时可以回望的财富。

我至今还在回望。

我已富裕到天眼洞开。

我也总是能于西北的黄土高坡上感受到自己富可敌国。

鸳鸯玉，让我立显阔绰。

面对它，我可以尽情享受原石的快乐，对它粗野一点儿也没什么，它本就是豪放的边塞派。

这里，我只需量力而行，不必考虑自己的钱袋子是否难为情。

随意扣响谁家的门，都乐意赠我原石，还亲自端出清水，让我洒水试玉。一水下去，素暗的它马上现出亮晶晶，碧玉样。我眼里，这就是碧玉，因为它身上也长着唯有碧玉才有的玄痣胎记。也许来世就是碧玉。它如今只是太渴吧？鸳鸯玉的原石，也就是夜光杯的原身，行色十分低调，思维十分缜密，它掩藏春心的技术太高明，只有遇到冰清的水时，才欢领湿意、舍素含碧。平时，拿出高光手电筒逼视，也很难让它交代出色。

村干部总是无奈地说：顽石啊。

除了水之外，能让它出色、驻颜有术的，就是夜光杯了。

想想吧，这里的夜光杯，杯壁的厚度往往只有一个半毫米，这就是木匠常说的一个半毛啊。

这就是鸡蛋皮的厚度啊。

最关键的，夜光杯，如我这样一个由时光族、日光族、月光族奋斗到年光族的草根民女，也可以毫不犹豫地享受私人订制。这也是我的内心一直向往的一种自由。

3

往往——

情至苦处，连个倾诉的人都没有。

槐树已枯。

美人已暮。

李商隐问："八骏日行三万里，穆王何事不重来？"

一个三年，又一个三年，穆天子再也没有来。一场横跨东西的情事，就这样高悬西天，闪电一个。处理一场战事，也许三年。而处理一场情事，也许三生都不能如愿。然而，夜光杯，它是不死心的，它是执着的，它见证了美遇，偷听了情话，又当了信物来到东土。

它比穆天子长寿。

它代穆天子守情念旧、栖居土村、御驾民心、救济最清贫的玉农，比八骏还能干。

它三度转世：以和田玉为身、以祁连玉为身、以鸳鸯玉为身。它的胸怀走向宽广，因为苦难的众生太多。

没错，西王母赠予穆天子的夜光杯，实是白玉之精。

没错，祁连玉夜光杯，曾是正宗。

假如，我们将王事国风淡化，这又成就了另一对苦鸳鸯。

鸳鸯玉，因最初产自武山县鸳鸯镇而草草定名。而鸳鸯镇，前名不详，建镇于解放之初。

鸳鸯玉，只为夜光杯而生。

夜光杯，终为鸳鸯玉扬名。

只，终，一个苦苦地等，一个终被感化。一个，悲情只向杯中诉；一个，化悲情于杯美。

悲剧美，宇宙艺术之正宗。

鸳鸯玉，它生在中国，它对夜光杯的情，并非门当户对，这就注定坎坷，世风一吹，前情尽溃。它们中间，隔着和田玉、隔着祁连玉。和田玉，谁不自愧自退？如此，长达一百年的时光里，这等世俗眼里长演不衰的攀高枝儿的情，一直被世人耻笑。它苦不堪言，躲躲藏藏。而它的出生地武山县，一个中国最贫穷的地方之一，也因中间隔着酒泉、隔着敦煌、隔着更多芳名惊艳、史记琳琅的一长串城府，其功绩也一直被玉界篡改、一笑而过、一笔勾销。尽管，它也是一心一意长在丝绸之路上。

我说，凡是情，将心比心，最公正。穿戴、家世、背景都是情外之物。长相也终将是情外之物。一切都当为真情让路。情，何以验其真？爱得长久，爱得隐忍，爱得坚固，爱得包容，还略带粗野，又粗中有细，这就是真爱，这就是鸳鸯玉。

试问，世上，还有第二个武山县会制作夜光杯吗？

而这时——

和田玉，已造假成性，名玉失身。

祁连玉，已过量开采，只剩隐者。

其他的，中国的很多玉、很多石、很多宝，虽也一直偷偷自我磨炼，争试一杯之艺，巧取一杯之利，但终未成功。比如，河南人，曾拉鸳鸯玉原石到自家的作坊，其结局只能是一场空，做什么都可，唯独做不了这杯。夜光杯，这种可与餐桌长期签约又与古风交往甚密的文化遗产，它潜藏着远远超过三个亿的巨额财富。可是，这个席位，一直是鸳鸯玉的，除了它，论谁来都是碎心一地，谁都没有它坚韧，谁也难有它的耐性：耐高温水烫。就说眼前，村里，又有几个老伯愿意喝凉酒呢？烫酒多好喝，一口干一个，划拳行令，愈是喝，愈是透亮，都如夜光杯薄如蝉翼……

鸳鸯玉，千花零落，独守长线香。

我都羡慕它。

我更敬重它。

我一直相信：高手在民间。

4

贺家店村，我是一定要光顾的。我还要再说一遍：世间的情缘竟是如此耐人寻味。

情缘，玄而不幻，当是最实用的了。如，梦中人走出梦境，真正来到我的身边，伸出援手对我施以正救。还如，我从梦中得了良言警句，醒来以后，我连缀秘藏以备正用。这就是我的武功：睡时比醒时的心眼还多。其实，我们都应该这样：大觉就是大悟。

各种玉石就是常年睡大觉。

这是我从睡眠中得到的关键词：鸳鸯玉，小仙童。

第二天，我果真见到了两个小仙童。

闲，就是仙啊。

我本是要走的。我的大东北还在等我。于我，再长的路，都是路过，人生没有尽头。

可是，贺家店村门楼下，一下子现出两个宝宝——小闲童，四五岁的样子，嬉笑等我。他们手里还高扬着新折的柳枝。一下子，我的心就化了。凡是入梦的事，我都要格外优待。

我知道,这里需要我深访,我的双腿是捆着人间这个沙袋的,我于人间的长跑也是一路负重一路提速的。

两个小引人，引我上玉楼。

即将见面的薛军奎，将是我此行最酷最炫的沙袋。

他已等我二十一年了。

他想一步到位，谒见我品相考究的人文和人味，比我晚出生了十五年。生逢其时。

他一身休闲。这个样子我喜欢。

又一个弟弟呵。

同行，我要把他石性过重的童年带走、把他围着自家的西瓜地破碧闹红的淘气带走、把他一次次战情四射的鸳鸯玉溜溜球带走、把他十六岁偷走家里两百元独闯离娘关的浮浪带走、把他身陷上海低级工厂又饥不择食一头扎进工地的落魄带走、把他由一个工地清除砖头垃圾的小杂工成长为正宗建筑工程水电工领班的骨气带走……

只是，工地的事，我直想跳过。

我知道，再白净的皮面进了工地，再文雅的小生进了工地，都意味着向粗粝下跪。

他等我，还提前备下了一长串的远途跋涉。我喜欢这种招待。这是他长长的流水席：仅上海虹桥到厦门北，约有二十个站，光是停车倾倒旅客的时长就达一小时。前味中味已过，我来品尝后味。就算残羹冷炙，我也愿意。我最怕邂逅一场空。风尘仆仆，我对其情有独钟，他也是。这一次，他选在清明节的前两天独上玉路，貌似踏青。箱包里躺着的夜光杯都是精品，并隔着木制的包装盒与几块磁铁相思着。这一路，鸳鸯玉铁石心肠，一心向东海。他自己也说，精品一目了然：更绿、更透、墨点更少。武山县，他第一个以乳臭未干的孟浪和悲悯，将贺家店村三百户村民的夜光杯一批批选秀、签约、翻倍提价，文明地阻止了肆意压价的吝啬玉商，又巩固了村民的锐气和上进心。当精品穿越鸡鸣狗叫夜夜小跑着送来时，他俨然是一个刚刚接受分封不久的小王，享受着自己极短时间内统治出的太平玉世。此行，依如从前，还是一个晴朗的早晨，向阳而立，张旗宣誓，黄土青旗，上书：贺家店玉雕，下书：中国非物质文化遗产。当一滴清泪就要滚落下来时，他迎风一笑出发了！当夜就写下了随感：我坐在南下的火车上，看陌生的风景，听陌生的歌，抽着熟悉的烟……

其实，他根本不抽烟。可是，他见同行者抽烟了，顿时跳出小我，怀上了大我，还没有等到海风的鉴定，就觉得自己是沉甸甸的了。

其实，他也记不清这是不是他的文笔。

其实，他很瘦，干瘦，单眼皮让他的世相更纯粹。他通体都是骨架，还有更多的发育空间。

他最张扬的道具就是手里的长焦相机。

他是故乡相册的义工。

我走进了他的镜头。他走进了我的心里。我们就这样，因杯成全，开始了一对一的访谈。

访玉谈杯，共事一主。

这一趟，向清明，问春风，杯中乾坤还有几战深？网购来的几块小磁铁立下了汗马之功，它们轮番上阵，商场、剧场、街市，以身验玉，击退谣言，再与杯子吻别。各地喜欢流连青旗下的游客们，总是心照不宣，总是将夜光杯一言定音塑料杯。他们说，如此便宜，如此精致，怎么可能是真玉？也许鸳鸯玉早就料到此等世间之荒唐劫难，也通晓世间最稀缺的就是真。上上上世，就已将身体里安放了带有宇宙信息的铁元素，还未出世就志向大白，把自己划归到不可造假的真石之列。

这就是铁的证据。

地下，如铁，这等甘愿守玉如己的硬汉法官更清明，它们，没有受到不良世风的诱惑而忘本。

清明节，他将一颗被江南水乡浸染得绿油油的心稍事停泊。早餐，一个游子配上七个包子两碗粥，简朴壮行，格外饱满。很快，又接近了一个飞鸣着狗叫的夜晚，眼含着窗外的灯，睡意潦倒，四肢都挂着生计的闲愁。又一个早上，随着一只小船的到来，乡音突变，他到达了一个叫浙江余姚的地方。晓风残月，海浪隐隐，当即举起相机，拍下了各种造型的水景，悄悄地对自己说了一句俗不可耐的话：一个有故事的地方。仅此而已。一回回，南下又北上，行程似蚯蚓，广东，山东，上海，江西，山西，天津，浙江，河南，北京，东北三省……跟着鸳鸯玉下海，让心导航，二十一岁的腿已过早地周游列国、饱受非议，又私下相中了高高在上或低低在下的耄耋古城，它们都得管夜光杯叫太祖。还是单身的他，尽可以四下留情，也可四下狼狈。江南，汗流浃背，还思念着热风，将名片制成扇子样，让贺家店村三百户村民的地上地下，悉数被过客紧握手中，以此提取过客看上一眼的概率。没错，扇子的效果最好。可是，这个早晨，当他闲步河边，见到一棵未成年的小树苗惊恐万状地吊活、险些跌入水中时，他忽而悲喜交集，深陷到自己的故事之中难以逃离。这个故事，这个清明节之前，也是三年，一直没有鼓舞人心的结尾。他，也是霎时感知到了世间情缘的玄妙，恰便似，此一行，注定要为自己的过去扫墓啊！祭奠旧我，祈愿新我，各种水汤汤的惊悚情节翻涌而来：台风，雷雨，鱼塘，民居，淹没，尸横长流水，生迹渺茫茫，一个临时下榻的二层简陋宾馆，险些成了他英年早逝的殡仪馆。余姚，他几乎是与洪水一起到来。一边是鱼塘决堤，一边是海水倒灌，七日七夜，水电全无，粮食顺水漂流卸任，周城黯淡荼毒。他怀里只有夜光杯，就这样，一日日，强睁眼，浅向前，与虚空举案齐眉，以杯向天取水，取远道而来的圣洁的雨水，救命的雨水，他就这样活了下来，将客死他乡的命局腾挪……

其实，他家境尚好，却非要舍弃、清空。空手倚玉，来上一场属于自己的苦修。悟道，让青春期与玉同行，征服自然就是征服自己，懂得自然也就是懂得自己。

他说，姐，你知道吗？真的绝望了，真的太饿了，七日七夜，这本是不可能活下来的。

姐知道。

姐什么都知道。

姐是过来人。世苦，这是其中一种。

很快——

已过门楼十几里。

已过清明七八天。

两个小闲童，我还没有来得及抱上一抱、亲上一亲，就远逝了，我撒了一地的柳枝碎。我也不找。我已成年。童年，本就是为成年引路的。假如情缘深厚，就会再相见。

再向前，这就是他的家了。这个院子也已等我好久了。

他像小旋风一样骑上院墙，向着远处对焦。

眼下，迎接我的，玉料棒，还有玉米棒，一排排，一垛垛，一堆堆，金黄配着深碧，粮仓样战备。这创意，这丰收，这乡味，随喜吧！我忍不住哈哈大笑起来，地上，地下，简直是绝配。艺术来源于生活，这里可以看图说话。艺术家怎么可能想到如此随意组合生计之图呢？他也哈哈大笑起来，说，觉得自己简直太幸运了。我又抢上一句：都爬过工地了，小命都被老天爷明令没收过三次了，还说自己幸运？

他又说："活下来，就是幸运。"

5

我吃了一碗散饭。

就吃最土的那种。

独自吃。

玉米面，土豆块，白瓷碗，一锅出。它其实也是东北风。

这里，我就是一根刚刚敲击出壳的玉料棒。刚刚出山，刚刚出色。我等待着这里更多的入世工序将我琢磨。

等待我的马尾。

我这种状态，一种行业很适合我：玉工。

玉工。我活着，染指地下，就做鸳鸯玉的玉工，就做夜光杯的玉工。矿山啃玉，一日日紧抱着原玉蹚过渭河的源，都是粗粗的，一个个汉子还有我这个女汉子，都是粗粗的。都是自渡。回家削玉，玉粉里，下料祈玉，都用秦腔，一个个玉料棒，骨碌起来，就是干杯。干杯啊，跟总是为空忙的没有实际收成的日子干杯啊。画样，开口，取底，掏膛，提芯，清膛，打磨，上蜡，抛光……三十几道工序，都怕高温，一路都是冰凉的水针刺着手指，直到金刚轮、火炉、马尾来收尾，直到倾一世于一杯。

饭毕，出门。

门口，一个老伯说出了让我难过的话：你对你的丈夫不忠啊。

他已上了年纪，一百岁了吧？或是他显得更年老吧？头发白白地让我更加惊艳。土村土人，他见一个口含东北风的女子与一个个玉器店小老板相谈甚欢、手把手亲授如何敲出玉料棒、四目含情为一只长相帝王的古风鸳鸯玉爵杯封禅，于他一厢情愿的猜测里、授受不亲的旧礼俗里，我这一行，定是发乎人世间最常见的男女鸳鸯之情。野的。也对吧，我是地上，我对地下有情，这也是阴阳。他的身子已佝偻成等腰三角形。他是二十世纪八九十年代国营玉器厂两轮倒闭而淘汰出局的手艺人。一个老玉工，一生只做切玉的活，一生被一个姿势统治，这让他的夜晚也很难伸直腰腿入睡。切了一辈子鸳鸯玉，又因娘胎里带出的左撇子而被现代切玉工具抛弃。他是哭着从上海回来的，六十岁的老泪，一滴滴注入学徒路上的黄浦江，又一滴滴注入他故乡的渭河。一只手千古恨。他对我说的话，其实是责问，如同上了年岁的大地责问鸳鸯玉：你对你的大地不忠啊。这是一个哲学命题，我不能让他失望，他这一生都是十分失望的，无解的，比不远处乌鞘岭隧道里的岩石成分还糊涂的。他人生的解玉沙总是时断时续，直至枯竭。我要做一回他的解玉沙。我想起了鸳鸯玉，我说："老伯，我这是取大忠而舍小忠啊。"我又抚摸着他骨硬如树化玉的脊背说："老伯，你这也是取大弓而舍小弓啊，咱们是一样的人呀……"

我们，远近的我们，都是一样的。

之前静云轩里，唐云亮的那只被迫砸碎的夜光杯，它跟着一个胆小的女生走进了辽宁省一所院校的实验室里。这里，它做了鸳鸯玉的细胞切片。这个女生写出了与前辈一样的检验报告：蛇纹石玉。这是她的学业，也是她见到的除了辽宁岫玉之外的又一蛇纹石玉。蛇纹石玉，矿物学名词。我想，这个女生，她只是假背了胆小的罪名。她其实也是不舍。

前不久，我又预订了一只玉镯，贺家店村的。

我们都是一样的。

我们因难忘夜光杯这缕缥缈的国风而一路寻根，走近鸳鸯玉。

我们相识、鼓励，向跌宕起伏的人生致敬。

我们考证出了西王母与穆天子的情事，不是神话，也非传说。因为，西王母的玉宫，今天仍然健在。

我们同唱一首情歌：白云谣。

我们还亲自鉴定出，夜光杯，它是不发光的，它的全称叫：夜光常满杯。

我们也因此将浪漫长寿的唐诗化现于此生此世此夜。

我们让黑暗更貌美。

我这样书写鸳鸯玉，这样宣传夜光杯，这样回访大西北，也不知，我这情债还上没有。假如没有，请想想西王母，再想想穆天子，帝王还是草民，公主还是乞丐，我们的命运都是一样的，我们的人生路上，都是提前安放着很多场战役等待我们挂帅平息的。也是，一个三年，又一个三年，一个美人又一个美人，一个君子又一个君子。或是，一个小人又一个小人，一场空又一场空。直到西风紧，命悬天，极乐近。交错，是宇宙常态。黑暗中，学会望月，明亮中，学会积蓄，俯仰古今，把握当下，让野心扎根民间，就可减少大错大过。这，就像鸳鸯玉，就像夜光杯。

红靺鞨

1

集安，靺鞨。

集安，古坟可真多。一下雨，正好赏坟，可以冒青烟。高句丽的坟，有名有姓的，睡着王族。没名没姓的，夷为平地，睡着靺鞨人。当然，平平之下，还睡着其他。

可是，其他，谁也没有靺鞨人流到我心里的血多。

我的心血，半数是靺鞨人的。

因为，我读到靺鞨就心动，就认亲，就忍不住跟着他们一起饥荒、一起撒野、一起过那禽兽的日子，一起造次。

第一条血河，就发源于集安：古高句丽，到了宝藏王的王朝时光，国家气数即将寿终。他本人也是由一个叫盖苏文的铁腕军事独裁者弑前王而被立。他是一个名正言顺的傀儡王。盖，杀小鸡儆大猴。唐太宗对群臣说：盖苏文弑其君，而专国政，诚不可忍，以今日兵力，取之不难，但不欲劳百姓，吾欲使契丹、靺鞨扰之……

这就是高句丽灭国的因。

而结局，靺鞨兵，就十一个字，大唐下令：收靺鞨三千三百人皆坑之。

唐太宗，战胜了还不放过战俘？

这主要是因为，当时，两军战到安市时，出现了挑战帝心权威的一幕：高句丽兵与靺鞨兵合为阵，长四十里，帝望之，有惧色。当时，高句丽征了十五万的靺鞨兵。一战下来，就只剩下三千三百人。高句丽用靺鞨兵，唐也用靺鞨兵，各征各的。

一战如此，两千余年呢？

靺鞨，本就是红的。凡是王，面对靺鞨兵，恨不过，就坑杀。由靺鞨人原创的渤海国，建国之前，靺鞨人一直不立王，只设酋长一职，以部落存在。各部安好不相欺。王是远道而来的舶来品。受欺负多了，王就是必备品。靺鞨人是痛定思痛而建国，主动引入中原文明，渴望文武双全，摘掉野人的帽子。羁縻就羁縻吧。渤海国是唐朝的一个羁縻州。羁，它的本义是马笼头；縻，它的本义是牛缰线。这两个字通向牲畜，我的乡人可以还原此状，他们把牛马放长绳拴在一根木桩上，让其半自由牧，就叫縻牛或是縻马。我也干过此事。他们现正生活在靺鞨先人们居住过的山野里。我总想，茫茫雪野，大风拔木，人马多冻死，以情当命的靺鞨兵的女人们的寻夫之路上，该是何等的惨绝人寰！她们定是会寻的，那是她们自由恋爱的心头肉，就算是战成了肉糜，也要见见他们与土的相遇是否相见恨晚……

史迹密集的古城，就是喝血长大的，集安喝得尤其多。

我也是喝血长大的。早就见过，母亲的乳汁，供应不上时，吮出的就是血。

我——

一不小心，就当了古人。

一不小心，就破了戒律。

一不小心，就春暖花开。

一不小心，就遇见靺鞨。

一不小心，我想，把这终生没有自主权的日常用语，译成汉风梵文，其意就一定是：刹那。

我们终其一生，被刹那统治。一刹那，一不小心，就天翻地覆。

我们对生的信誉，对活着的忠诚，远不如一株植物、一块石头。

靺鞨，史上，还特指一种石头。

就是最近的一天，我下班顶风行走在长春的超然大街上，目的地是家。超然啊，果真，一下子就悟透了此石的出世过程。灵感来自房子。靺鞨人的房子，简单到只惊动了一个字：坑。老少挖坑住地下，比耗子还接地气，就跟我的乡人冬储大白菜似的，地窖啊，上面还留个气眼，再插一把干蒿，怎么瞅都像个清贫的坟。那么，这种石头，就是他们造窝时意外挖出来的吧。想必，吓了一跳呢。但是，很快，合族之人便对此石崇拜得通体颤抖，择个吉日，请出萨满，供上一头长相健硕的野猪，跪到让他们神魂颠倒的大地上，向神祈请：苍天啊，此物可用否？愿赐予！

我们的古人，动用每一份自然财产，没有白拿的。

靺鞨，我已想它十年了。

十年里，我驯化自己，从舌根起程，诵它，写它，上古音，现代音，一口一口品尝它。吃下它，才更明白如何不卑不亢地舒展成为一个人的极限，那同样也是一个无底洞。靺鞨人，果决凛冽，茹毛饮血，军事上十分拼命，又因厮杀各分散，肉身零落，枯骨成柴。靺鞨，此二字，自中原国家造字机构造出它，投生到东北，它一生就只守着这野人过日子了。除此，这两个字，一旦拆开挪用，便意义破碎，不成体统，顿失个性张扬的原生态人味。靺鞨，它的古音：勿吉。"勿吉"就是窝集。窝集，就是森林很多的意思。靺鞨人的祖先，就是肃慎人。肃慎人世居长白山。

说起来，累死人，靺鞨不立文字，就让我们更累。

它是一个民族、一个部落、一个珍贵的野人符号。

它还叫夷。

假如，把我扒光，裹一身猪皮退回古代，我的户籍就是最标准的东夷。

我穿猪皮，还是那时最地道的女扮男装。靺鞨，只许男人穿皮草。女人就只能穿麻。我固执地认为，猪皮也是皮草，甚至是东北最早流行起来的皮草。回到古代，白山黑水，冰可鉴我，我还是最具个性最能干的东夷女人：冬天，我浑身涂满猪油抵挡割死人的风寒。我和我的男人编着大同小异的发辫，粘满米蒿、苍耳、鬼针草的籽，到树上去取盐，被成群的乌鸦追赶，用牲畜的尿和家人的尿洗脸。一家子挖个坑住地下，越深越富足。若秋冬死了人，就用尸体招引貂。我们登上被篡改数次的皇家正史，也不排除因脏而名，史学家这样描述我们：俗以溺洗手面，于诸夷最为不洁。我们还亲自嚼米酿酒。大部头的史记中，很多洁志都带有造假的痕迹，我们的脏却是货真价实的。假如没有利器，就很难抵达香喷喷的中原文明。箭，就是利器。也不知是哪个靺鞨先人的一箭，其射程之远，一不小心惊动了孔子。博物的孔子手持此箭，为我们的智慧杰作命名：楛矢石砮。它的箭头有毒，工艺精湛。楛，时而是桦，时而是榆。石头来自松花江。这就是夷的来历。夷，其意就是弓箭。回到古代，我样样都好，唯独嫁人艰难：我不是长乳宽臀。我会因嫉妒或插足而触犯族规，遭受严酷的刑罚。我会私奔，殉情，把心挖出来。

读史，总被这样的句子扎得心生疼：靺鞨，每战常居前。

七个字，即是山呼海啸的千军。

即是万箭穿心过。

这军，很长时间，没有旗。没有旗，还要常居前。为谁居前？为强者。新罗史、高句丽史、百济史、金史、辽史、宋史、元史，边边角角的史，光明正大的史，漂浮海上的史，靺鞨兵，一直就像闪电一样迅疾，与乌云聚合，救驾常常被误会成扰边，面目讨厌又龌龊，让一个个起自大王小王的欲望雷震得以告终和解脱。

靺鞨战靺鞨。当靺鞨人血肉模糊，靺鞨，它渐渐栖灵于石。

当然是灵。面对那些存在了上亿年、偶尔到人间客串一下的天然石头，怎么忍心狭隘到拿着一串串毫无情感的矿物学符号阉割它呢？我们当与其灵对弈，让每一个棋子彰显出超人的灵动，与灵对弈，由骇汗匍匐到渐生敬畏，再到瞻仰呼唤，且会一直输下去，心甘情愿。曲终石不散，石头会一遍遍告诉我们：输就是赢。

当我得知鞓鞢还是一种石头时，就更加想念它。

我握着古人一封封无处投递的魔幻石信，时刻准备以实物回复。

鞓鞢，此一石信，我要回复的人很多。按类别划分：皇家、词人、画家、地质学家、兵役等。鞓鞢，为石，写《天工开物》的宋应星叫它：鞓鞢芽。想必，这芽，就是极品的意思吧。一芽吐，自有春来接应，宋应星还希望它可以生长吧。古风里，民间，它丽如新娘：就叫红鞓鞢。它有着大量的粉丝群，以皇帝为大群主，以实力派的文人士大夫为首席管理员，起步就风流到大唐的仙卷。红鞓鞢，它在唐史和唐传奇里，均是唐肃宗的，由仙人托一修行人转赐，非人间之物，可治国。做石头的它，比做人风光优渥，居高临下，指点江山，它享受着王之上的待遇。只是，这股子恩宠，到清朝末期式微，到民国销声匿迹，到现在几乎无人再识红鞓鞢了。

我还认得。

我一不小心，一刹那，就认出了它。

我激动地跟石头主人说："这就是古代最有名的红鞓鞢，四千元，你只卖这个价钱，太便宜了……"

2

朝鲜，鞓鞢。

马上，我的红靺鞨生于朝鲜。对岸就是朝鲜。

当然是马上：我将随畜而安。

集安，我从畜道下的江。吃素的苍蝇、蚊子、蝴蝶迎接我。马到成功。市区的江都被旅游业包养了，我想用江水净眼净手净心，竟没有一条人道可达。要是领养多么好！领养就是慈悲，包养就是占有。真傻，包养到的也只是岸，赚的是流水账，江水是一滴也不曾就范。现在，只有马，我的靺鞨人的战马，子子孙孙延续到这一匹，等我。等不及了，也早早离岸了。马蹄印深浅不一，是慌张快意的出逃。一个拴马桩光秃秃。马粪那个鲜，车前草那个劲道，我踏着马蹄印，向前。祭江的香火蹲在一只金光明的黄碗里，还没有熄灭，小半根香带着祈祷者大半生的负荷，摇摇又袅袅。这仪式过于小巧玲珑和悄无声息，也太仓促，我都怀疑江神听不到。那小两口，偷偷摸摸留下这香火，刚走远。香都插歪了，跟他们的搂抱一样。也许他们就是靺鞨人半虚半幻的血缘。对岸，一个放羊的孩子一直试图与我对答。他以畜力行人意，借着呼唤羊来呼唤我，与羊群合鸣，恰如伽耶琴，每一音都产自弹指一挥间。我数羊，越数越多，十只、十六只、二十只，它们列队向我发送，恍惚间，一念百羊生，再念千朵云。畜道多么好，羊语千年不变，中朝，羊扮使节，我们彼此听懂。他也许还是靺鞨人的后裔吧？高句丽、百济、新罗三国鼎立时，靺鞨兵曾蚁阵冲锋如许年。我见他躺到了一个土坑里，体形惬意……

上岸，就见到了红靺鞨。

于我，似乎，不入江，就是不入流，此行，就难以操作真正意义的上岸。

丁世波，这个名字，像个谶语：一丁一世波。一个人，起这样的名字，假如不择水而居、不摇橹、不过尽千帆、不失足成就千古恨，简直就是对自身风水命理的背叛。鸭绿江，他，一个湿漉漉的成长史是：中朝贸易长达十八年，一个江上往来人，自设一店自利。中国的油菜花能签约种到对岸的朝鲜江边，就是他倚仗资历以情通关。两岸金光明，同饮一江水，共赏油菜花。官儿再大，对岸还是认生。新上任的一个市长，赶春的官道上油菜花像符咒，谈判，来来往往，志在促成大事的样子堪比敬天。可是，两轮下来，大半个月过去，收到的回复皆是拒绝，一粒种子也没有签约下地，险些栽进东风喝西风。反而，丁世波，这张对朝赴汤蹈火十八年的中国面孔，就是像紧俏的四环素、去痛片和白炽灯泡，就是从此岸到彼岸的通行证，还带着活菩萨的光环。当时，集安，全城求贤，他由三教九流共荐而走马，出使朝鲜，让十一万元的油菜花种子顺利签约，保证了应时应令不误花期和国计于对岸盛开。这是我后来才知道的。此刻，他正躲在一个角落里发呆，任我百询千问也不应一声，真真一个石头人。

不过，马上，我就懂得了他不应的妙处。

以静制动。

进了他的领地，玉石就跟土豆、地瓜、野果子、板栗、打糕一样的烟火了，与灶王爷是一家。朝鲜肉石，红白紧凑，野猪肉啊。还有朝鲜的芙蓉晶、墨玉、五彩玉、绿玉，它们因色而名。很显然，朝鲜还在坚守着古代以色相识玉质的原始分类法。

朝鲜碧玉，就跟刚刚削了两刀的大个猕猴桃一样，石皮洗过一遍，一根毛也不剩，削露的部分，玉肉鲜美，就要滴果汁的样子，一排排。那刀工没有章法，随处下刀，任意宰割，就这狂风般的肆意，更加彰显了玉质的无可挑剔。馋人，似可切丝凉拌，还可切块沙拉，还可抱着啃上一口止渴。而我，即将走进一个人的薪尽火传。

柜台上，两尊红，喜洋洋，像洞房。那红，乍视，似火，苗头正旺，深陷燃烧不可救赎。我是逐个抚摸了三遍以后，古风玉名才石砮一样带着剧毒和穿林破月的杀气飞来：红鞓鞢。它如此低调又高调，它是一种让世界中毒的石头，今天唯独射向我。我的身边，为它，已成摇滚：美国自然历史博物馆的洛乌弗尔、美国学者爱德华·谢弗、中国地质学家章鸿钊和王春云，都曾试图找到红鞓鞢的原型，长白山、火山、火玉、赤玉、红石榴石、红玛瑙，他们，世界联动，被产自东北的身份不明的各种各样的红石头足足折磨了一百余年，未见出头之日。红色的石头太多了，鸡血石、朱砂石、红玉髓、红玛瑙、红纹石、各种红色冻石等。到王春云，虽把火玉和赤玉合二为一，划归红宝石麾下，可是，红鞓鞢，自从取消了红宝石这个嫌疑身份，更加雾里赏花了。迷雾团团，百团大战。无缘就是徒劳，不是东北人没有喝过松花江水，就失去了长白磁场天然的惦记。他们的思路还是太狭隘了，色，红鞓鞢，到底是什么红呢？我跟他们一样操心此事。我走画道。一幅清朝古画露出了先机：蒋廷锡，不是宫廷画家、宗室画家、民间画家，只要不是这三样，就自由。他是一个词臣画家，集官吏、学者、诗人、画家四种身份于一身。百种牡丹谱，是他在内廷值班时累日画成的。工作之余，写诗画花，一花一诗，是诗情、画技、心境、地位、才华的集大成。恰好，其中一幅牡丹，正是标准的红靺鞨色：花烂坚莹红靺鞨，枝擎丫杈碧琅玕。此诗，就是红靺鞨的色身。红靺鞨很早就是宫廷专宠。画花王，怎么可能少了这一色呢？怎敢偏色？那得多么不实时务。一个在皇家内廷供职的人，公务自是繁忙，遗留下的作品自不会多。可是，一幅，就足以让红靺鞨的红真相大白。他画了百种。我如果不是对红靺鞨念念不忘，怎会独此一朵风流过江，追上我，临幸枯竭，了结玄幻？

丁世波，依旧风平浪静。一个死也不开窍的野人石头记此时正锁眼松动。我悄悄拿起高光手电筒，四面照彻它，鉴证它体内水样的丝绸纹，又把腮贴上去感受它。我已不相信手。我已断定，悬案一桩的红靺鞨，十年苦求，这一眼将定风波。它不是古扶余女人的红玛瑙手镯，也不是古高句丽女人的红玛瑙耳坠，那都是未熟透的花楸果一样的红，缺乏霜意，没有忧郁，单薄闲散，失血过多。而这红，浸了野玫瑰色，略带忧郁。忧郁就是高贵的一种。它与画上的那朵比喻成红靺鞨的牡丹同色。蒋延锡，他的画，有雍正皇帝担保，不会骗我。画时，一朵一朵的首发式都是雍正领衔。古人的画，着色都用真材实料，可绕行光阴，色志不衰。我还记得清清楚楚，吉林，集安，博物馆里，我曾盯着几粒出土于汉唐年代的玛瑙红豆豆手链胡思乱想：手腕真细啊，跟我十毛岁的女儿腕相一般。那时的女子一定都是小个子，笃定锅碗和炊烟，生性婀娜又很会小鸟依人。那么靺鞨女人呢？也定不会五大三粗让人瞅着发怵吧。

从吉林到集安，就是一条汉风扶余路，一排唐风高句丽城。

而从集安再到长白山，就是回向靺鞨人的家园路。

红靺鞨，这样的石头就应该价值连城，就应该国人争看，议论起来细雨霏霏……

可是，很快，丁世波给我送来一个闪电。

正是：既生亮，何生瑜？

人生困在永远不能了结。

他又捧来另一种红色石头。还是以静制动。他动一下，就足以把我的血肉江山掀翻。

这石，带着些许原土，上面布着迷人的雪花，也可以是霜花，只那么零星儿几朵，随意一点，就把红惊得无处藏身。土气就是洋气。犹如切一小口似唇，犹如满口野玫瑰。显然，它沾染了更多的野玫瑰色，它没有火苗，早把燃烧健忘，因此，它还可以与雪花共楚楚。披雪就是最醒目的等春。出土就是出使世界。它还是来自朝鲜，还是来自部队里一个叫团长的高官军令。凡是来自朝鲜的石头，都是军阀垄断着，没有一个平民可以高攀石农，平民对玉石也是不认不识。不过，平民可以挖药草，威灵仙、白藓、崖柏等，朝鲜的药草都运到中国的安徽亳州了，那是真正的纯绿色。在没有见到丁世波之前，我总是想，石头永远不可能与某个国家的党政军队缔结，那将是多么荒唐，堂而皇之地守着地上，又如饥似渴地掏摸地下，沦陷就会是家常便饭。石头就应属于一个闭路循环的江湖，没有什么可以插足。

可是，丁世波第一个挑战了我的想象力，一挑到底。

情筋挑断。

拿过我手中的高光手电筒，他说，此时，到了对岸，这就是一个灯，我们告诉朝鲜的兵，我们这里要建一面很时尚的灯光墙，我们指导他们拿着这灯去找石头，凡是可照亮的石头我们就回收。这样，高贵的玉石变身低廉的户外灯罩，与大马路一个待遇。每一个颜色的石头都是如此巧饰，以亮化市容的虚令谎言瞒过沸腾的商机暴利，以样品过江，等待它带领着千红百媚回来。不能说实话，实话就注定赔本，说了实话，他们就会提价，提得比枪还高。朝鲜，省长叫委员，不如团长说话好使。国外喜欢什么，团长诸巧皆通，下令向地下，小兵小卒们就得个个拿出铮铮铁骨，响应花样军饷和精细战利品的隐秘号召，与姹紫嫣红大干一仗，杀生取石，瞒天动地，那同样也是此生登上功劳簿的黄金战役。枪支下，往往，贸易也是交战的一种。丁世波的第一场松仁战，就输给了心灵手巧的朝鲜女工。那是多么好的手工艺啊！也是一个精装的饥渴谎言：用花生仁雕刻松仁，尖是尖，圆是圆。丁世波问我，怎么就那么像？居然混过了海关！还有，那么大的出口量，整个朝鲜都出动了吗？朝鲜的晚上，很多地方是没有电的，想想那些刻刀和手就心酸……

可是，这一种红，叫什么呢？

我急于知道。松仁已成往事，对岸的塑钢窗刚刚兴起。这都是丁世波的外贸经。

他说，叫血玉，我们叫血玉，遇到阴天下雨就出血，像掉眼泪似的！

他说出红泪，他突然这样诗意让我惊讶。更让我惊讶的是，他说，这块石头本来已出售，可是，因为流红泪，又被退回。那时，还没有这么诗意，一切都是现实的，不懂啊，叫掉色。石头怎么可能掉色？他抱着连夜返回朝鲜，质问那个团长。团长都是老团长了，快跟山神爷一个待遇了，告诉他，这种石头出土时本就是哭着出来的，也是哭着下山的，以后，逢雨就哽咽，不信你就等雨试试，再不信你就跟我到地下。就这样，从江上再次返回的拥有了悲戚标志的它，因悲成名，数人争购，翻倍开价。丁世波说，人都是有感情的呀，我还舍不得了呢，我还真试过，它下雨就流红泪……

这是怎么回事呢？这又是哪一种红鞑靼呢？

明明多了一件雪花斗篷。

明明冻得发紫了。

很快，我就放过了自己。我从植物上抓到了答案。很多植物，同种，也分性别。比如，软枣子，野葡萄，就是有男有女。生为植物的男，必将终生不开花不结果。

那么，我眼前，这通体披着雪花瑟瑟冰艳让人心疼的红鞑靼，它的性别一定是女。而柜台上的火一样燃烧着的，一定是男。一刹那，一不小心，它们认领阴阳组成绝唱。它，也许就是一个一直等待着光阴确认的新娘。它们团聚了。魂在诉，灵在听，世界在抖动。而雪花，就是嫁衣，最美的婚纱。丁世波也说，那个团长还嘱咐，这种石头，出土下山，过了半年以后，它就不会再像以前那么悲伤了，就会渐渐坚强起来了……

3

火山，靺鞨。

我和红靺鞨一样，长白火山，是我们共同的列祖列宗。

我们身上还潜藏着难以抑制的喷发基因，坚固，誓要释放。我们一次次从震惊宇宙的咆哮中走出，飞流直上或直下，让咆哮变微笑，春风化雨，我们逐渐融化了自己。

石道就是人道。

到了一定的年岁，扎在钩心斗角的人堆里摩擦过久了，一身的翎毛被各种管制硬修生拔得过于光秃时，心里就更想飞。出游，如同出逃，一根羽毛也把胆子壮得原石一样粗，就等着山水来消磨，也叫琢磨。让人来琢磨的人是可悲的，格局欠开阔。逃生路上，集安，我更惦记的是石头。集安玉，绿的、黑的、黄的、花的。那绿，其实跟辽宁的岫玉是一回事，只是色相更沉稳。这一行，红靺鞨是天降欢喜。

集安人的真诚，像火山。

我相信，他们不是人，我们抱在一起，肌肤也是火一样的烫。烫可以医治冰冷。我的冰冷，已入膏肓。

我就这样破了戒律：吃一种白漂鱼，吃一种肥肠头，吃一种牛肉，吃一种榆树皮面的冷面。一条，一截，一片，一碗，都照顾到了。我吃得认真，拿出了真心。捉筷向仪式。他们挑选最肥美的，亲自烧烤，教我吃法和蘸料。他们亲自见我吃下，眼睛里溢满惊喜。富态的、妖娆的、古风的、豪气的，心机与心事和盘托出，苦难干不过梦想，这就是我身边的集安女人。我们相遇，本就是借着远古的鞢鞨大风。世间，唯有真诚不可辜负。这是我的祝酒词，也是我集安之行的前夜从梦中收到的语音嘱咐，来自一个王。梦知道，我已吃素。梦提前预演一顿鞢鞨宴，由王亲领，教我如何赴宴。梦中，我见我的王，认真对待一个小孩来自人间底层的献食，那只是一份沾满泥土草籽的手工槽糕，惨白，拙劣，小儿科，渴望权威的品味。我见他，最无饿意，已经很撑，不是饭口，十分疲惫，却也打起精神，整理衣冠，以国际的礼仪，拿出最好的餐具，躬下身来，接住这献食。咀嚼品味，对我答曰：世间，唯有真诚不可辜负。极端情境下，破戒就是持戒。小孩，就是心头肉的意思。

我就这样做了古人：此行，我背着《金光明经》上路，精致的包装，让它住进箱包的单间，远离内衣袜子，远离不洁。我想，让我此行金光明吧，我只要金光明，照亮我和我身边的人。回来才知道，我是一不小心模仿了古人。新罗国有一个叫金思让的人，曾以使节的身份赴唐购书，回国时，就带回了一本《金光明经》。我走的路跟他一样。我们一直重复着古人的路，步步都是上古规划，怎么刻意也躲不过。这书是药书，也是治国的经书和镇国之宝。它来自古印度，阐述的却是类似中国道家的养生之道。我是回来之后才一字一字阅读的，先前只是奉那"金光明"的吉利。也是回来之后细读金思让的。这书里，讲述了治愈肉身的主要医理和药方，还讲述了世上一切王的前世：临终前闻过佛法的鱼。那时它叫《最胜王经》，范畴是佛学。而后，老子的书、孔子的书、茶的种子，陆续跟着朝贡的车马和商队路过此地，再转驿站到达新罗国。再后来，那个被现世尊为朝鲜汉文学开山鼻祖的崔致远在唐登科了。崔致远，他十二岁阔别亲人，西渡入唐，他还叫崔孤云。

这也是一条丝绸之路，东北的。过去和现在的，都构成了红靺鞨的人文气质。

集安，一个小江南，我误入藕花深处。

来集安之前，似乎是感性的日子，让古人过光了，或者说，现代人自动放弃了。这种放弃来自无知。因无知，理性处世麻木向自然越发占了上风。因此，敬畏贬值，当下当道。提速，三生缩减成一生，当一生没有了三生的大背景，遇到意外就惊慌失措。我要感性，也要理性。以此证明，红靺鞨不是无中生有，不是臆想成疯。

还是那句话：我和红靺鞨一样，长白火山，是我们共同的列祖列宗。

我们正是：石头缝里蹦出来的。

金富轼，朝鲜半岛高句丽王朝时期的著名学者、政治家、史学家。他正是出身新罗国王室，以一人之力修三国之史，其间的政治因素干扰一定不小。他把新罗国写到最后时，不得不改变称谓：一口一个高句丽太祖。因为，新罗亡国了。新罗国，跟着王朝气断而肉身不绝，缩成一个州：庆州。亡国处，金富轼写得凄凄惨惨：宝马香车，连亘三十余里，道路填塞，观者如堵。读他的史记，常常被神经病似的气候环境弄得四季不分。天上，除了没有掉过馅饼，几乎无奇不有。

如下：

大风拔木。卧柳自起。

陨霜杀草。霜雹杀谷。

冬十月，桃李华。大风飞屋瓦。

雨鱼，雨土，雨铁。

飞蝗蔽野。山崩。

春二月，夜赤光，自地至天。

冬十月，地震，桃李华。

星陨如雨。

下地烧，春正月起，至十月十五日灭。

大风雨土。雹大如栗。

春三月，七重城南大石自移三十五步。

秋九月，雨黄花。

秋九月，东海水赤，且热，鱼鳖死。

东土寒山地燃，三年而灭。

岩崩碎为米，食之如陈仓米。

秋七月，东海水血色，五日复旧。

八月，桃李再华。

冬十月，橡实变为栗。

春二月，地陷城池，水青黑色。

十月，天有声如鼓。

春正月，黄雾。月色如血。

春夏旱，赤地。京都雨土。

冬十月，桃李再华。十一月，无雪。

秋七月，陨霜杀谷。八月，梅花发。

春二月，王都井水血色。

四月，虾数万，集于树上。

……

今日读来，仿佛神话，又仿佛金富轼故意使用虚惊玄幻之笔引人入胜，全由他对自然知识的贫瘠而造成，过于感性。可是，当我一次次遇到冬天出现的"桃李再华"时，我恍然大悟，他是诚实的，他的记录是准确的。其实，仔细想想高句丽、新罗、百济当时的地理环境，就知道，金富轼的每一个字都不是胡说。此三国，距离长白山这个世界有名的活火山都不远。长白山咳一下，就能让大地物种震动。冬天，桃李再次开花，并不妖艳。这很好解释：火山活跃，地下岩浆涌动产生了热量，就会让植物如逢春天一样，忘记时令，棵棵再次抱蕾。雨，下铁雨，下黄花雨，下鱼雨，下土雨等，这都是火山造成的。山崩，地火，井水流血，海红色，也是因此。而那天外传来的鼓声，必是火山喷发的一刹那，一不小心入了鼓韵，成了天唱。

我们可以想象，那时的长白山，要比现在活跃得多，这都构成了各种宝玉石的成因及成长的地质条件。因此，红鞑鞨，出产它十分容易。此三国境地，它的地下，有千种理由孕育千娇百媚。地上，又有足量的重创之窟安顿天花乱坠。侘寂之美，尽在地下。而朝鲜，因闭关自修，也将成为世界留给未来子孙相对完整的地下矿藏。目前，针对宝玉石，朝鲜，除了由军队下令人为手工盗挖之外，并没有开进设备进行大规模的挖掘。我宁愿将他们的闭关说成修行。一个国家如同一个人，当内心足够强大，不再被"每战常居前"的宿命勒令，就会欣然打开心门，受罪纳喜，祝福来生……

而我，一个以石为炊的人，一个用植被取暖的人，更感激朝鲜。

除了红鞑靼，还有更多。

丁世波说，朝鲜，没有捕鱼工具。鸭绿江的鱼，都跑到朝鲜去了，鱼也知道哪里可以实现极乐啊。没有化肥，没有转基因食品，种子依旧控制在初原。

严格控制种子入境朝鲜,恰好保全了朝鲜的粮食安全。集安，立于江边，就可望见对岸的玉米地。玉米都是小棒，就跟我儿时的一样，就算瘦成一根指，那也是最有粮食味的种子。没有农药，没有果实膨大剂。现有的，只是饥饿。这饥饿，我预言，它将会立大功。早晚有一天，世界将以精悍瘦小为美。蝴蝶也迁移了，蝴蝶也知道哪里可以实现极乐呀。

红鞑靼，冷静一下，就知道，脏志存大义。

用来取盐的树，叫盐肤木，药食两用。用尿洗脸和洗手，可以消炎，那就是我们人类最早的洗面奶或护肤品，二合一。而今的化妆品，说明书上仍注明内含尿素。

纳兰性德说：鞑靼余红，琉璃剩碧，待属花归缓缓。还说：霞绡裹处，樱唇微绽，鞑靼红殷。前一句，借鞑靼之色抒上元节之美。后一句，借鞑靼之色写红姑娘之美。他的眼睛真尖，红姑娘，那正红正熟的，正是红鞑靼色。宋朝和清朝的文人，几乎离了鞑靼就没有灵感，就抓心挠肝。还有一个叫葛胜仲的宋代词人这样说：鞑靼斜红带柳，琉璃涨绿平桥。人在花月见新妖。不数江南苏小。简直美到蚀骨。

我说什么呢?

我就说一句吧：愿此三国故地，化业力，为愿力，一径春深两岸花。

松花石

1

　　配得上对得起卡尔梅克人的歌，中元节请遵从我的泪水叫我村姑。我是被香草熏个底朝天的村姑，诉说万物有灵又被乌拉的萨满神鼓纠正过的村姑。我钟情村姑这个称谓，胜过美女贤妻良母和白骨精还有白富美，还胜过云和东珠。

　　现在我是唱着说。病蚌成珠我未成，积湿成云由白到黑反复无常分寸太难掌控，乳名决定了生存的长途路线和乘具，笔名险些断送了命，文明和自由都是双刃剑，就像马蹄和马蹄铁。野性是濒临灭绝的奢侈品。音乐无界，学唱眼前的卡尔梅克人，泪水铺路教我把病痛含在喉咙里、把家园含在喉咙里、把蒙古马和乳酪还有火镰和蒙古刀和磨刀石含在喉咙里、把大自然的杂七杂八甚至粪蛋子粪饼子含在喉咙里、把烈火烈酒和烈性子含在喉咙里、把热恋的心上人和马头琴含在喉咙里，再像放牧亲爱的羊群一样——早出晚归把喉咙里的居民放牧，这就是淖尔就是呼麦。

我能听懂淖尔和雨和红色，几年里学习了蒙古语，学习了藏语，学习了女真语，继而进攻满语上古汉语，都是皮毛也乐此不疲。一种语言使用到老好像草原啃秃了靴子扎满窟窿的吊腿裤子，希望舌头水草丰茂跳出野鸡飞出海冬青。学得快记得准是因为蒙古语与女真语一母同胞同属阿尔泰语系，对比着学好像一心双寄脚踏双舟爱得天旋地转。他把雨唱得忽剌忽剌，下了很久很久，下得很长很长，下到了我的眼眶里喉咙里和指缝里。忽剌就是雨，忽剌还是红。我相信他的祖先创制语言，音乐天才不容置疑，绘画天才也不容置疑，简单快捷捕捉大自然的颜色和声音，这样的语言最长寿走到哪里都不用翻译，自然通道，天性使然，到时候就忽剌谁也挡不住，方便了我这样的野生后辈又记载了那时的雨势滂沱和家园土色：红雨诉说着红土。

眼前的卡尔梅克人喉结颤抖，唱了几十遍只为告知一个秘密：重用喉咙，苦难最珍贵千万别厌恶一伸脖子咽下去，咽下去就消化了走失了，千万别相信胃，它是真正的酒囊饭袋。屈辱如鲠在喉也不要吐出来，要吐也得用长调，向天倾吐越远越好——这就是世界四大人种之一的蒙古人种和国际纪录片里的东方中国人的面孔……

松花石就是磨刀石。

前面我铺垫了那么久，那么辽阔，带着山鬼遗风的村姑什么都敢承认：我是被松花石折磨得难挨才唱了那么久，唱得五官驰骋忘记了牙齿和鼻孔，怀疑呼麦遗弃了舌尖独爱舌根，好像节节草被四季刁难。泪水掩盖着我面对一块石头时的无能，却示以肝肠寸断的假象，呼麦成了哽咽的变种。无论什么品种的情爱我都不想草草了事和认输，自然万物比人更可交，早就写过长篇情书孤独向野表白爱就爱个通透，否则怎能叫痴迷又怎能对得起一场又一场的忽刺？随缘只随那至关重要之缘，否则多么浪费光阴！

然而写石头的兵法没有公车上书和前车之鉴。我先前实在不想写松花石，它太土离我眼皮子太近，先天审美疲劳，更何况没有席位，内心早被个性明显的石头占满。我也是一个很会讨巧的人啊。什么时候当众发誓要替松花石写真史呢？就是刚刚过世的六月，我到了它的产地白山市，见到了让人心碎又心醉的——父亲手推刨子下渐渐清晰的土黄色水曲柳木纹：久违啦久仰啊父亲！木纹松花石逮捕了父爱等我，让我的愧疚顿时像泥石流，顿时向松花石道歉向父亲许诺。又听到了博物馆的销售人员对它身世的浅薄戏说，除了学富八忆年和沧海桑田生出了大清国宝是相对准确的信息外，其余的简直处处经不起推敲真让人寒心，被震撼得更加精瘦骨感直接投身地质研究起了它的色身。那时的我还不知道他们还把本就苦短的松花砚史也弄错了。又是记者的我，怎能容忍中国唯一、还可能是世界唯一的松花石博物馆出错，如同不负责任的宫廷穿越剧？怎能接受一个走遍中国的著名主持人懒惰无情，说松花石的色因到现在都没有人能说得清楚？

抱着一张自制的地质年代表，淡化人这个物种，一抱就是两个月。我，一个新版的苦夷人，像个元古宙的遗孀，自不量力践行白山誓约。梦里自由出产的每一条线索都精心喂养到天亮哪怕困死，进而让它快点离开婴儿房长成壮士，哪怕壮士一去兮不复返我也不后悔。我深知梦也需要现实的配合。

梦里，清浅的海边，我徐娘半老十分抢手，一个叫礁洪涛的人前来跟我谈婚论嫁。他乘坐着用松花石制成的略显狭长的霸王莲叶小船，附赠各种野花，假如成行这样的嫁歌会美成绝唱。还是很传统的人啊，我动心了，又坚守妇道地拒绝了，定力如同武力，他没有胜我。松花石就是这样警示我：我已触礁，已被情浪高手礁石深深爱上，他欲擒故纵还一直彬彬有礼等待我这样一个有夫之妇。可那时，被"志在必得松花石的真实身世"这个意念套牢的我浑然不觉，把石头苦心营造的寓意当成了桃花信，幼稚到以为拒绝就可以甩掉大海对我的单相思，以为他代表大海来娶我，让我移情别恋离开淡水的松花江。海是泪水，我可不需要那么多，迁居多么不吉利。可是谁能顶住诱惑，还有那波光恍若变淡了一圈圈往深里勾？梦里，我已上了他的松花石小船，准备稍谢美意再同行几米再下船以此永别，此时他吹着腥风十分坦诚毫不遮掩他已妻妾成群情怀如海，一下子清醒了生气了不是专宠谁稀罕？向他一语双关：已成家还有什么可谈的吗？还有一句话没有说出口：能不能把船单独留给我？

可慈父般的石头还是那么纵容我，化身处处，等我浪子回头。

接下来还有一次：梦里，我被一个憨厚的山民引着爬上了他的矿区，崭新的矿屋前，见到了一堆质地精良的玛瑙和黑曜石。石头的灵气就是如此这般：它知道我喜欢什么以及见到什么会弯腰会驻足，于是提前埋伏了一道单选题，层层递进绝不突兀。当我扒开老相识把手一层层探向不知名的新欢，拿起一块不知名的石头又像个孩子一样带着超载的问号抚摸它的晶体时，他突然指着我手中的石头开口说话了：石中的闪石就是山啊，绿泥石就是松花石的近亲啊。我醒来时灿粉的朝霞堆满了窗台，既感动又难过，一个无能的人连累石头做了文字校对和地质顾问，否则我会把山体的骨架弄错硬伤刺目而出了梦境没有一个编辑会校对出来。常年与梦中人打交道的我担心他已犯了戒，回到他的世界他肯定会受罚，如同上苍惩罚天机不可泄露的人。他是着急了直接给出了答案而没有像往常那样让我意会让我猜谜。

想起以前的石章，它们不托梦给我就代表默认和赞许吗？还是共同许意呵护一个痴儿把非人的物件写完恋够，而后轻装上阵？我深知松花石是浅海相泥晶质沉积岩，被冷处理，被挤压，说白了就是高压下泪水里泡大的。一个吃素的我频繁跟腥气泛滥长相怪异的海产品打交道。蓝绿藻——两个月来我紧紧揪住这一抹绿，上下苦求松花石的色因。我怀疑过它和石油有染。它身上的勒痕深浅不一五花大绑，像个肉肘子，我怀疑海洋也有牢狱而它受过的酷刑最多。研究它的过程中突然上吐下泻三天三夜也成了难得的灵感，让我联想到它身上的土还可以是医生的蒙脱石可以止泻。许是石头知道我会以身试药，居然瞬间让我立马起来下地走动。

一夜夜我两眼长明，调阅没有名气的底层科研人员的苦闷结晶，比对各种倔强元素的沸点和熔点，以此推算原本泥胎的它是在什么温度的热液状态下渐成石性。讨厌西餐的我甚至改革厨房研究起了烤面包的温度。肚子里的化学知识捉襟见肘但绝不放弃，仿佛就是一个人的一场战役没有对手又磨刀霍霍。向谁？向可敬的苏东坡和曾被流放到黑龙江宁古塔的江南才子吴兆骞，还有一个死在东北的把芍药当牡丹的与吴兆骞是狱友的张晋彦，还有一个日本人和一个德国人还有大金朝。还扎进一千年前的苦夷人的生命圈里回访，一个部落一个部落地排查他们是否用过磨刀石。

也坚信库页就是苦夷的同音。

可悲的是我忽略了孔子重视的一个箭头，低估了它的射程，小瞧了古人的智慧，一笔带过了大自然的力量对世界军事史的推动和持之以恒的帮衬斧正，跟着歪歪斜斜的现成的名家名论，一脚踏错误入华而不实的迷途，南辕北辙。没有风险就没有创造。可惜的是我没有民族融合的大胸怀，一味相信一个语种汉语的华美言词和一种土语女真语的地盘局限。我忘记了情急之下男人可以抢女人，世界无论多少个人种归根到底就是男女两种。自由恋爱的男女婚配的重要家当可能就有磨刀石。忘记了被俘虏的士兵也许还会让磨刀石生出新的领地，比它的主人更长寿。忘记了堪比小冰河期一样漫长的"冷冰器时代"是什么让刀光剑影和石器更闪耀更锋利。可怜的是我走投无路了直到大地一场忽刺一场寒了，才想起学唱卡尔梅克人的歌。

我要是早唱歌多好啊！上周一只七星瓢虫飞来了，眼下都快下霜了。

事实证明，当下有名气的人都不太务实了。我观看起石来又直奔惊艳无人理会松花石以素为贵。它就像一个勤劳的长满雀斑的村姑，背负着东北经济一路低迷的阴影难以自拔，简直自卑羞愧得抬不起头了，毛石和成品售价都太低就像我当年家庭背景太褴褛老大不小嫁不出去。一个笔筒和一把斧子等价都是二百元还有讲价的大块空隙，其余的诸如茶盘、镇尺，拐带着砚台都是全国最低价。我问过一个又一个长二宽一的大茶台才两千元比不上两粒芸豆大的翡翠坠。石界，可能得等到人们恋够了整个地球上的千娇百媚和陨石雨甚至膨润土，才轮到慧心上身返璞归真回过头来亲近哑巴一样的松花石。它目前发出的一切声音都是非自愿，对错褒贬任人风传。一两个矿坑每年七千万元的成交额，于城建杯水车薪，想想山体必成筛子眼儿。

中国的矿业矿产研究有一条星光大道是用来专宠名贵宝玉石的。翡翠的大名家喻户晓捧过了头，导致很多稀缺的航天航空等高科技用石一旦用专业的矿物学术语说明，便像天书一样让民间费解。而当一个懂得融会贯通的人解释道电器石就是碧玺、慈禧太后的西瓜碧玺就是电器石时，迷茫的人就会恍然大悟。我多么喜欢类似的大家名家，懂得大地多么重要。到如今我只在新疆富蕴县的可可托海三号矿坑见到了一个，悄悄问了身世原来由矿工出身，专业过硬不肯随俗屈尊做了地质馆解说员。解说时他的脸像黑碧玺一样严肃，让我肃然起敬。人不是物，不可能把几人撮合组装成一个他，魂是没有统帅的。身陷东北的我深陷松花石时十分想念他，远水解不了近渴只好就地取材，身边的"类他"就像散装小烧一样促使我一口一口地喝还没有商标。一个自嘲为无名氏的前途黯淡的正被单位冷处理的科研人员跟我说，钡、硼、磷、铁，松花石就含有少量的它们，千真万确对天发誓，我也只能帮你到这个田地了。又问我："真是不可思议，咱们这样的人怎么都跟松花石耗上了？"

这个田地这个荒芜呀，他只是犁开了四道窄缝，无论谁走在上面都夹脚。除了幼儿园，我几乎动用了一切的闲置社会资源，他们很快忙活起来加入了帮闲的行列。一个我十分讨厌的、喜欢杀生的营养师在我一筹莫展时首先派上了用场。他的工作内容精确到了铬元素，钻到松花石里就是破天荒。尊重我的夙愿放下了背过的无数个黑锅和一脉相承的鼓吹，用精密仪器把海底世界常见成员检验个遍。锁定八亿年，一亿一亿地向前推算，为曾经的海洋寻找替身真的很像跨栏。我们当然弄不到出现在距今五亿年前的蓝血的鲎，这个物种是松花石的老相识，现今却濒临灭绝。一个物种一旦被医学盯上就注定没有好下场，而人类早就被医学盯上了。而鳖甲可以，它的体内含有铬，牡蛎、各种鱼类、虾米、海蜇、田螺、乌贼、鱿鱼的体内都含有铜，一下子靠谱了，铬和铜可以让松花石产生绿色，我们一拍即合。又狠拍一下发起恨：可叹这点儿常识怎么拐了这么大的弯，由一个被美食行业窝藏的吃货识破？而那铜一氧化就是喜人的天蓝色，一兴奋就想起了我亲手磨出的松花石正是这个蓝。干紫菜、干蛏子、干地衣，它们的体内含有锰，紫色的松花石就这么魔术样变出来了。

一个营养师油头粉面没有胡须还带着哮喘让我紫气东来没完没了。他刚离开灶台不久，又扯来了活生生的鲜海带和鲜紫菜，不用检验也知道全都含有铁，当下新宠枫叶红松花石就是这么生成的吧？铁令下黄色的松花石也就跟着应运而生了吧？问谁都不如问自己，求证什么都是在路上。最好玩的二价铁三价铁十分不好伺候，相互嘲笑就当这是新版的成人游戏继续玩吧！色阶变化伤透了两个笨蛋的脑筋。原来他也是第一次借题发挥唤醒专业，夹起试管哆哆嗦嗦跟我一样业余。由不甘追捕着填补了松花石的色因空白，收拾残局时突然悟到松花石的颜色就像人类的各个型号的血：松花石也有混血儿也有缺氧的蓝血种，石头和植物也应建立血型档案库啊。

松花石的肉身已粗证，似乎预示着它的真灵真魂还得我去主持解读。我也想放弃啊！哪个父亲不会答应女儿呢？松花石我实在是高攀自讨苦吃。就这么跌跌撞撞好像提前寻求落叶归根的树叶骨碌到中元节，究竟是什么让我突然改变主意重拾一誓、一心横陈到底呢？就是中元节的前一天，我给故去的亲人挨个做了一套秋衣以后，累得浑身乏力栽倒床上又想起了松花石，想到了跟人一样大地上也有死不瞑目、心愿未了、满腹苦水的石头啊。正是石头的魔力，见缝插针让人总是想起它。这时我开始翻找松花石的微信公众号，居然没有！一下子让我身体拉满了弓再也无心瘫软迷糊。现如今国内国外再杂种的小石头都有公众号，而松花石一个大姓石种怎能没有？许是悲愤与怜悯合伙将我发射，我准备一人再次举兵向着沉寂进军。

2

其实这次出发更像忏悔。讨厌野蛮挖掘呼吁文明开采请叫我有情有义顶天立地的村姑。

对人不对石，上个月其实我已忏悔过，拿到这时说，被风吹着，大白月下也许更合适。更像此次开忏的伴侣。上个月跟着大队人马行走到白山市江源，后来才知道它就是即将说到的一个人——徐金海的童年石事原产地和四十不惑的柔情地，还是很多人的松花石梦源地，却意外见到了万宝堂奇石馆主人。可怜夫妻两个形影不离苦心经营的夫妻店就像是不远处的松花石博物馆的影子，一个支离破碎的影子需要过路人的勤扶持，哪怕听一听他们的情爱故事也好啊，也算是道义上的帮扶。我们来到了工厂，刺耳的雕刻声中飞扬的石粉和泥粉一次次因水而落地无助地流淌，它们被遗弃而离山已百里。在此之前刚刚有人指着一个笔筒问我二百元贵不贵？我常常无言以对——假如亲自下手置办二百元怎么能够？喜欢石头的人都应该拜见一下这个垃圾场一样的工厂，再亲自下矿用手挖一块原石回来，否则购买的仍是半成品，永远不会思考什么是无用为大。女主人诉说自己的血统：一半山东人一半女真人又出生于黑龙江的一个冬天像冰坨一样的小村子，因此她人高马大瞅上去格外厚重把旗袍穿得格外丰腴，上面的牡丹花像要开出来。没错，没有撒谎，她颧骨凸出而丰圆，这就是女真人的典型标志，可以旺夫而不是克夫。女主人诉说自己的力气：种地、建屋、刻牛圈、开拖拉机喜欢大车，直到一个阳刚健硕的村姑遇到了开大货车的丈夫。在此之前她已发誓像儿子一样为生了九朵女儿花而一辈子与儿子绝缘的父母养老。没错，没有虚张声势，这就是能干又能生育的女真母亲，一口气生上十几个也不是问题。可是啊，她诉说自己的精神哀愁如同一个忧伤的小妇人，因松花石感恩起自己的丈夫就像初遇时那样山远水长没有界限。莫名的情愫时时发酵，在石头的事业上她与众不同，非要购买真正意义上的成品。略显腼腆的男主人一身改良的汉服像个饱经沧桑的艺术家，汉风浩荡，再也寻不到开大货车时的彪悍和粗犷，唯一的土气来自工厂后院的松花石毛石。

院子里堆满了未知：上了年岁的八亿年的松花石被白垩纪和冰川纪的不明物围困，需要人类插手助其突围。狗正一声一声地撤退，它也感觉领地拥挤，它也不知道这么个荒院子里到底发生了什么，它也只有一个三四岁孩子的智商。两口子站一起就是满汉全席刚好可以齐眉，配合默契的男主人接着诉说，松花石是他先喜欢的，玩着玩着没地方摆了就玩大了。以爱的名义女主人很快加入了，还把做服装生意积攒下的几千万元倾囊相助，请顾问、建馆、承包老矿坑、到辽阳拉来最绿的料、精心设计今年的新品种铁核松花石，一心一意向石开拓就像新版的北大荒。再次并蒂仿佛他们的婚姻除了浅薄的富足又多了一个沉甸甸的合欢境界。女主人适时旁白：一个真实的感受就是老石头不像服装的库底子那样让人越看越想扔掉。

谈论他们的古峡坑，只我一人能听懂。摆桌、落座、倒酒、上茶、端上两盆一夜慢炖而出的牛肉汤，围上各种荤拼，时间紧一夜没睡动用纯手工眼巴巴熬过日出等待我们——这就是情义。没错，这就是女真人把肉当主食把客人当主人拿出真心备驾。我们的行程即将结束而他们的盼头才刚刚上路。这个中午白开水泡白米饭就着咸鸭蛋，这一顿我能吃的就这一个菜。自制的咸鸭蛋摆在同样是鸭蛋皮色的松花石盘子里十分得体。十分惊喜他们正在转型向着民间的烟火使劲，像我这样没有砚福也可以一日三餐高攀松花石。可是啊难言之隐我看得明白：两个馆被一条国道横穿，中间只隔着三里半地，坐公交二十七分钟就可到达。两个馆同时陈列着松花石显然好料精品偏重另一头。这里没有优势可谈，日薪五百元的制砚大师十分年轻也不过三十来岁，白半袖小寸头没有胡须还很会应酬，浑身上下光阴稀薄很难生出让人惊喜的厚重感。怎么办呢，这是最头疼的。因此亲自下厨设宴拦截我？

　　大队人马只我一人心怀石胎准备硬切下一块时间随机离队暗赴古矿坑，内心大包大揽无疑这是拦截我。只用一生一世天仙配根本收不回成本，我知道他们面临血本无归现正拮据，这顿饭菜似曾相识热诚裹不住贫瘠已交代了锅底。能说什么呢？匆匆路过比招魂还恍惚。时间有限、初次见面、言语必须割舍：大山压小山，小山全无力，恍惚中篡改了耶律倍的唯一幸存于世的诗。还想起了一个叫佐藤一行的日本人——20世纪70年代末属于松花石的最末一个黄金时代早已漂洋过海了，让他一人包揽。那时的广州，就是这个日本人通过一次商品交易会结识了毕业于沈阳美术学院、父亲精通日语、堪称外贸世家子弟的王中辉。他拿出一本杂志拜托王中辉按图索骥到中国东北找一找，如果能找到再制成砚他可以包销。一个商机砸向计划经济的中国，偏财谁也不敢独吞，任寒流怒吼一路上报引得高层竞折腰。快令下，一石当先，中国东北的市场经济提前到来，顶着大雪成立寻矿组，张贴海报，沟沟岔岔一个也不放过。可是啊几个月过去了，小年的鞭炮声响起了也没有任何音信回归。

直到春节过去了好几天，一个卖瓜子的老人抱来了一块石头和一个脏兮兮的砚台。可见他的大年夜根本没有守岁，吃了饺子一人上山，再次验证了高手都在民间。许是梦境的催促和富贵的诱惑，让一个底层人拿出了传世宝贝。墨香比瓜子更香，手上的锅底灰还没有洗净，他的到来已让东北大亮。石头来自不远处的仙人洞，砚台谁也没想到，从怀里掏出时就注定又一个侵华的铁证公布于众：中华人民共和国成立前父亲给日本人扛活时日本人以奖品的形式奖励给父亲的。

再也雪藏不了哪还能等到春天？一个疲乏的老矿坑还没有睡够又要献出年轻的子孙。还是那个日本人火速赶来，以一千元港币带走了一个精巧的王中辉亲手设计雕刻的葫芦砚。其实真想说，我的万宝堂的女真人那时砚价最可观，国内不准销售，于是好料好砚全部到了日本，今天这个局面也不能全怨你们啊。可举起酒杯我却说："一句老话说得好啊，苦尽甘来，过去一步一个大坑，粗苦细苦已吃遍，接下来就是甜了，相信松花石一定会给二位带来好运气。"我把致富的责任推卸给了松花石。为什么要那样说呢？不忍心和没有锤炼的慈悲双双降临？还是向着难以改写的真相妥协？我也说不清楚。世上任何一件事都配不上长久的埋怨和憎恨，回望来时路，天鹅景区的瀑布横竖自适，墙头草雨中的弹奏美得像仙境，画一样的山水谜一样的山路陷阱最深。奈何天意如此，这个地方山地放肆、无霜期短，不适合大面积耕种，自古一直精穷就产石头，世居此地的女人过日子除了省些化妆品外再无宽心之处。奈何经济压力行色诡异、日日偷袭、轮番轰炸，逼迫着罪魁共谋夺魁——短期之内还真不能金盆洗手。那一头的那个馆投资更大举全市之力目前还没有收回成本。而这里正在酝酿以松花石之名高挂精神世界、了结创业顶峰的重头戏：建一座石祖庙。草图已设计，香堂已草设供奉张班、子路和一个长白山地产的山神阿林恩都力。我能说什么呢？多么让人心疼，倾其所有，他们的结局就是一缕香！

世人都会跟我一样喜欢素石的盘子？可现实中我知道我是多么绝版总当独唱。那时我就想除了忏悔和让大地颤抖，松花石的出路到底在哪里？以水当酒，我的心长满鬼针草从来没有撤离，一直在散布了假祝酒词的地方酝酿，亏欠的真诚如何补偿。答案就在路上，一个比锄杠还瘦还倔的我突然上路，和天地一起暂失从容——

七月十五被白露追赶，七月十六的月亮不慌不忙地圆，假如今年不闰月，此刻就是大中秋啊。这时上路，阴气十足正好像阴沟。实际世上凡是赶尽杀绝的事都是太阳照顾得太殷勤、大风过问得太猛烈，比如庄稼一年一收，比如我们的脸。吉林白山浑江区红土崖镇珠宝沟村，徐金海的山场正要收工，我赶上了最后一车。双子座的他除了媳妇之外，收成什么都是一对一对的，琢磨什么都是一阴一阳的。他说头顶着星星导师过日子就是这么有趣，身不由己不信就试试？当然试过，要不我怎能非要负阴起程，非要搭乘这轮满月的超强磁场？十年前，徐金海还不知道一百年前一个德国人李希霍芬早就预言：中国北方储存着一个巨大的震旦块。震旦就是震旦纪就是地层单位，地质现场就是松花石的新旧矿坑。这个德国人走到了长春，见到了距离长春23千米的勒克山。勒克山就是现在的乐山。修改地名的人多么专权独断可恨到骨缝到大腿筋，乐山哪里还有磨刀石的意思？女真语里勒克就是磨刀石。这次穿越高速路过乐山猛地抽头回视，以为乐山上圆下方高耸如粮仓，以为石头就应该高调担当青山的骨架制造美景不负古意，可是啊平平如镜一望无垠徒增伤心！但这就是海的遗痕和遗产。十年前他由一个工资特别低的国企工向松花石二道贩子过渡时，全部仰仗童年的爱好和自己的故乡江源。捡石头捡多了就生出了交易之心，渐入商道财窍也跟着被山风吹开，生计时时逼迫，拾荒的山路上，一个羞羞答答的小村子给他带来了无限的灵感：珠宝沟村岂能白叫一定有宝吧？

这个念头就像松花石能磨刀不可更改。前沟后沟都是这个村子的土沟。他沿着这些貌似贫瘠的百宝盆之地用兴奋或悬疑的脚印挨个打招呼，来不及反悔也没有审问风险：断断续续，远离庄稼地，遍地红土默默不语是否等着他来开腔？这就是文化人说的处女地吧？沟里沟外自问自答，两条沟几钻几进就敲定了承包一个山场的主意。不到十万元的承包费假如开工掘上一块石头就可回本。事实上旗开得胜他如愿了。十年前行情真好老百姓又不懂，就算松花石的火烧到村头，村民们仍然集体对松花石的土气嗤之以鼻，仍然坚守老旧的耕种以为这就是本分老天会照顾。等到徐金海把市场经新的战道——旅顺新港站成功开拓到了山东的日照时，当他带着中铁渤海 3 号的海风往返了几趟之后，老百姓突然觉醒了。而当雇佣的当地的装石头的农人把来自山场的致富消息挨门挨户宣传过后，可怜的村民只剩下一条理可抓：土地补偿太少了，一年到头还不如人家卖一块石头，还没有成本旱涝保收，凭什么？就凭他们比我们懒惰不务正业？松花石把勤劳致富的古训转移到了投机取巧占山为王。更屈辱的是祖辈耕种怎么如此眼拙不知道地下埋着钱？尊严被粉碎、面子被揭掉、合村子被嘲笑，合同上还写着五十年注定一辈子或许命脆易碎还活不过合同。靠山都没了还有什么事不能发生呢？这时想起了子孙，现学了几个生硬的环保关键词，四处求告捍卫家园，于是载重三十吨的大货车再也不能大摇大摆畅通无阻扬长而去。一时间徐金海名扬野沟，被老百姓举报，被林业局扣车，被象征性罚款，被各种人情世故注胶，订单下乱事不断尾大不掉。嫉妒之火从贫瘠的村民的灶坑起程，怒不择言什么都敢说整个天空晃荡着势不两立的气息。

其实，我知道农民的愤怒多是自产自销，就像他们的粮食多是自己种了自己吃。农民唯一的出口就是暴跳过后的唉声叹气，想必徐金海说的这些都已逐渐平息。而我更想问问他把山场挖得漏洞百出蚯蚓千段，那心到底疼不疼？我想听到一句真正的忏悔，也想过最坏的答案：假如心都不疼可怎么办？假如心地冰冷可怎么办？徐金海没有让我失望直截了当：怎能不心疼呢？其实最要命的就是老家江源了，把山场直接推平了一根草都不剩，就像秋天收土豆和山药棍，石头它是天生的没了就是没了！要不我带你看看我是怎么挖掘？我想，还能怎么挖掘呢，难道用手抚摸？就像我小时候偷土豆潜入地下技艺精湛没有伤害主窠还能长出大串的土豆子孙？面对全世界都失去了细嚼慢咽的耐心他还能坚守什么？

红土和崖就是地容地貌，W 就是万，"四不像"就是一种改造的山地车。由于山路崎岖窄巴，普通的车根本无法通行，只有这种经过改装的农用车才能完成运输。就是偷梁换柱大胆手术，把手扶拖拉机的主心骨放到了三轮车上，再由三轮变成四轮，马力还很大，稳定性也更强，再陡的坡也难不倒它。多么可敬！穷山净水默默培养出了这么多自愿奉献的杂牌车设计师，物美价廉，来不及申请营业执照已跑遍满山，皮实得像野猪怎么跑都不累，嗓门大就是好，声音就是健康的标志。"四不像"它还是山里的经济学家，装上什么都值得深入研究。一个人到了这里，语汇就像钞票，必须重新汇兑，衣裤和鞋也必须反复选材。一个啤酒大肚子正好派上用场，关键时候肚子可以托起松花石。除了休息简直没有一样是孤军奋战可以完成，就连一身的力气也得配合着绳子打结的多样化才能发挥出巧劲、现出久违的肌肉块的美感——正是贴地而生更能感受大地的沉重，哪像下冰雹噼里啪啦那么容易：半结、八字结、平结、双套结、三套结、渔人结、普鲁士结、营钉结、缩绳结、接绳结、称人结、拉柴结等样样精通。上吊结肯定也用过哪管什么吉不吉利。

　　跟着徐金海向前，脏裤子，水靴子，大个子，一片珍珠梅山地。红黄的土车辙压得很深到处湿漉漉，我的心跟着潮湿，说不清的山，味道不明的山音，很快忘记了自己，某一刻我恍惚得像风。就坡启石、借沟润土，松花石真的很沉，我钻到木杠下准备起肩，就像我也变成了石头一动不动。早已问过徐金海，一天的工钱只有两百元。怎么挖掘呢？扒开高个子珍珠梅和长着大巴掌的蚊子草，它们刚好齐着我的腰，果真一语中的，除了人没有挖掘机挺进，我见到了用手抚摸。这个地方的松花石对于徐金海的山场来说比较密集，可相对于其他地方的松花石新旧矿坑来说还是稀疏得要死。就是这份世人皆以为然的寒酸让他生出了抚摸开采的慈悲，五十年呢，慢慢来吧，跟山商量，等雨给力，把命中注定的该出山的石头提前松绑送行，助其入世物尽其用。他就是一个自然人、一个为石头接风的人。留得青山在，不怕没柴烧，柴就是财，石头教会了他退守和不惊，也教会了他变通和不恼。即便某一处的石头层层叠叠错落有致像可喜的钞票，也不能任由粗鲁上阵。他一脸悲壮告诉我，这样取石成本很高，一天也取不了几块，可是不伤地气，马上进入十月份，马上就停工了，算计着也许一停就是五年！

停工？铁镐头、喷砂房、角磨机暂时工休，"四不像"换个岗位，记下工人的联系方式具体到哪个村前屯还是后屯以备未来及时挂上钩，再赠送几块石头当个念想，其场面就像游侠结义惨遭招安不得已上演英雄群散。山西、蒙古、山东的客户也和他一起等，等什么呢，就等经济复苏！他自问自答。正是遍山好料，只有石农知道，变换各种身形他们就像树枝，草皮子慢慢启动发出嗤嗤的声音很缠绵，给了根须相互报告的时间。有一根须根仿佛是我，让我又想起了自己：跑到这里只为寻得人类没有全部对不起大地的证据？

可是，五年以后的这个结局我还是不满意，它更像一个上吊结而我渴望如意结……

3

开往桦树甸子的大客车咣当咣当，我从来舍不得打盹昏睡，请叫我最敬业最能吃苦的村姑。一路田野广布，哪有伤痛，我蒙古语、汉语、女真语三语转换，蒙药里紫菀就叫敖登·其其格，"其其格"就是花呀，"敖登"就是星，一时间我想长调向天却没有找到合适的草原。那时还不知道一场松花石箭雨即将忽剌忽剌！次日大雾，起大早到桦树甸子的早市寻找一种快要绝迹的香草，植物志上一直缺席，我也只能凭着童年的记忆模糊地将其归入菊科。太投入忘记自己的女人皮，被一个西瓜小哥的妻子破口追问，直到这条香喷喷的线索彻底断裂。凡是女色挨个盘查谁也躲不过一脸狐疑：什么草什么名字？不买西瓜到底是找汉还是找草？举着西瓜刀的村妇真厉害呀，我想说——这个丈夫这么金贵，怎么不把他跟人民币一起藏掖到破袜头子里？怎能胡乱将我下嫁？唯一的希望死于野生的绯闻多么苦闷，百口莫辩真的我只是想顺便得到一棵香草别无企图。两口子千万别打架呀。多么苦闷居然我还穿着松花石色的荷叶腰野战裤裙，跟她丈夫的迷彩服合在一起简直就像情侣装，雾气腾腾配着快要绝迹的自行车铃一声一声还有香水梨，真像神仙眷侣。拈花惹草我是惯犯可从不一人出发谁会懂？两脚稀泥又被泼上一身脏水十分尴尬。出了早市继续咣当，前排的座位被抢我无精打采来到车尾，抓紧前排椅子后背把手主动一起一伏抵制颠簸，觉得十分英勇这才天大亮，这才学会骑马找到草原突然懂得了磨刀石！

濒临绝境就会脑门开窍，与箭同行就算自己浑然不知，然而这次借着险些展开鸳鸯战的香缘草意必须明了。盘山道像伏击战，大客车一骑长嘶前蹄扬起，此时发现我的前面还坐着一位蒙古语翻译家：来自松原一路他都十分低调一言不发。一个小县城十分必然，我们已同车多次从未开口交谈，这次我无所顾忌直截了当：请问满语和蒙古语长相为什么那么像？写出来都是一嘟噜一串到底怎么回事？他长着十三世纪编年史学家对蒙古战士外貌标志性描述的特征：脸宽、鼻塌、颧骨突出、眼睛开裂、嘴唇厚、胡须稀少、黑直发。一模一样他只是超长发挥长出了双眼皮，牙齿略显错落像打着旋儿挤在一起的秋英花瓣还带着酒意。略一沉思用手指比画着告诉我：满语是在蒙古语的基础上加圈加点，可表达的意思却完全不是一回事。比如又讲词缀又讲萨满，又讲亲历的祭祀过程中一个小木头人果真自动跟着鼓韵跳动。这样的课堂十分难得，游山就像转经苦尽甘来吉时已到：突然悟到松花石原来是有完整宗教和完整语族的石头，萨满教和通古斯语族它一石独揽怎么现在才想起？这么说它还是语言的磨刀石，它最近的一次重体力劳作：把女真语磨成针，把满语磨成线，到蒙古语里、到汉语里、到更盘根错节的阿尔泰语系里穿针走线、连缀缺口、贴补被恐吓的民意。它被改良被变异换了衣风隐了初衷，成全了民族融合。

蒙古语和蒙古族人意外成了解读松花石的钥匙。

因自己即将为一块石头立下汗马功劳暗自贺喜，多么感谢抢占座位的人！心里像成片的野山楂一样激动，舍不得让它一下子红透，就那么泛着青愣愣的粗——它酸味更浓就是自然的消食片。我再接再厉再问他:那么请问磨刀石用蒙古语怎么说?整个身子转过来 : 毕业的毕鲁迅的鲁，合起来就叫毕鲁啊! 毕鲁毕鲁，跟着呼呼的车风发音，这个收获实在刻骨铭心，激活了两个朝代。舌头像精悍的蒙古战马迅速回到了女真人的部落里，我发现了松花石的惊天秘密 : 国家败绩，石头也跟着损名折寿。一点儿也不假呀，这样说也许更生动，可是心里更难过: 女真语里，辈鲁就是弓箭的意思，却不是磨刀石的意思。而女真人的弓箭就是孔子曾隆重介绍过的楛矢石砮，就是女真人世居长白山的祖先——肃慎人的智慧结晶。而毕鲁和辈鲁很可能就是同一个语音，只不过流传过程中说话的这个人正赶上嘴巴冻哆嗦了或是受到惊吓，因此略有跑音儿。

把由人构成的世界和由人主宰的战场暂时忽略，仅让语言上阵，这里同样悲壮! 语言也是武器，只不过这个武器以石头形之。辈鲁，一个土语被赋予了箭的意思，带着它的身形石头，它首先穿越自然的禽兽，然后出于自卫对准了前来侵略的人，进而一步步突围冲出部落，一飞冲天。它认识的人只不过是一种直立行走的动物，新的战争环境里，一块石头听操着各种语言的人说话如同我沿着卡尔梅克人的音路聆听图瓦人。我想石头跟我一样把听不懂的语言当歌声来处理。它快速穿越战场，慌乱中一个个箭头意外落地，一切都像是命中注定。于是，它跑到不同的国家里卸下锋芒、躲过死亡、委曲求全，哪管改朝换代世界的版图由着欲望变来变去——于是一个外来户变成各地的石头土著，擦干身上的血迹很快分身四处。它不言不语喷上时间的金刚砂略显老道搅进日常，很快被当地的舌头视如己出。它叫毕鲁！新的生机和环境分解了它的锐气挫伤了它的猛烈，一个败绩于铁器的夜晚，它和它的士兵像一对成熟的智人只不过身形不同，开始从血淋淋的现实里抽身，讨论起世界兵器的巨变。这时，一个箭头最后一次来到士兵随身携带的磨刀石的身边：本是共根生，何故常相磨？让我们从此同名同姓再也不要骨肉分离，一起成全巨变让世界更锋利吧。

对于一块石头来说，箭是顿悟起步于狩猎，磨刀石是渐修起步于切肉，都是生活包裹着石器，原来如此简单而今已让世界颤抖。这场浩荡的世界大战实际上是铁器征服了石器，石头兵器即将失利。松花石，故乡从身后撤退来不及告别便跟着很多同行的石器提前退役。向前的脚步平铺大地，武器越来越高精尖，人类自己跟自己玩得如火如荼。同居蒙古士兵的马背上而它首先移出了箭袋，老骥还想伏枥一个使命戛然而止，它提前告老了。像一个老兵由携带锋利的箭变成了传授锋利的磨刀石。它还叫毕鲁！战争让它们以这种方式魂归故里，好似回到了女真人的日常。它与远方的厮杀呼应与各种带刃的铁器过招——回归本然成为专业的磨刀石，石尽泥飞，骨碎形销。故乡比世界还远。蒙古风，磨刀石，仅从形体和相貌审讯，它们按兵不动安住日常，世界哪有一箭即可抵达的杀戮和仇恨？松花石，由战争本身变成了战争的前奏，由亲历变成了远观。它可以骄傲地自许：蒙古骑兵让世界颤抖，很多人证明是箭的功劳而不是刀，包括用植物乌头的根液涂抹箭头使其带毒一并发轫于长白山的野人，而其却都像漫不经心成长起来的史诗，最终稳稳当当把巅峰放在了世界。它还可以邀功：当全世界铁器不丰沛、战事比铁多、士兵比铁多而打不出铁时，多亏我这苦寒出身的土石头一石两用，用我的肉磨我的骨，用我的血溅我的祖，首当其冲穿那世界之心，就算老了老了没用了世界史我还是大股东！

不得不说这个音跑得好啊，没有忘本还因祸得福。目标已定，下一站就是内蒙古。

过往的一切都将成为跑音儿的道场。尊重原创、感恩混沌、喜欢桃花，这一趟内蒙古之行请试着叫我耶律倍的芳邻，请大声叫我最侠肝义胆的村姑。除了松花石，这回我已轻装上阵：万物相互提携不把自己当人看一切就简单了，不把世界当成是由人主宰的世界一切面目全非。而历史立马天翻地覆：海冬青统治了辽金元，马头琴统治了蒙古草原，松花石统治了冷兵器执掌锋利。而今兵戈息止它已化身处处：松花石和磨刀石一石两命还像耶律倍和耶律楚材。世界充满谬误这就是真相——上上个月我到了耶律倍遗留在医巫吕山的桃花源，攀岩附绝壁，命在旦夕。冒一身冷汗只摘到六粒稀瘪的桑葚，还不够一口吞，心想这就是耶律倍的水果。水是一滴没有难道全仗着过去的生态良好？围着他曾经的住处寻找桃花惦记他种的桃树怎么过冬，真相终于大白原来种的都是京桃，这个品种当然可以只是花开之后再无压轴的风景——它根本结不出像样的桃子，只留桃核可以把玩多像耶律倍的一生！又摘了一枚树叶立于耶律倍的风井撒手，见它被地下之风悬在了井口无着无落急得团团转就是不能叶落归根。那时我还不懂也许是耶律倍的神灵向路人诉说苦闷心事悬而未决。直到中元节的前一天，我翻找松花石的微信公众号无果，又翻找松花砚的微信公众号，这时耶律倍跳出来了，再也不能沉默了，他带着两块松花石砚遇到了一千年后最公正的我这样的判官：松花石八角飞天纹砚、松花石梵文八角砚。梵文就是六字箴言——这就是耶律倍的终极信仰，谁说他仅仅崇尚儒学？

清朝的皇帝说松花砚是他们的原创，可耶律倍的松花砚在前。清朝还杜撰了一个武默纳登临长白山神感处带回了一块绿沉沉的磨刀石，而后皇帝将其纳入名砚之列，可辽在前辽砚已风行。显然武默纳撒谎了，或者说皇帝将错就错，这就是历史的真面目。可喜的是不只我一人为耶律倍喊冤，辽宁的、吉林的、黑龙江的史学家们已经站出来了，一个我最喜欢的公断是：辽宁产的松花石与吉林产的松花石它们同属于一条矿脉，系同一石种的不同品种。这个论断是一个史学家对着徐金海说的。而我想耶律倍可能还有更多的松花石砚下落不明黑龙江不被人知。他的东丹国就建在黑龙江省的宁安，他到达了楛矢石砮的原乡。他逝去半个世纪之后，同样仕途糟糕到低调的苏东坡在南方见到这种箭头还激动不已：左右传观不小心掉水里又虔诚祈祷于一个龙王庙失而复得。一个松花石做的箭头成了他人生倒计时时的名篇，更何况耶律倍来到了一块石头英姿勃发、让孔子点赞的母地？除了苏东坡还有很多倒霉的官场过客，从明朝漫延到清朝末年，不知疲倦地上演着流人与松花石的故事，大多聚集在黑龙江省著名的流放地宁古塔——我本想讲给万宝堂的女真人听。我向徐金海透露了商机，告诉他黑龙江的地下应该还储存着大量的松花石，东北很多带有磨刀石字样的地名都是松花石的古矿老坑。不是怂恿他去挖掘而是被他的温柔感动。实际上他十指下地柔柔启动欲望已收缩，五年以后一个珠宝沟也许成了他的桃花源，我已探知他的命局内心，他舍不得动一块石头拿着八亿年的结晶换钱，因此感天动地让他的财源从别处滚滚来。也许这一切的改变来自他偶然的一次到故乡到江源，恰巧路过万宝堂的石神庙首次参与祭拜而感化！

就像石神庙不是万宝堂的主人首创，辽之前耶律倍之前肯定还有人喜欢把玩松花砚只不过他不是东丹王，只不过它不叫松花砚。耶律倍，二十岁到了海拉尔河，让乌古部全部投降契丹。二十一岁到了山西省大同和内蒙古乌拉特前旗。二十三岁一度打到河北省定州。二十五岁到了内蒙古巴林左旗。二十七岁到达了吉林省农安，同时，属于他的东丹王诞生了。而命运的结局伴随着一路汉化的深入每况愈下：耶律图欲、东丹慕华、李赞华，这都是他的名字。他一路妥协一路礼让，首先从姓氏上脱离了辽风。遭遇都是他的磨刀石。利刃引来的是利刃而不是水到渠成，风华正茂的他把自己磨得太亮了需要背井离乡掩藏自己的锋芒、消灭自己的王骨、成全母国王位的代谢。不到四十岁他就一命呜呼了，居然这么短寿，生命的末梢他因无处发泄的巨恨喜欢上喝人血吃人肉，这似乎成了后人记住他的主要影像。我想，墙倒众人推，他也许只是自卫把牙齿当箭，只是一次龇牙咧嘴就被渲染成很多次。而耶律倍想要的正是这个结果，于是时时夸张展演，启用恨和狠他想挑战另一种生命样式。正是不把自己当人看，一切就简单了。我想是人都有过与他同样的恨：被架空、被调遣、空闲得要死，还不如他还有美人可啃。还是四年前我花八十元买来一块松花石毛石，磨了一整天磨到手出血它才露出一小道松花绿。晚上接着磨，全家人跟着磨，第二年第三年继续磨，烈日下月光里大雪中一块石头就像替罪羊被我操纵。我的无名火就这样跟着石头身上艰难落下的细碎的黄土末渐渐熄灭，它们跟着我的泪水化成泪泥长出了一种叫苦蝶的野菜，渡过了难关我三年磨一石，渐渐懂得了韬略住进了城府。那时我还不知道它叫磨刀石它叫松花石。可惜啊，假如耶律倍血瘾发作时让他亲自打磨一款松花石，而不是像以前那样直接捧出成品献给他，他至少可以不给后人留下狰狞的血淋淋的魔鬼之相，他至少可以在回忆旧物身上的六字箴言时稍怀戒定收起血盆大口想到积攒一个顺心的来生。松花石是磨刀石，是化解恨意的天才。

那时他会像我此时的内蒙古之行一样——

我走的是鹰路，喝的是雪水的后裔、是云朵的子孙、是露珠的遗孤、是众生的眼泪。肉身本就是自然身。一个草纸一样的小人儿险些被世风榨干。石头带我远行，需要一次次向天边求救助，我由非人走向人。内蒙古上次去是十年前是为了一个海冬青的专题片，喝酒到星星洒满夜空，我歪歪斜斜跟着一只刚刚逮捕的海冬青熬夜。当我得知它和人的关系就像囚犯与国王，它的可怜如同我的可怜都是为了生存舍弃正常的睡眠，我喝酒它连水都没有，我拒绝了那个专题片。第二天第一次骑上了马知道骑马与骑牛与骑狗和骑父亲的脖子截然不同。那时我还不懂得世间万物都有磨刀石，遍东北都是鹰路。现在，脚下就是抚松县一个半路改名的小村子——青年村，我意外遇到了

一个长着白胡子的参把头儿。不把自己当人看，对他也是一视
同仁：我把他当成山神爷爷。我再一次想起父亲，忘记性别，
用半米见方的新剥下的桦树皮给他扇风，用燃烧的松枝给他熏
蚊子，主动跟他跑山一小天完成了"一棍山"，挖到了一棵生了
水锈的六品叶野山参。结局草草而我们一路谈论梦中的人参姑
娘和跑山人亲吻搂抱毫不害羞光溜溜、谈到了家萨满、谈到了
跑山人的各种药方和跑山途中各种迷魂催命的鸟叫、谈到了不
可告人的梦与现实的对应关系。我终于遇到了一个常年跟我一
样做梦的人，又想起了我的松花石霸王莲叶小船。此前，问过
很多人到底做不做梦也认真问过徐金海，回答异常荒凉让我疑
惑一年到头日日倒头就睡做不出一个梦芽的人到底是不是人？
还是我不是人？

末了我问他松花石。想他常年跑山又一大把岁数一定知情。
最好我们同行有个照应。他突然晴转霹雳十分生气直击过去的
生产队的庄稼地：那个破石头一层一层的根本不值什么钱，过
去我们生产队锄地，一人抱一块磨锄头就放地头，那个破石头
根本没人要！他单眼皮立起来像刀片而胡须像洗得发白的拖布
一样滴着水。我刚刚喝了他奖励给我的六个核桃，刚刚跟着他
跳入深涧让布满山泥的十指洗过了山泉，刚刚还要把我的背包
装进他的背筐——是爷爷的也是父亲的还是我的亲切的椴树皮
背筐。多么怡然又多么突然他像远古的石砮射向我——此前，
因松花石我已沉重得不行，求证它的欲望越来越铿锵。而今一
块石头已强行落地我瞬间轻松。山泉掩藏在草丛里吹奏，还没
有到达内蒙古我突然懂得了长调：就是以万物的名义，勇敢面

对磨刀石，把历经磨砺的一个又一个梦境通过清泉的洗涤向苍天报告，莫问神，莫疑人，莫解梦。我以前不懂得长调何以那么悠长那么旷远歌手像是不需要呼吸，原来，学会向梦境妥协又恰巧赶上霹雳清空自己就是天大的福气。如此，才能让苦难与美好成正比，比翼双飞。一个入地，一个上天。长调，它在天途中，又加入了风，又加入了云，又加入了飞鸟和婴儿期的雨滴，又把阴暗、杂乱和沉重一点点稀释替换，直到与天同色……

东北百合

离心，圆周最长的涟漪

东北百合 [1]，它盗窃了北重楼 [2] 的专利技术：轮叶。由此成了地球上最具车轮之风的两种植物之一。正所谓做贼心虚，它总是在一生的前四年里，极为小心地拿出单片叶子，每年，又极为小心地在叶片上以拓宽拉长、增加叶脉数量或把虚线的叶脉弄实的方式暗自壮大。正如再有弹性的厚肚皮也有担负不了的新生肉，当叶脉像一个怀了鬼胎的孕妇的妊娠纹，宣告再也没有弹力时，它让这片叶子提前进入休眠期。

它老谋深算，总是要等到第五年的 5 月 22 日，才甩出刷锅扫把样的一把叶子。而北重楼一出土就是轮叶，一年生的北重楼，三叶也能成轮，此后，年增一叶，直至八叶而止。

这正是东北百合：等，是它一生中使用最多的字。

还有更大的阴谋：第五年，它并不敢马上散叶成轮。还要按捺政治欲火，让这半开半散的一把叶子显得乱七八糟、长短不一、胖瘦不等。等到实在难以窝藏了，它便绞尽脑汁，克制激动素的正常走向、安排大的叶片等待小的叶片、命令窄的叶片快速扩充、喊回跑得太快的叶片，直到 6 月 18 日所有的叶片等距、等宽、坚守同一圆周。而在之前的 5 月 22 日，看上去，怎么也不会预料到，它日后会鼓捣出与北重楼一模一样的轮叶。这多像我接触过的一个女干部，她曾亲口对我说，在她快要提职时，她故意把自己弄得脏、乱、差，不洗澡，不洗头，一个月不换衣服，越拖沓越好……

这就是达尔文说的进化？

没错。东北百合处于进化的公元后，北重楼处于进化的公元前。

这算不算是倒退呢？

到了七月中下旬，东北百合最终毫无顾忌地抛售美色了。

一件事可以说明昆虫对它的厌恶：7 月 20 日至 22 日，我来到长白山下生态较好的沙河源林场，拍摄我认为的濒危植物同花母菊[3]。22 日一大早，恰巧赶在昆虫们用早餐的时间回返，驱车行走了 60 千米真正的森林之路，抵达大石头镇。这个镇距离黄泥河镇还有大约 60 千米，以敦化市为中点。东北百合向来喜欢夹道相迎。沿途，我只见到三只蝴蝶仅仅为三株东北百合传了粉，很潦草，很敷衍。它们分别是：体量很大的碧凤蝶、不怎么挑食的白绢蝶、早就吃饱了撑得难受的老豹蛱蝶。东北百合的六枚丁字花药大得像蝴蝶的蛹，又悄悄安了跷跷板的装置，无风自抖。我也闻到了它的香气，只比香水百合[4]淡那么一点点，却招不来两位数的食客。等我下手抹了下它的花药，才弄明白碧凤蝶的轻佻之因：它的花药太黏了，谁敢久留？

具体说说叶子：5 毛岁的东北百合，钻出地面两个月后，叶子刚好弄齐了与北重楼一样的轮叶。一模一样，只是没有把叶脉全部照搬。北重楼是网状叶脉，这是它盗不走的，需要授权、转一个基因给它，需要光明正大签约合作。然而，这种区别，得是专业研究植物的人才能捕捉到，感观上，它们的相似度已达百分之百。我曾钻雨观看这幅滑稽的和谐图，更可笑的是，北重楼与东北百合总是两两并肩站在一起。如果不是像我这样深谙植物的生长秘密，不知有多少人会赞美这种和谐呢！然而，两种车轮，两种境界，怎能一概而论？

人世间的圆滑（或圆满）有两种：一种是政治家的，一种是修行人的。前者由东北百合承应，后者由北重楼承应。两者都是艰难的。而产于英国爱丁堡皇家植物园的欧洲百合 [5]（多轮叶百合），花期里，它可一次性生出四轮轮叶，实是独裁的宣言。植物的世界，跟人的世界一样，总有那么一批人，凌驾阴云当青云，胡作非为……

更滑稽的是，我叙述的这种东北百合，中国产地只有黑、吉、辽三省。还有一件更可笑的事，关于东北百合花被片上的斑点，我发现了一个规律：越是年长，斑点就越多。这可不是什么老年斑，这都是仕途之污。怎么祛除呢？想听真话就到梦中去听吧！一夜，我单位的一个保洁工入梦，旁敲侧击对我说，她要辞掉工作了，工作用的去污剂已经把她的家族遗传信物（几颗痣）去掉了。她从不敢大声说话，还悄悄告诉我，领导要求她上班不准戴口罩。是哪种苦命的植物在跟我说话呢？我要找时间到南山上找一找，看看哪一种植物的花朵最近两年损失了黑痣。是长相同样胖胖的紫斑风铃草[6]吗？最近几年，我发现它的紫斑越来越少了。

可笑的事一件接一件。6月18日，除了北重楼、东北百合，还有一种植物拍马屁一样，挣命跟上了它心目中的小领导东北百合的节奏，居然也拿出了假轮叶：中国独科独属独种的植物山茄子[7]。假王孙、人参幌子，这都是民间给它的外号。它早已臭名远扬。它是一种野菜，出菜率极低，低到被人遗弃。野菜也有野心。它在早春的5月5日拿出了带有诱惑性的紫色钟状花，花期比东北百合早70天，关于福利（种子），它早已捞得足足的了。这时，它轻装上阵，打理自己的上半身，很快就弄成了轮叶的样子。它有足够的时间拍马屁，先前的花序轴也在模仿东北百合。它超爱毛茸茸的叶片，就像紧身的针织毛衣，制造着温暖氛围，恭维东北百合。

我发现，人世间的一切，在植物身上都有忠实的投射。

一切进化得花里胡哨的植物都成了先锋，坚守古迹的反而成了落后者。同科中，更多的晚开之花，都以早春之花的小领导自居。无疑，东北百合也是北重楼的小领导，前者比之后者，花期晚了30天。妙就妙在，北重楼是古老的风媒植物，并不受昆虫传粉的制约。一切早春之花，都是植物界最底层的底层。它们早在东北大雪纷飞的春节的鞭炮声中就陆续出土了。这里，有靠卖身生存、接客无数的妓女（延胡索[8]），花朵的个数记录了一个风尘女子接客的次数，花冠的形状暗示了职业的方向；有早早破瓜的贫穷人家的小女孩（侧金盏花[9]），古铜色皮肤，小骨棒，未成年，睡在冰凉的土炕上，总是睡眠不足，天真地忙于伺候非亲非故的年长其许多的大人物；有收入微薄的哭丧者（黑水银莲花[10]、多被银莲花[11]），男抬女哭，一双双贫贱夫妻行走在泥泞的山路上，实在抬不动了，实在把泪哭干了，就一起坐到稀泥里歇息，用枯树枝扇风；有道法自然的修行者（北重楼），修行就要穿越苦难，抵达苦谛。对不起，我的心胸此时又变得憋闷起来，因憋闷而宽阔，像核反应。植物有苦，也不敢言。东北早春顶雪开花的植物，颠覆了我对圣洁的一贯印象。我发誓要重新书写人们误会千年的植物的圣洁，还有残缺。扭柄花[12]，它的花梗，总像一枚由于用力过猛而拉开的曲别针，停留在事故现场。我先前对这种特殊形态的花梗百思不得其解，不知它经历了什么。只是纳闷：怎能向着自残进化呢？植物身上的各种残疾标志，用达尔文的进化论来解释是行不通的。

悲心，圆周次长的涟漪

七月中旬，随着汛期到来，东北百合迎来了花期。选择这时开花，它显得独树一帜，但与蜂会无缘。花茎猛蹿，再也不在乎轮叶是否工整了。先前挤到一起的骨朵，终于拉开了距离，在这方面它偷艺于东北玉簪[13]。其实，同是百合科的东北玉簪，年年春天都要为它去顶罪。东北玉簪上了餐桌就叫河白菜（或河菠菜、胡菠菜），它春天被人揪来挖去，5 月初，它刚出土的卷在一起的一把叶子跟东北百合的叶子很像，区别只是叶脉。可怜的东北玉簪，心思太过细腻，暴露到叶脉上就比东北百合的叶脉多出三倍。咋就没人尝试把东北百合的叶子当野菜？它从各个生长阶段都找到了应对生命危机的替罪羊：根有卷丹[14]替罪、花有山丹[15]替罪、叶有东北玉簪替罪。卷丹和山丹都是细长的条形叶，因此必须把东北玉簪当春天的替死鬼。食用、药用、香用，东北百合都撇得干干净净。它究竟想干什么？吃空饷吗？

这时的南山，钻进林子，可见陪伴东北百合开花的只有荠苨[16]、山尖子[17]和短果茴芹[18]。后三者都是早春有名的野菜，由于母亲这样的人物存在，荠苨和山尖子过起了不用再为餐桌效劳的闲日子，就连我也不知道它们是何味道。独独短果茴芹（俗称勒家芹）却是我包饺子的上好之馅，它是小伞形花序，上面的小白花哪怕低到尘埃里也不会缺少访客。进入七月，很多昆虫的主食就是伞形科植物的花朵。山尖子却要长得比我高，它有树风，希望白色的冠毛带着小瘦果远走高飞。荠苨是大家闺秀，生怕玉体受侵，接近骨朵处的叶子，叶缘弄出了病态的惨白色，这是它的保护色，它指导我必要时要学会撒谎请病假。

脚下，已然坐拥5片轮叶的山茄子，由于竞聘受挫，叶子再次变形，伺机另攀高枝。它盯上了人参[19]这个百草之王，这时改道模拟人参的"巴掌"（叶）。一年中，这是它的叶第三次变身，也是最后一次。山民的眼睛多厉害呀，叫它人参幌子，比山寨还难听。钻出林子，月见草[20]、黄连花[21]、胡枝子[22]、欧亚旋覆花[23]、千屈菜[24]、浅裂剪秋罗[25]、牧根草[26]、和尚菜[27]、黄海棠[28]、珍珠梅[29]、绣线菊[30]、茜草[31]、路边青[32]以及各种大型伞形科植物的花开得到处都是。多年生的路边青永远不知疲倦，它的花期实在太长，到了七月，显得多余；北重楼献出了舍利子，即母亲说的"一个紫色的圆点点"；大山黧豆[33]的豆荚刚好微微鼓起来；鹿药[34]、类叶升麻[35]的果实与披挂到美人松身上的一串串青葡萄一样；紫斑风铃草只剩残花数朵，花冠大小远不如从前；龙须菜[36]终于抖翅欲飞，我还是喜欢它被废弃的名字：雉隐天冬，尤其喜欢"雉"这个字。常在南山走，我记录了一株株植物之"雉"的幼儿园生活，它们也缓解了我的先天性羽毛恐惧症。还记得早春的 5 月 5 日，它们的翅膀紧箍在橄榄绿的嫩茎上，就像刚出壳的小鸡粘在一起的湿湿的羽毛。母亲指着它：快过来，这是山苞米。我则像一只小鸡应声奔过去，跟着母亲认真啄食留在山野里的植物乳名和土名。我们两个，多像眼前这一老一小的两株龙须菜……

现在，生机在冲刺，种子在博弈，恩怨在结算，修养落地，就连最矜持的植物也露出了破绽。这往往是大自然最真实的时刻，比冬天的萧条还真实。嗡嗡的蜂鸣，稀释了热风的浓度，我没有见过还有哪一种昆虫工作起来如此热闹。黑水当归[37]的大伞形花盘上，一边交配一边美餐的赤条蝽，让我想起人间的情爱，想起天堂。所谓天堂，就是人间的恶以自然的花朵呈现。这是我的顿悟：面对惊艳，我们必须备出一颗比观赏落红和凋零更悲伤的心，以此，让我们的欢喜心升值。

南山，正是东北百合的天堂，橘黄或接近橘红色的花朵一致向南、向阳。东北百合最显著的特色是：六个花被片（可称花瓣）不仅向后反卷，还让居于下方的两个花被片完成了一个大横叉（舞蹈动作），它是扇形花冠。这使得它区别于地球上任何一种百合，获得了"多才多艺"的花语。它的花被片又是怎么反卷的呢？还是舞蹈动作，即：双吸腿、后弯腰。植物中，关于地球上各个角落的人们赋予开花植物的花语、传说、神话，我也是最近两年才上心的。因为我发现，有很多是非常准确的。根据我的经验和验证，我还发现，关于植物的花语、传说、神话，多脱胎于梦，是人们与植物长期交流以致气场相互影响的结晶，即一种化学反应。

到了晚上，暮色四合，万籁俱寂，使得大自然成了万物灵交（沟通彼此）的实验室。飞舞着花粉颗粒的空气、带着花粉颗粒的雾和云朵、白天看似奄奄一息的行尸走肉借着凉爽获得了复活的机会、苔藓类植物的孢子肆意流窜、柳树集体散发出的带有茉莉花茶香味的体味等，它们气息强大，只需自由释放就可轻松包围正在熟睡的毫无防御的人。这个人单一，仅是万物之一，通体吸入植物的体香，快要把这个人化掉。在相互融化冶炼的过程中，某一个步骤出错（声音惊梦、光照惊梦、触碰惊梦），致使这个人带着清晰的梦境突然醒来。

试想，一个单一的人，深睡眠和死去有什么区别吗？死去与活着又有什么区别吗？

区别肯定不大。

因此，一切与植物建立深交的民族，都是不怕死的民族。因不怕死而坦然，更不汲汲于眼前的利益而自相残杀。他们心向自然，获得超自然的大智慧，仅拿出一点点反哺现实，余下的还要还给自然，绝不把现实喂养得太过肥胖。我还发现，全世界各个角落的人们，在给自己脚下的植物命名时，其开阔的宇宙观让我感动。比如 2018 年 7 月 21 日这一天，我在沙河源林场过夜。这里的月亮特别亮。晚上八点，我意外发现了道路两旁的月见草，它们都把白天打不开的花瓣向着四周扩展，甚至微微向后反卷，这时，我突然明白了它与月亮的关系。这是多么美好的事情，让我很快反思，我一贯对植物的观察，几乎忘记还有夜晚，那也许比白天更重要。更提醒我，假如换个角度，让沿着海岸线生长的东北百合回溯世界大陆板块的变迁史（断代史），也许比仇恨它更重要。

我知道，这需要我正视仇恨的价值。正如分分合合的大陆板块，它的心又何止碎过一次！

很多植物都是大陆板块心碎的产物。

万物皆从悲中来。

我还需借助地震——

这是我通过各种手段获得的东北百合在世界的分布图：北到俄罗斯的哈巴罗夫斯基（伯力），南到中国青岛，东到日本、韩国。可见，东北百合的生境拥有真正的海咸河淡：黄海、日本海、松花江、黑龙江。更有意思的是，把这一区域的海岸线向西北平移 390 千米，就可将中国的本溪、吉林、牡丹江、七台河、俄罗斯的哈巴罗夫斯基（伯力）一线串起。可见，自海岸线起，东北百合以等距 390 千米之宽占有陆地。以起点中国的青岛、终点俄罗斯的哈巴罗夫斯基（伯力）计，全长绵延 1838.64 千米。

它的分布如此规律（长方形），全部得益于缺陷。

缺陷来自花朵和种子。

以鳞茎繁殖为主的东北百合翻山越岭是十分艰难的，鳞茎一年只能行走 1 厘米。即便侥幸获得了生育能力的种子，也只能凭借最终的身高将种子最多甩出 1 米远，可这种概率也十分渺茫！没有授粉的种子，即便有幸甩到地上，也不能发芽。授过粉的种子，发芽率之低可将其忽略。我曾采收过被蜂蝶宠爱个够的玉蝉花[38] 的种子，自然试种，竟没有一粒出土。东北百合的种子与玉蝉花的种子性质一样。这就是草本植物的植株高高蹿起的原因之一：到了种子成熟期，植株自动切断营养，自根部开始腐烂，最终随着大风或野兽的帮忙扑通一声倒地，将种子全部倾倒。其实，东北百合已具备了树的年龄，我目前见到的最大年龄的东北百合是 21 岁，由植物学家周繇拍摄。辽宁本溪的程立春跟我说，他见过最大年龄的东北百合是 25 岁。

然而，物尽其用，这种走动极慢的植物，恰恰还原了久远年前的大陆板块情况。

东北百合告诉我们：日本海更像一把刀，日本是日本海切下的零碎；今天的朝鲜和韩国，原是与中国青岛粘贴在一起的；今天中国的大连，刚好与中国的潍坊凸凹合欢；中国的烟台，刚好与朝鲜的平壤凸凹合欢；今天的渤海、黄海原是不存在的；如果中国台湾也产东北百合，就说明中国台湾是日本海这把刀切割时用力过猛甩出去的又一零星。东北百合没有跟着鄂霍次克海向北、向东蔓延，也没有越过白令海峡到达北美大地，说明鄂霍次克海、白令海峡产生在东北百合出世之前。

它还说：东北百合起源于青岛百合，要对此论证，需还原一幕悲剧，即：久远年前的一次地球北半球撕裂……

忏心，圆周次短的涟漪

一种巧合是：东北百合的分布区域正是中国一种海相沉积岩（松花石）的分布区域。因此，我怀疑东北百合今天的分布图已经保持了很久，它们已完成的翻山越岭全部都是水的功劳。每到汛期，东北到处都是汪洋，平坦的草甸子最先灌满，2017年的洪水几乎淹没了草甸子里倾斜的电线杆。洪水带着植物的种子和鳞茎进行异地大交换，又被次第降落的水文线搁浅，有幸萌发。然而，仅限于带有起伏的山地，当东北百合流向平原，鳞茎便不会呼吸，它的鳞茎需借助山地的斜坡控水，以此保持干爽，还要借助阔叶林荫遮阳。它不喜欢大树，不喜欢植被太密集，更不喜欢裸晒。南山上的树，由于历年砍伐，几乎找不到直径超过7厘米的阔叶种。又由于捡拾毛柴的村民经冬不断，使得里面通风良好，因此七月下旬放眼望去，一盏盏"小橘灯"间距均匀、提挂在疏林的腰间，像是大自然的灯会。

东北百合与青岛百合，同科同属不同种，因产地而命名。

其实，它们的差别仅仅是花被片（俗称花瓣）是否反卷，这是重要标志。除此，东北百合的鳞片带有节，青岛百合则没有。不过，后一种鉴别方法我不赞成推广，需掘土一尺，太伤它的元气。它们的鳞茎（根）埋得就是这样深。2018年5月5日，我为了弄明白东北百合的繁殖规律，跪在四妹家承包的山上，手插向地下。这次挖掘，让我意外地见到了植物界的美男子：夜晚，一个睡眼惺忪的美男子现身了，它的眼线反复提示我，这正是东北百合鳞片的弧度，像一个抛物线。我在人间没有见过哪个男子有这般眼线。而我白天摘下的正是一枚鳞片，把对它的伤害降到最低。这么说，东北百合的地下，有很多只沉睡的眼睛，这也是"百合"之暗喻？它是单眼皮，只是微微眍眼看了我一下，就又睡去了，微微有些不耐烦，微微慵懒，像个无业青年。它已睡到昏天黑地，这次带有刺激性的光线渗进，也许会让它彻底醒来，走向萌发。

让我怎么说呢？

自我与植物长相往来，这种灵异之事已是家常便饭。最近一个月，因我把山茄子的官妓身份识破，一株山茄子非要痛改前非、拿出真爱证明给我看，居然领着它的贫贱之交（未婚夫）前来见我。它梳着我二十来岁时喜欢过的稍稍内扣的齐眉刘海，一身紫衣，眉黛浓重，神情疲惫。为了让我认清它，特意将皮囊和衣饰套到我身上，借了我的骨架让我带它照镜子，它已虚弱到极点，自己带动不了自己。亲爱的山茄子，我又何尝不心疼这万千世界里的万千个假的自己？我又何尝不知道我们曾是多年邻居？

往往，植物的节代表的是反复、反悔、被搁浅、受压抑和受压迫，东北百合的节定是来自一次突发性重大事故。那么，它的花冠的这种反卷又是怎么形成的呢？

一段地痞流氓式的日子势必要重现了。

下面，如果实在听不懂，还是当神话来听吧——

其实，被地磁力绑架或被地震拐骗的每一种植物，最初到达异地他乡的日子都一样：不如一条流浪狗。假如短时间内受到的排挤太多（那是一定的），它们自然也就起了报复心。这种报复心还要乔装改扮一下，暂时嫁祸于情欲，遮掩着即将崩盘的恨。

某一日傍晚，当一个乳臭未干的毛小子试图骚扰当地一对比较贤惠的母女时，一群打着"催贱民"旗号的土著居民前来护生了，这群身手不凡的义士，将这个外来户从这对母女身上扯下，咬牙切齿将其胳膊和腿向后反扣、系起，扔到地上扬长而去。这个毛小子，这株东北百合，四爪朝天，肚脐贴地，一缕乱蓬蓬的头发与一条空裤管同被系起，谁还有心思将空裤管挑拣出来？谁还管你头腚相亲？总之凑足了六条贱柱（六个花被片）。被擒拿以后，它着实感到生的艰难和可恶了，耻辱走街串巷，嘴巴够不到绳索。又过了几天，干渴得要死，老天却没有下出一场雨，着实感到猥琐和肮脏了！它更加使劲反卷身子，以便喝到从裸露的生殖器里挤出的尿液。就这样，直到绳索腐烂。这是后话了。又过了很久，它认命，决意不择手段活下去。这里没有蝴蝶认识它，没有蜜蜂喜欢它，几乎所有的昆虫都躲着它，那也要活下去。这时，东北百合的花梗与花冠组合起来，就像扣地的烟袋杆和烟袋锅。

怎么又在种子期把扣地的烟袋锅反向朝天了呢？

这需要我们关注一下它的内心世界。

就像每一个囚徒在失去自由的日子里都要缅怀亲情，当它忆起故乡（中国青岛），一部分故乡就来迎接它了。隔胯赏故乡：云是似曾相识的，太阳也是不陌生的，夜晚的星星也还友善，这都是熟悉的故乡风物。又过了些日子，一场又一场的雨，送来了零零碎碎的水镜，照观自己，居然长高了许多，居然够到了更大的一面镜子。它环顾四周，月光击中了它的泪腺，它幽幽啜泣，愧对被它调戏过的无数母女，劫（结）中劫（结）正是在这一闪而过的善念里一声不响地断开了……

仿佛刑满释放，它试着跪起。已意识到自己需很长时间才能重新站立。又跪行数步，听到了不远处的狱墙内，一个入狱的将军（大蒜[39]）正向监狱长祈求一次短暂的放风机会。

将军威武尽失，只为一件事：想出去献花。

它也听见监狱长恶狠狠地回绝：你那么穷，拿什么出去献花？不可以！

它瞬间明白了一件事：一切被人类驯化的果蔬就是被判了无期徒刑。生为植物，最奢侈的日子，就是能够自由地向大地献花。它想起被囚禁日久的大蒜，花茎被当作蒜薹抽走，逼迫将军身体变形，像水肿。假如允其出狱野战，那蒜头比之薤白[40]也不会大出多少。它还听到了更多的对话，比如，将军正接受众多狱友的敬礼，也正默认狱友们集体向监狱长求情。而它，一株东北百合，刚获自由身，刚刚懂得了自由的珍贵。它决心已定，就算种子期里再把花梗反转也不晚！它想起了一对母女的清美和愤怒抵抗，它试着模仿。因此，种子初期，像武侠美人攥紧的拳头。日久天长，当这拳头渐松，变成白纸，则个个都像宫女在夜晚擎起的宫灯。它如愿以偿：它不想总是昏昏沉沉长睡地下，更不想当小鲜肉，于是中途变性，以裙子（轮叶）为标记……

只是，迫使东北百合大搬运的力量又来自哪里呢？

这正是它即将还原的某一次北半球的突然撕裂。这种撕裂从今天的中国青岛开始。裂开后，以中国青岛为圆心，水平，以其东为半径，逆时针旋转，裂口变大，产生了黄海、渤海。紧接着是附近陆地板块的快速塌陷。这种塌陷让东北百合的花朵突然受到了耳提面命之力，就像一个坠崖的人的长发被风提起。慢悠悠的塌陷是没有任何冲击力的！我必须借助地震来解说，我越来越相信，达尔文所说的植物进化，尤其跨越式的进化，主要来自突发天灾，来自因宇宙咆哮而带来的重创，像雷击，击中哪里，哪里的植物便以最快的变异去迎合（适应），这就是基因突变。

东北百合在日本的名字叫车百合。我能感觉到，整个日本民族对这种百合倾注的情感最多。

有人说，它的祖先在中国浙江。若果真如此，当它来到中国青岛，它已经历过一次重创：细叶变宽，变成轮叶。没有哪一种植物甘愿殉葬，活着是万物的本能，这本能造就了恶念丛生。顺风顺水的日子，只会让植物贪图享受，根本没有进化的可能。迷人的大自然，实是万物的悲惨史，每一朵都是惨艳之花，就连东北百合的首次发现和命名，也难以摆脱殖民的血污。自1907年以来，在朝鲜半岛即将陷入日本殖民时期，一个叫中井猛之进的日本植物学家首先来到这里。他是日本作家中井英夫的父亲，他完成了朝鲜的植物志。我不知道，当他踏入这片土地时，是否慈悲升起，让侵略变质？仅从植物学家这个角度来评判他，我只见他是很勤奋的。在长达50年的研究生涯中，朝鲜半岛成了他的学术福地，东北百合因他命名。他获奖，弄出了文笔里洋溢着植物气息的儿子。间插着，他深入中国东北长白山，淅淅沥沥26年时间（1908-1934）里，采集了大量植物标本。

其实，侵略者对中国的侵略，随行中，植物学家从没有缺席、掉队，很多时候甚至是先锋。植物研究在他们的侵略大纲里，总是显得那么重要。中国的东北百合，难道就没有走出国门到国外定居吗？我想，由于东北百合的难以驯化，带走的仅限于标本吧。1886 年，英国在孟买的一位官员到长白山和齐齐哈尔采集了 500 种标本；1895 年，某位俄国植物分类学家来到黑龙江的绥芬河，途经三岔口林区、宁古塔、额穆、老爷岭、吉林，采集植物标本。1897 年他又来到中国，途经图们江、鸭绿江、帽照山、通化、永陵铺、沈阳、吉林、开远、额穆，采集了约 1300 种植物标本。如果赶上了东北百合的花期，他们走的正是东北百合之路。

侵略都没有忘记植物学，这是笃定的持之以恒的侵略，其副产品是产生一本精准的侵略地图。

就像植物之间的侵略可以让一些老实憨厚的植物奋起学艺、捍卫种族，中国的植物学也是自此崛起的。否则，东北的植物，一直在满语里闭路循环，渐行渐模糊。敦化市的大蒲柴河镇，"大蒲柴" 三个字原是满语的音译，其意思就是 "开满百合花的地方"。我到现在也没有弄明白具体指的是哪种百合。我发现这个镇的领导人年年种植人工百合增加旅游收入，勉强维持遗风。我想这个镇名本意指的应是猩红的毛百合 [41] 或渥丹 [42] 吧？它们更具备俗世眼中的百合之姿，却拥有着不俗的姿色，在草甸子里格外抢眼。东北山野，红颜色的野花也总是集中在一个时间段内绽放。这让我产生联想：某一次的宇宙咆哮，同时将数种植物催生出了红颜色花朵。

中国还有 9 种百合科植物具备类似东北百合的"灯笼"样的装置，雄蕊更醒目，花丝更长，像"灯笼"随风摇摆的流苏。它们是没有缺陷（大横叉）的"灯笼"。它们是宝兴百合 [43]、卷丹、山丹、新疆百合 [44]、垂花百合 [45]、条叶百合 [46]、绿花百合 [47]、南川百合 [48]、大花卷丹 [49]。中国，关于百合科百合属，其下又分四个组：百合组、钟花组、轮叶组、卷瓣组。东北百合肯定把植物分类学家难为坏了：花是卷瓣、叶是轮叶。它脚踏两只船，时刻备战着更深重的自然灾难。大自然（宇宙）的本质就是：越是静谧，越是战场。而在更浩瀚的星云中，那也只不过是涟漪……

同心，圆周最短的涟漪

我相信，有一条路，只要我不钻，再过三年，它肯定就长死了。我保持着每年钻行至少 5 次，延长它的寿命。我是很多路的延寿香，同时，延长着很多人和物件的寿命。

我很不愿意接受这个现实：东山上，我小时候抱着十斤重的琉璃瓶子（上山自带饮用水）种地、铲地、收地，走过的路，已由瘸腿的 K 字路变成瘸腿的 Y 字路了。无论如何，最近几年，只要离开那个 Y 字路，只要我想把刚刚钻过不久的 Y 字路视作最新鲜的记忆试图锁住时，眼前呈现的仍是童年的 K 字路。我一次次重走，一次次强化自己接受 Y 字路，一草一木地替换，都无济于事。很多次，我还没有下山，K 字路就忙不迭地淹没过来，重整河山，复活先前的人，让我不得不停下来回望，确认自己是否真的活在当下。有时我会马上调头再钻一次。记忆是多么固执啊，能让我的每一个心灵伤疤都转换成基因储存，快乐也会结痂。正如东北百合：无论把它移植到哪里，它都能守着古旧的花期开花。程立春驯化东北百合已达 20 余年，当他的东北百合赠出东北三省，没有了雪花的覆盖，收到花友的反馈是：怎么长着长着自己就枯萎了呢？程立春最了解东北百合了：休眠了可不就是枯萎了吗？东北百合即便到了四季长春的地方，也还保持着它在老家的作息时间。

此时，我插叙这样一次行走，正如这次行走之初心，我目的明确，就为东北百合。

继续——

站在 K（Y）字路的坡腰处，一目了然，K 字路开怀抱着的，首先是一个由黄土、稻壳、木头、村里男人的汗水、毛秆野古草[50]拼凑而成的混合物。我被这种房子迷得不行，它是大王家果园里的唯一建筑物。我作为童工的日子，饱受果殃。我也被李子树迷得不行，我不舍得对自己使用"馋"这个字。我记得七月成熟的李子分泌出的淡白色脂粉，记得筐里的李子半夜会发烫，记得李子那一道诱人的臀线，记得我摘一天李子的酬劳是只许在果园里吃，记得大王的眼是"格勒"眼，记得这个果园周围全都布满了铁蒺藜，记得中午回家吃饭前大王总是要搜身。记得东山上唯一的一棵秋子梨[51]就生长在那所迷人的房子后边。每到秋天收黄豆时，香水味就会飘满山。记得冬天，我把钻树林捡来的当烧柴用的枝丫捆绑到小爬犁上，猛踢一脚任其飞滑下山，我则长舒一口气来到大王家空荡荡的没有任何围挡的果园里，用两条腿把整片果园扎满齐腰深的大窟窿，我享受雪盖的开裂和拔腿时的艰难，我棉裤厚重却如释重负。如果说吃也是一种欲望，我的这种行为正是"解铃还须系铃人"。总之，我的东山，一个等式牢不可破：李子成熟的季节正是东北百合的花期。一个现实无可代受：处于深度饥饿的人，只有吃饱了才更有心情去欣赏那不能当饭吃的高大的花。否则，会因它的高大招惹出更多的饥饿。

继续——

眼瞅着 Y 字路要从山根处毁容了。它已变得很难走，它已不是路，但我坚持从这里出发。

雨天除了观察沐浴的植物，把自己幽深的圆锥状的思绪像摊煎饼一样摊平摊薄之外，几乎什么也做不了。尽管我背着相机，随时准备恭候太阳。光线暗得像老鼠的皮毛，人工植入的落叶松下，棵棵都像是在召唤坟的到来。我讨厌各种人为布光拍摄植物，已经违背了自然的真实。没有带记录本上山真是一大错误。当我站在 K 字路的峰腰处，准备向着东北的密径钻行时，我发现，路的两边插满了东北百合和北重楼。它们怕热，又偶尔喜光，十分需要这条路，更需要动物开出通风的小路。我也是动物。我想研究一下东北百合花和叶的比例关系。可我一张纸都没有，只掏出了一支笔。我想写在胳膊上，但我意识到工程浩大，恐怕得写到肚皮上。于是，我打起了树叶的主意，想仿照一下贝叶经的书写。扯下叶子一片片试用，最大的愿望是希望能在上面写字，字的寿命不需太长，能帮我保存到山下就行。然而，每片雨中的叶子，都拒绝了文明的墨水。单一的文明在这里脆弱难堪，一切的植物都我行我素，根本不吃墨。

我还是不死心，又自行搜身，一定要给这光棍的笔匹配佳偶，写到身体上只是下下策。实在太简陋了，我居然从牛仔裤兜里掏出了半张餐巾纸。当我展开皱巴巴的它，当我确认它是纸，我一阵激动，感觉天晴了一样。这一天，我钻行在这半里路的小坡上，我的激动居然因为半张皱巴巴的餐巾纸。它已微微潮湿，我很怕它吃不消这么粗的笔尖，就又把两手用衣服擦干，小心将其对折。我边写边用嘴吹着1级或2级的北风，这样，每一个阿拉伯数字都很乖，我要眼见着墨迹变干才放心。这一天正是父亲节的第二天,但凡轮叶开展的东北百合,株株都含着骨朵。这时数花最客观,东北百合由骨朵走向花开的过程中,损耗严重。但我最大的疑问是东北百合早春5月5日的叶脉：三根模糊的或三根清楚的，是我认为的那样吗？

我还想再找一个证人。

辽宁本溪的程立春就是从我的这个疑问里现身的。仍是误会重重，在我真正的单位，我找不到一间可以安静接听电话的房间，我常常打扰那个胖胖的保洁大姐。她会打开她那安放着网络总控的休息室。我知道，这里辐射太大了。她在我梦中诉说的痣的丢失就是这样弄没的。可她要生存。她也养了几盆和我的办公桌上一样的绿萝，这是她累时就挂着门框啧啧赞美我养的绿萝长得格外好之后的行动。这样，我就仿佛走进了自己的办公室。然而当我急于给程立春打电话时,她正好不在。于是，我站在走廊里，一口一个程老师，我尽量压低声音，我最怕程老师耳朵不好，我总有一种做贼的感觉。他开始是有些不耐烦的，因我已经没有时间解释我的处境和来意。但当我说出东北百合与北重楼之间的种种相似时，他突然来了兴致。激动得我一下子把想问的问题忘掉好几个，不得不隔了十分钟之后第二次打电话盘问。由程立春提供给我的东北百合生长年志和阶段性细节帮了我很大的忙。更开心的是，他提供的答案与我的观察基本一致。我们可以互相补充。东北百合生长 5 年以后，他没有太在意轮叶的增减规律，而我记录翔实。意见截然不同的是：当我问到东北百合花被片上的斑点与年龄的关系时，他说，与年龄没有关系。

他足足用了 5 年才把东北百合驯化成功。他曾是知青，退休后在农村买了个小院儿，现已度过了长达 20 年的百合日子，还将继续下去，并非经营，纯是喜欢。我很感激他把这么秘密的事情分享给我。他应是世界上第一个如此懂得东北百合习性的人，也应是世界上第一个把东北百合驯化成功的人。更感激他把关于东北百合鳞片每年的发育情况以 20 年见证人的权威性向我发布。我知道，我若不访问，他便销声匿迹。他根本不是植物学家，根本用不着发表论文，也早已淡出功利和学术的怪圈，他有的是时间与全世界的百合深交，他只是想与百合百年好合。

东北百合，我记录的叶花比例如下——

8 : 4

8 : 3

8 : 3

10 : 2

15 : 5

11 : 7

10 : 3

7 : 1

10 : 2

11 : 4

9 : 2

11 : 4

8 : 3

14 : 5

9 : 5

8 : 3

8 : 2

9 : 3

8 : 2

8 : 2

10 : 6

8 : 3

8 : 3

程立春提供的东北百合生长年志——

种子落地

第 1 年：1 个种球，1 片叶子。

第 2 年：种球分裂（1 分多），1 片叶子，稍宽。

第 3 年：2 片叶子，或 3 片叶子。

第 4 年：2 片叶子，或 3 片叶子。

第 5 年：轮叶初出；此年始花，1 朵。

第 6 年：花，增加 1 朵（此后每年增加 1 朵）。

地下鳞茎

第 1 年：1 个种球，1 片叶子。

第 2 年：种球分裂，1 分多。

第 3 年：自这一年起，鳞茎每年增加 1 轮鳞片。或多或少，取决于水土营养和控水情况，至少增加 5 个鳞片以上。自此，土壤水分太大、环境太阴暗，鳞茎都会烂掉。鳞茎主心发芽时，主心周围的其他鳞片便不发芽。当主心彻底老去枯死，来年其他鳞片则都会发芽。否则，主心以外的其他鳞片只有等待。

关于种子

如果受粉了，花朵凋谢后，植株枯萎速度较慢，要养育孩子（种子）。

如果没有授粉，植株则很快枯萎，提前进入休眠期。

关于年龄

计算东北百合的岁数：5+ 花朵个数 = 年龄

附：

很多人区别不出东北长相类似的百合科植物，就像区别不出东北的鸢尾科植物。我这里略述窍门，仅限东北——

1、大花卷丹与卷丹相似，区别是后者叶腋有珠芽，前者没有。两者的花都带有斑点，都是橙红色。珠芽的功能等同于地下的鳞片，都是无性繁殖的高新技术，这种进化很高明，拥有三层生育险：种子、鳞茎、珠芽，不再道德绑架没有生育能力的种子,使得花开更自由。让我想起抱子甘蓝[52]，要是人类也能从胳肢窝取出孩子该多好啊。

2、渥丹与条叶百合相似，区别是前者的花被片不反卷，后者反卷。两者的花都几无斑点，花是红色或淡红色。而渥丹还与山丹相似，尤其山丹的花被片没有反卷时，与渥丹难以区分，还是等待"反卷"来定夺比较把握。还要提防，毛百合也与渥丹相似，区别是，渥丹纤弱高挑，毛百合富态，比之渥丹略低矮且毛茸茸。

3、其实，南山上，仅是东北百合，据我观察，它像葶苈[53]一样，已出现了（类）亚种，主要体现在叶型、茎色、花色。其中的一种：茎紫色，叶较圆钝，展叶期的植株粗矮、壮实，茎上的紫色蔓延到叶基、骨朵。往往植物的茎色暗示的是花朵颜色的深浅，比如牵牛[54]和凤仙花[55]。东北百合恰恰相反，茎色深者，花朵反而色浅。我只能这样理解，色素向花朵运输的过程中，被茎和叶截获了。

注释：

[1]东北百合：百合科，百合属。

[2]北重楼：百合科，重楼属。

[3]同花母菊：菊科，母菊属。

[4]香水百合：百合科，百合属。

[5]欧洲百合：百合科，百合属。

[6]紫斑风铃草：桔梗科，风铃草属。

[7]山茄子：紫草科，山茄子属。

[8]延胡索：罂粟科，紫堇属。

[9]侧金盏花：毛茛科，侧金盏花属。

[10]黑水银莲花：毛茛科，银莲花属。

[11] 多被银莲花：毛茛科，银莲花属。

[12] 扭柄花：百合科，扭柄花属。

[13] 东北玉簪：百合科，玉簪属。

[14] 卷丹：百合科，百合属。

[15] 山丹：百合科，百合属。

[16] 荠苨：桔梗科，沙参属。

[17] 山尖子：菊科，蟹甲草属。

[18] 短果茴芹：伞形科，茴芹属。

[19] 人参：五加科，人参属。

[20] 月见草：柳叶菜科，月见草属。

[21] 黄连花：报春花科，珍珠菜属。

[22] 胡枝子：豆科，胡枝子属。

[23] 欧亚旋覆花：菊科，旋覆花属。

[24] 千屈菜：千屈菜科，千屈菜属。

[25] 浅裂剪秋罗：石竹科，剪秋罗属。

[26] 牧根草：桔梗科，牧根草属。

[27] 和尚菜：菊科，和尚菜属。

[28] 黄海棠：藤黄科，金丝桃属。

[29] 珍珠梅：蔷薇科，珍珠梅属。

[30] 绣线菊：蔷薇科，绣线菊属。

[31] 茜草：茜草科，茜草属。

[32] 路边青：蔷薇科，路边青属。

[33] 大山黧豆：豆科，山黧豆属。

[34] 鹿药：百合科，鹿药属。

[35] 类叶升麻：毛茛科，类叶升麻属。

[36] 龙须菜：百合科，天门冬属。

[37] 黑水当归：伞形科，当归属。

[38] 玉蝉花：鸢尾科，鸢尾属。

[39] 大蒜：百合科，葱属。

[40] 薤白：百合科，葱属。

[41] 毛百合：百合科，百合属。

[42] 渥丹：百合科，百合属。

[43] 宝兴百合：百合科，百合属。

[44]新疆百合：百合科，百合属。

[45]垂花百合：百合科，百合属。

[46]条叶百合：百合科，百合属。

[47]绿花百合：百合科，百合属。

[48]南川百合：百合科，百合属。

[49]大花卷丹：百合科，百合属。

[50]毛秆野古草：禾本科，野古草属。

[51]秋子梨：蔷薇科，梨属。

[52]抱子甘蓝：十字花科，芸薹属。

[53]葶苈：十字花科，葶苈属。

[54]牵牛：旋花科，牵牛属。

[55]凤仙花：凤仙花科，凤仙花属。

醉太平

1、野个，就是昨天

昨天，就是阳历三月。我从东北出发，翻山越岭，把冰冷的雪章翻过。我要到春天里去，我要探春。我喜欢阳历。我不喜欢阴历，听上去有阴气让人发冷。每一个词汇都是一个活物。中国的阴历都成精了，它就是用来吓人的。

昨天，可真是好看。

我在这里赶上春，怎能不好看？我的春天啊，真是太懒了，它才睡醒。它约我到黄河见面。到河之南见面。让我站在郑风里等它。让我闻着怀菊的体香等它。我懂的，这里有《诗经》，这里有绝美的情爱和欢醉。

桃花峪的桃花，还在偷偷地积攒着春衣。都露富啦。遮也是遮不住的，铺了满满的一面山。风一吹就会花衣遍野。再一吹就会把人的魂儿都勾来啦。简直是太富裕啦。我想预约一件，就算是穿在梦里也好啊……

枣树，学着桃树、梅树、梨树的样子，学着写意。这后三种树是天生的国画高手。枣树学得很像，还加入了不少武术的动作。这里可是不缺武术。但等不了多久，一树的小枣子一怀上，它就露怯啦，它就直奔人烟了。

女贞树，果子和叶子俱在。忙得许久没有洗脸的样子。可也真是的，四季它都不能缺席，真是生死疲劳啊。不过，没有关系，我和它一起祈祷，盼上一场春雨，悄悄洗上一个野浴，它立马就是新媳妇一个啦。

麦子，可是比我走得快多啦。一转眼就是一大片。我的眼睛装不下。我只有两只眼睛啊，但我馋啊！它们黑绿黑绿的，没有其他颜色容身的可能，仿佛先天会锄草。它们的身高，估计已经没到我的脚踝骨了。我一见到粮食就心安。我一见到麦子就亲切。麦子才是我们真正的食祖。

前面，就是酒了。

前面，就是沁河玉液。

我将下榻酒的生场，而不是蜷缩在酒杯里怀想，我整个身子都是舒展的。

这条酒路，横看竖看，都是美的。用眼睛挖个坑，也是美的。土都是金黄色，河也是金黄色，别说那是泥沙。当我喜欢它，泥沙就是金，它有着沧桑炫目的大美。

我也馋啊！

我毫不掩饰对美酒的亲热。是亲热，来了就一定热上。就算是不喝，就算是赏着，就算是闻上一闻也是很享受的。特别是瓶盖初启的那一刻，满屋子都是喷香的。一瞬间，酒魂儿都飞出来了，酒精都撒欢儿了，酒衣都落地了，它正光着热着，直往我的怀里钻，直亲我的嘴，怎能不抱它？怎忍心冷落它？

那已不是酒了。

那已是活脱脱一个人了。

心里装着这么一个人，偷偷想念也是有的。

想着想着就掉眼泪也是有的。

肝肠寸断也是有的。

一定得是好酒。

我闻花香和闻酒香，通用一种眼神。喝花酒，于我正合适。管它本意是什么呢！

真正的好酒是会开花的，它们的花期是很短的。但是，越是短越是珍贵，往往是一眨眼的工夫花期已过。准备好鹰一样的眼神吧！再备上一盆猎人一样的肝胆吧！我的故乡有鹰路，我小时候常从此路出入。我有此功。真正的好酒，它们会开出豌豆花，开出黄豆花，开出绿豆花，开出碎米花……

我可是羡慕死那些日日赏酒花的人啦！

我马上就要与他们相见啦！

我的双腿已经缠上雾带，我的袖子已经装满白云。远远的，我看见沁河玉液的大门口，一棵树已经醉了……

2、吉个，就是今天

今天，就是阳历四月。马上就是五月了。我坐在东北四月的尾巴上，我微醉着：一定要给沁河玉液写一封长长的书信。

我喜欢与这些非人的物件儿通信。

当我这样想的时候，我就把一片人全部消灭。我独性。

非人的物件，不说人话，让我总有一种跨境的轻松感。

陌生，就是陌上有新生。管它本意是什么呢！

我是在逃避，逃避人事。实际上，我是不想过日子的。

与日子通好，实在是太累了。高攀，仰望，下跪，哭求，把心煎成肉串儿供奉……我都干过。我到现在还保持着见人鞠躬的旧习。我身体的历史遗留问题很严重。日子，总是背着石山泪海东升西落。我只有顺从，只有与其一起背。我也是夸父，我也天天追日，我像男人一样能干。

有酒就好多了！

要白酒！红酒不行，啤酒也不行，乱七八糟的洋酒更不行，这都是花拳绣腿。只有上好的白酒才有真功夫，可以精武生门，可以醉倒丛林，可以暂别世俗日月的看守。

我与酒，心有灵犀，一滴就通。

五岁就通了！

像今天，我一提起笔，就醉了。

我的自控能力总是很差。我控制不了我的年龄，脱缰是常事。我控制不了我脸上的雀斑，它们自播能力太强。我也控制不了我的指甲和头发，摁也摁不住。这些要命的物件，永不定型。人生和人身都是一意孤行的。

我的醉，也是一意孤行的。

早上，我洗了一个澡。我还准备了汉服、发簪、古乐、植物。汉服，这堂堂的中原之风，如今已沦落到睡衣和浴袍。也好，落叶归根了吧？睡觉和沐浴，最慢的生活和最干净的时刻，它都占着。有了它们，我的洗浴堪称浴典。

我知道，我这样与日挣扎的人，总是出轨的人，是没有谁能长久养得起我的。再有耐心的男人也只是摸着我的心和皮，而永远摸不到我的魂儿。偶尔抓到也是一缕一缕的，永不成柱。我只有自己养着自己。我这一生都是自助游。

而我每次出门，与人相交，我总是拘谨得要死。与人相交是最难的，难得让我掉眼泪。我生怕做错了事让人笑话。我要是真错了，我就以酒掩护。我醉了啊，请原谅我吧！一醉遮千丑。那时的我是无赖又无奈的。

我对待我亲近的人，也是如法炮制。

我曾醉到让人背着回家。两条腿比闺门旦的水袖还长，还呼啦啦地直接挂到了月亮上，挂到了树枝子上，魂飞魄散。背我的人踩着星星和泥坑艰难前行，我的指缝里还夹着半根香烟。我的手指已有一层皮肤率先自焚，我浑然不觉。

过后我说："我是真的醉了啊……"

泪与新日，同出。

一页尽已翻去。

早上，我洗着洗着，我的皮肤突然又生出一个奢侈的想法：我想洗一个酒浴。我总是觉得自己很脏。我这里是晚春。日子就是泥沙俱下的。而高度白酒，可以消毒。

不是我的胃有想法，是我的皮肤。胃在酒的面前，实在是个无能之辈。很多人把胃喝穿孔了，把心喝歪了，把血管喝爆了，把身子喝拧了，把眼神喝静止了，把两条腿喝得长短不一了，这多是因为过分相信胃的缘故。瞧，酒要是喝不好，还真是能破相破身呢。酒是需要驯化的，需要一对一地驯化。我们要告诉酒：胃只是个门，要学会越过这道门四处探访。

我扶着我的胃门，把酒喝出门道儿了。

我想洗一个酒浴。

我就要那种温热的，度数在 60 度左右的，密集着绿豆花的。当我有了这个想法，我的皮肤就馋得不行了。我瞬间就陷入了一场千里调酒的独战里，我忘记了我是在浴室里，我一脚就来到了那棵醉意冲天的树下……

3、野个，就是昨天

昨天，我在武陟。

我看到一棵树，喝醉了。

这棵树，显然是上了年纪。我粗略估计了一下：五六十岁的样子吧！

这也正是沁河玉液的年纪。酒是有岁数的。其实，沁河玉液的岁数远不止此，它隐瞒岁数了。它身份证上的年龄是不真实的。它老着呢！它跟杜康是世交，我是回到东北以后才知道的。我用了一个通宵把它的家谱画出来。我顶着午夜的东北风，一个人啧啧赞美它：我说呢！我说呢！

我生平最恨假酒。这多是因为我好喝，我的父亲好喝，我的族人好喝。现在假酒多是猫在乡下。乡下树多地广，淌哪也不明显。所以我每隔一段时间必须打电话给父亲，盘问他最近喝了什么酒，有什么心得和异样，我生怕他被假酒所害。我是父亲的酒监。所以，每与一种新酒相遇，我总是查它的户口，分析它的心肺是否善良。我掌管着很多白酒的户籍秘史。我总是给父亲送安全酒，我是父亲长喝不断的女儿红。

父亲肚里的酒话，稍微积古的，都是我传授的。当然，我肚子里的村酒野史，也是父亲传授的，我们总是这样互通有无。仿佛我是父亲生育的，我们没有代沟。

在酒里，我很人烟。

比如，我会这样给父亲打电话：

爸，我告诉你，还有一种酒你可以喝（我得充分发挥我的写作才能），你知道黄河吧？就是你常说的"关里家"附近（闯关东的人对自己故乡的称呼）。那个地方生产一种酒，我都到酒厂去看了，我里里外外看个遍，是真的纯粮食酒（我知道纯粮食酒是父亲选酒的高标准）。

爸，我跟你说，我回来后才知道，那个地方，原来就是中国最古老的产酒的地方。你不是经常看电视吗？有一句是这样说的：何以解忧，唯有杜康。那个杜康原来就是一个人，不是一瓶酒。他是后来才变成酒的，特别有名气。

爸，我跟你说，我去的这家酒厂，曾经跟杜康齐名呢！你听我给你讲啊……

我跟父亲的电话粥，多是以酒起锅的。往往，这样一次通话，一讲就是一个小时。沁河玉液，因为来路颇远，我又加入了长得很胖的莲藕和小家碧玉一样的烧饼，就格外长。我还仔细给父亲描绘了一棵树。

这棵树，就守在沁河玉液的大门口。

对于总是目中无人的我来说，我总是先看到树的。它用高大挑起了我的双眼。我看了，我还摸了，我还闻了。我摸到了它的胡子，我也摸到了它的褂子。"褂子"这个词汇，我都好久不说了。我的家乡尽是闯关东的人，早就把这"褂子"种到我嘴里了。我小时候常说的就是这两个字，它是中原的特产。

野个，吉个，蜜个，这些都是武陟的方言，也是特产呢！

土语有异香！

陪同的人终于教会了我。

野个，就是昨天的意思。

吉个，就是今天的意思。

蜜个，就是明天的意思。

都是音译的。

我在这里学到方言，比学到外星人语言还开心。

土语，是武陟人送我的礼物，我定要带回东北。

我是用东北话音译的。野个，吉个，蜜个——串联起来就更有意思了！像东北的诗经。我还采到蜜了！是野的！我喜欢野。我平时的口头禅是：野一个去！

这就好比下酒菜！

野个吧！

一步就踏进了酒家。我喜欢这样称呼。

呵呵！满眼都是父亲，满地都是酒窖。

瞬间，我的父亲上身了，无数个我也上身了。酒，对我最有号召力啦！

酒窖，这也是我与父亲对话的主要内容：爸，我跟你说啊，那酒窖，很久以前就有的，里面的细菌都活着。很久以前，我说的这个地方，就是武陟啊，这里有一个镇子叫"木栾店镇"，这里面住着一个民女。爸，其实就是一个村姑（和我一样），她叫木栾。她在镇上开了一个酒馆，招牌就是"木栾店"。她可厉害了（能干），就卖自己酿的酒：漯楪酒。这酒和杜康酒一样有名，弄得全国的文人呼啦啦地都来了。爸，我跟你说，我想给你带一块窖泥回来，可是，我没好意思下手……

哈哈……

父亲的笑，十八筋斗，直窜云霄。

这时，我开始向着这个男人撒娇。

他可以宠我一辈子，只要他活着。

哈哈哈……

我们的酒话，总是这样大笑着结束。

我是想带一块窖泥走的。上好的窖泥，贵比黄金。沁河玉液的窖泥，有一颗金心。

我还有一种发疯的想法：我想跳下去。

但，我强忍住了。

我偷偷地跟拿着铁叉正在翻酒窖的工人说："让我试一下吧？"

我的眼神都是膜拜的。

我的声音太小，他没有听清。我跟人表达我生为人的欲望时，总是这样怯懦。我不敢再说第二遍。我一身的酒骨，见到酒窖，骨刺都露出来了。我从不认为这里是泥、这里脏。世上真正的脏，都是用花言巧语酝酿的。我无可奈何地咽下很多，都快撑死了。我急需这白酒消化一下，白酒是有助于消化的。

酒肉穿肠过，酒也是粗纤维呢！我常用酒来清肠道。这也是我的减肥秘方。

一个说：这里面有花生、牛肉、豌豆……

一个说：这里是小窑小甑……

一个说：这里产量永远不会高，酒是最需要时间的……

这些人啊，只要是沾了酒风，我就会爱屋及乌，我是不会把他们从意念里消灭的。我急着与其亲近。他们的嘴巴的蠕动，都像细菌一样，将参与到我生的酝酿里。

他可真好看：眼眉都是醉的，嘴角也是醉的，是那种薄如春雾的醉。这种醉，就是微笑。我跟在他的身后，仙人一样腾云驾雾，想跟一辈子……

她可真好看：一根管，一个瓶，拿着眼睛眯上几眯，再用玉手晃上几晃，酒魂就现出形体了。我对勾兑有了新的认识。以前，我错怪它了。

他可真好看：一个酒装，牵着酒流，忽上忽下，还时不时地喝上一口。他喝酒时，我的喉咙也跟着舞动。等到我喝时，我周身都舞动了。

她可真好看：拿着标签，面有桃花，臂有远山，一瓶一瓶地让酒盛装出场。

他们，都趁在雾茫茫的酒香里，都很好看。

他们是谁？我总是不记人名的。倘若哪天他们读到我这自我陶醉的酒章，自己对号吧！一步到位就能找到自己的，必是那些向我献花的人啦！

"看花摘酒"，这是我回来才弄明白的酒界术语。我才知道，那也是一个田园。这田园里，住着武林高手，日日练功：梅瓣碎粮、打梗推晾、回马上甑、看花摘酒、手捻酒液……摘酒，摘的是酒果。而我当时，只知道那是花，是酒花。

送花的人，都像父亲呢！

一个小甑前，我喝到了上面开满豌豆花的酒，这是酒头，70多度。一个小甑前，我喝到了上面开满绿豆花的酒，这是酒身，50多度。一个小甑前，我喝到了上面开满碎米花的酒，这是酒腿，40多度。我还喝到了很淡很淡的酒尾。

酒尾，就是酒脚吧？这样说来，我把他（酒是人）从头至脚吻了一个遍……

酒尾，没有花朵，那是一片草地！这草地，草色遥看近却无，那正是早春啊。而其他，是夏，是秋，是寒风凛冽的冬。我在这里抓到四季。这里也有东北的冬天。

从70度喝到30度，从顶峰喝到谷底，我总是这样叛逆，跟别人不一样，我倒着喝。我居然没有大醉！真正的好酒是不会让人喝后出洋相的。难怪父亲愿喝高度酒，这回懂了，那是生之高峰的开阔之地啊……

是的，都是小甑，沁河玉液都是小甑蒸馏，量质摘酒。

沁河玉液，广集民间的秘方，挖掘传统工艺，被誉为浓香型曲酒的后起之秀。这是沁河玉液里的五谷：玉米、大米、高粱、小麦、豌豆。

最后，我看到了酒海。

我想洗一个酒浴的痴念，就是在那时种下的。酒海，它足可以装下十几个我了！我的身体里是住着十几个我的！我总是分身四处。我的魂儿总是不在岗！我也看到了成片的酒缸，像兵马俑，它们都在武酿，我也想爬进去……

4、蜜个，就是明天

仿佛，已经沐浴完毕。

是酒浴，是沁河玉液。

我换上了汉服，我把发簪随意插上。除了侍寝侍浴的汉服，我还收藏着可以见光的汉服，我就这样走了出去。我踩在东北的真土真草上。我听见我的喜鹊在叫，它们是我从松花江边带来的。丁香花都开了，都急着为我熏衣。

我看见我家小区的门卫处，有三四个老人，他们正齐刷刷地趴在窗子上，惊讶地看着我这样一个隔世的人，从油绿的草地上走来。我这隔世的人，滴着今世的酒珠。或者，我这今世的人，滴着隔世的酒珠，正反都一样。

看就看吧！

我醉了！我穿越了……

如果想同醉，就跟日子请个假，一起举杯吧！在酒里，我可是野个不悔、吉个不惊、蜜个不怕，可以升级为海量的东北人。我还要"醉翁之意不在酒"，如下——

粮食是酒的原配。可是，世风日下，它有时却成了酒的糟糠。作为一个疼酒的人——如我：我只有看到粮食、看到糟糠时，我才会心安。而在酒，只有粮食变成了糟糠，糟糠再陪着粮食流出眼泪，那才是酒。粮食是酒的原配，有人往往连原配的脸都不想见，更何况去听闻那些老泪的长吟？

人生如酒。那些俗世的人们，那些女人们，特别是那些正在流眼泪的女人们——正如曾经的我，我们必须坚定信念：阳光下，做一粒好的种子，做一棵好的粮食，以佐酒风，以正酒气，以传酒魂，以醉太平。在酒这里，永远都是母系社会，历史越是久远，越是珍贵。不要怕自己老了，酒花开后的大戏是陈酿。如果真的是好酒，咱们啊，真的不怕老。

我的榆钱早餐，我的灵芝发簪

1

通往榆钱的路就是这样长——

简直笑死个人了。一家三口，我们一起离家出走，一起到园子里逛逛，一起撒野。

我，徐娘半老，仅一个学生，也教得眉眼藏春、满头飞花：来啊，这个小屁屁红红的，叫红花锦鸡，它的叶子是鸡爪子样。这个时候,说屁屁，一点儿也不粗俗。孩子的屁屁是很精致的啊，一朵菊花啊。屁屁也很亲切，我小时候是口吐着一个个屁屁长大的。母亲常用金贵的香油把我们屁屁里的虫子引出，还要配上最洁白的棉花和带着硫黄味的火柴棍。享受香药油棉，享受母亲松树皮一样起皱的手，比吃了穿了还难忘呢。小屁屁，比泪眼得到的母爱更多。母爱从此起步，可以蔓延到腰，波及到大腿，如果不十分主动，还可得一个抱。比之母亲，我只漏掉了一个字。我母亲总是这样说："屁眼子"。生气的时候用，不生气时这样说：腔门子。母亲用山东土语，我用普通话。山东土语是一色的下坡调，可能怕太低了爬不起来吧，就总要坠上一个铃铛样的修饰音：子。还要拐弯拖慢说出：鹅食盆子、牛食槽子、土篮子、土豆子、洗衣盆子、萝卜条子、柳条子、窗户框子、蒜窝子、粉条子、泪豆子、酱引子、小辣椒子、梳子、胰子、箱子、麻袋片子、油袋子、烟袋锅子。我跟孩子讲话对土语没有禁忌挑拣，全是因为花草的怂恿。各种花草，太能起夜了，呼啦啦的一铺陈就是一大片子，叫我怎能不动粗？花草也有花草的道理。小屁屁，假如我的孩子长大做了母亲，也略去一个字：眼。眼都没有，那样，我们人类简直就是残疾了，就像我母亲说的：一个死胡同。屁，它只是个屁呀。

她一下子笑得双腿打战、胳膊离肩、通身散包了：我的妈妈啊，求你了，你说话能不能——

我可不能。我又说，哎呀，这有什么？红红的，小屁屁，难道不是吗？我小时候的一种野花，还叫它鸡腔门子花呢！我小时候吃过的一种小吃，还叫它鹅屎条子呢！我小时候梳的发型，向上的，还叫粑粑橛子呢，裤头还叫裤衩儿子呢，鞋窝还叫鞋壳郎子呢！

我小时候就是这样粗这样野，小时候的事，最易扎根，扎身上就挖不走了，怎还能改呢？

这回可好玩了，她简直就要笑趴下了，肉嘟嘟的，粉嘟嘟的，毛嘟嘟的，水嘟嘟的，被我和香风捉弄得直想喊投降了，头发也散包了，眼睫着，气也喘不过来了，半口半口地都搁浅了，四下找那可以支身的花拄棍了。我赶紧拎出几只爪子给她，抓抓心，又扯出一串袜子给她，暖暖脚。锦鸡，它的花骨朵都是袜子的造型，枝子就是晾衣架子。袜子，晾衣架子，两者都在，日子就显得不那么露骨了，一个母亲就显得很优雅很正经了，很符合大家闺秀的标准了。她又指着一棵树说："锦鸡，凡是上树的，就叫上树锦鸡，上树了，爪子就退化了，叶子就是一排排的，平步青云啊。"

她的文明，锈迹斑斑。她的矜持，如同演算一道竖式算术题，不敢错位，不能有第二种答案。她受的教育过于精细，过于干净，过于骨感，过于单纯，过于可怜。一句土语都没有，一个小屁屁都没有，还总是把土语与脏话混为一谈。正经和优雅，也不知杀伤了多少野趣。一再精装修的闺门，也不知把多少独自找上门来的生机挡在了门外。

我的母亲驯化我，向文明，远离毛草和土腥味。我要驯化她，向野性，远离固态盆景。

来啊！我又怂恿她，扯来珍珠绣线菊的花枝做手链、花环。并不真折下，只像个裁缝似的比一比，过个试戴的瘾。比一比，就足以知道，世间最昂贵的配饰是自然。新生的柳叶，微微酸，也要尝一尝，可以当零食吃，可以做包子馅，可以做柳笛，还可以做柳条筐。笛子，她是不相信的，我试着扒开一节柳皮，露出米黄色柳骨，告诉她，柳皮就是这样易剥。又告诉她小叶女贞的花穗正怀香，过不了几天，也就是半个月吧，它就香死个人了。过不了几年，一个小女孩子也就长大了，就可以穿跟母亲一样的胸衣了，就可以摘它的花放到胸衣里了，行动起来，也是香死个人啊。我是真想把我与自然相互取乐的全部都传授给她啊。一叶荻，它的枝子，带着精圆的小绿豆珠子，可以做手镯，一叶叶，一豆豆，一整天都不枯萎呢。

2

通往榆钱的路就是这样长——

我们本是散步的。散着散着，一家三口就走散了。这种情况，每每发生在我们原路返回时。这时，他对失踪迷路、突然下雨、被迫接收传单、蹿出吓人的大狗、撞上骑飞车的小毛孩、遇见吃饱喝足的民工自提着两个大裤管树下痛快浇花等事都放松了警惕：几步就到家了，散就散！只要天一黑，不雅之事和不速之客，也就没有精气神往眼睛里钻营和往身上胡闯胡撞了。声音都哑巴了要觉觉了。于是，就只管一个人越步向前，还是操心不改，惯性地随处扔给我们重口味的友情提示短句子：注意，前面有狗屎！注意，右边还有一堆！

我和孩子哈哈大笑把臭味提升到园林一景：狗屎一条街。

过了狗屎，过了榆树，他毫无牵挂地去了鱼塘。

这就暮色大吉。

鱼可以勾走他的眼珠。眼瞅着，到了湖边，他的肩膀自动跟着老头子们的渔线一抖，再一拽，眨眼间，也自动生成一个半生不熟的老头子了。再一眨眼，居然化入湖烟了。我和孩子惦记着榆钱，故意放慢脚步，离造型缺德的狗屎堆，还有很远呢。总之，这垂涎已久的钱，眼下必须入账，舌尖上的现金流，就这一树最惹人眼馋。蹭着步，故意让鞋不跟脚，拖拉着四条大腿里倒外斜。咬着耳朵偷笑，手扣着手亲昵，时而对抱一下，时而又飞吻，反正是母女，想怎么腻就怎么腻。刚刚笑散的她，抱一下，就又是一个骨朵了。还是她的耳朵口感好，耳门槛子，还没有正式接待过硬话、脏话、违心话，肉透，汗毛都是顺茬，里面住着干净的婴儿语。相比之下，我的耳朵肯定是过期的地瓜干子，可以扎破嗓门子难以下咽吧？马上，自惭形秽到从我做起分秒要为她的樱桃小口负责任。她的嘴巴刚一贴上，我就躲。她急得把嘴巴揪起小笼包，还热气腾腾的：哎呀，我的妈妈呀，躲什么呀？

到底，让她亲了我的额头。自认为额头皓月当空。

于是，我们大吃大嚼的春天开始了！

我生了一个小吃货，我就得变成美味大货车，让千载难逢满载而归。我趾高气扬地跟她说："这世上，假如我不带你摘榆钱，就绝对不会有第二个人带你来摘！也许，你一辈子都不知道还有榆钱这回事呢！想想，一辈子就这样错过去了，多可怜！"

我把一辈子取出，以榆钱为例，深度剖析假如她不是我女儿的可怕后果。

她抬起头，将信将疑："真的吗？"

想了一会又说："我想是的，我的同学连野生猕猴桃都不认识呢，我上次把它带到学校吃，他们馋坏了！"

到了树下，我们发现，这个单一币种的绿色银行还有门卫呢：榆树下，一块大石头，足有半张床大，一并被一堆毛枝子合抱着。杂枝卫，石头卫。低处的钱串子都让路人扯光了。假如要把这钱花到手，就得爬上石头，再爬上树杈。我分枝踏石，正准备提着裙子上树，却被她一把扯住，满面愁容：我还是怕爸爸，要是爸爸不让怎么办？

呵！由于我速度太快，裙子都快被她扯下来了，我要是不做下树状，就要露出小内内了。

这样，我上树之前，又多了一样工作，帮她清除爸式恐惧：其实，我也怕爸爸！你难道没有发现吗？可是，我发现，今天的爸爸情绪松动，有鱼哄他，咱们只要别把虫子带回家就行！

我们平等了。这下子可好，平等之下见真性，方知我平时可是小瞧她了。那家伙上树摘钱的样子，比我小时候还野上十八倍，且是香喷喷的升级版。一旦登上石头，就把爸爸扔进了湖里了似的，全身的恐惧毛，褪得一根儿也不剩。正是地位一高，脚丫子也跟着健勇，借着我的胳膊，跳上石来，拿着树枝子撑胆，见钱眼开。脚下还没有站稳，便急着四下里找钱。突然伶俐起来，真是吓我一跳。第一次树上淘宝，竟学空降，三步越过初级培训，专向钱厚的枝条发功运气，贪心极了。随着几声惊叫，一树的钱都让她秒杀圈进了两个小眼筐里。小主当权，我再下手都有顾虑了。树冠底层的榆钱，已不成串，正凑成朵朵钱花随风起飞，眨眼间，这个十毛岁的孩子，学会了利用风，晃荡着小屁股，深抓一把，又浅抓一把，靠着自食其力掌握着离开爸权的肢体平衡。刚起步的操作显然有误，有点儿小家子气，抓到钱，还一张一张地点钞呢！我想，这样的食用钞票哪能四平八稳地坐在漆黑的春光里点数呢？数钱数得慢，抓钱抓得快，这样颠倒快慢，哪能行呢，先撸完了再说呀！

于是又告诉她：爸爸肯定着急了。我这样的亲情提示简直太坏了，哪还有个妈样啊。爸爸就是催孩下树的湖边县令。这孩子就怕点拨，一点就透，一想起爸爸，就恨不能把带钱的枝子囫囵个儿拖回家。可能也觉得此次跟着我上树历险截财来之不易，等她实实在在抓着第三把钱时，马上进入预备干部状态，居然还要规范一下自己的野战工装，活学活用，就地取材，把腰探出很远，下死手揪来一枝新开的丁香花，把头一伸，没有任何障碍地指挥起我来：妈妈，帮我把这丁香花戴头上！

口气十分将军。可怜我老眼近视又昏花，黑灯瞎火还要给她戴花。还说非要插在头顶正中间。正中就是正品，野生的宫廷风，丁香铺路，天降大任，我也跟着入宫了。这算是哪门子皇亲呢？我可不敢怠慢，心里紧张，手也抖了，急出一身汗，还真怕插得不合格呢。平时，断然见不到她的腰如此灵活，可长可短，也断然见不到她摘花如此准确、迅捷、果敢，更别提让花上头了。这个脑袋瓜只能到了这棵树下，才显出真神真气派，开恩放权，任由来路不明的叶子花瓣跑马定疆，就连最怕的虫子也忘记了。

再一摸这脑袋，已冒热气，已发烫。

强憋住笑。一边拈花相头、劈缝、插花，一边赶紧用嘴草草吹出几个钱，以最快的速度送到她的嘴里。慢了就容易被她的犹疑搁浅。谁都知道，钱也有送不出去的时候。我的母爱带有贿赂的性质，皆因机不可失。我要趁野助野，褪掉她一身的矜持外来毛，重拾野性盖世遮体，反正天黑，反正昨天刚下过雨。脏不脏能怎的？一个人太干净了在这个世上是活不下去的。告诉她：慢慢嚼，生吃也可以，也很清香！

我也必须教会她生吃的本事，将这种本事的使用说明书，一钱一钱地铺满她精细的肠道，以备将来，随用随调。我发现，越是生活在一个文明到头上不生虱子虮子跳蚤的时代，越是需要身怀茹毛饮血的本事，否则，就很难从群魔乱舞中胜出。

我也吃下一钱。一个劲儿地追问：香吧？是不是很香？细细品！

我还必须以身作则，哄着满是蛀虫的口腔，祈请出性喜深居的立事牙，再干一回漂亮的盛春大事。做老黄牛尝百草状，吧唧吧唧双腮蠕动引她入胜，以畜性通人性，几下里讨她欢心，我也不容易啊。可是，心里着实高兴啊：清香的答案都在她的表情里。那表情，一串串的惊喜记，真想也揪一把放兜里带回家，坐床上数喜到天亮！我的孩子蚂蚱一样蹦来蹦去，时而不小心也把小内内露出来，保持身体的各个门洞嗜野通风，对屁香飞向何处不再担惊受怕，才符合我心目中最本真的孩子样。屁香就是饱嗝响，本就一脉相承。把花戴上，一下子就是一个丁香公主、一个榆钱妹了，生熟通吃，高可成，低可就，安身立命疆域弹性，哪还有老旧的母女一说了？

离石，上树，数个树枝尽归麾下。

3

通往榆钱的路就是这样长——

早上，假如没有一个老太太现场义演，我也就忘记还有榆钱这回事了，也就任满树的钱哗啦啦随风葬送了。常被有情伤，强作无情种，正是：跟我一毛钱的关系都没有。惭愧死了，榆树年年叫春，我已不问榆钱三十几年了。这是我常干的事：好了伤疤忘了疼。忘性这样快，带有麻木的先兆，一个大麻之妈，对哺育后代是很不利的。也时常对着镜子骂自己：现如今，日子过得这样好，还对过去斤斤计较？挺大的个子，太小心眼了。又对着墙壁反驳道：实际上，世上的伤疤从没有消失过，样式、大小、颜色、质地、来源，都没有变，它们十分长寿，喜欢溜达，一家住够了，就到下一家。现在，它们只不过是从我的身上转移了，大千世界，活生生的肉身多着呢，肯定一路小康饿不着，当皇当后。活着就是没完没了的辩论。

我想，这个老太太上树前，一定也经历过激烈的辩论：这么个岁数了，还爬树摘钱？一会又搬出一句名言：老要张狂少要稳，想爬就爬。一年才出产一回榆钱，错了这棵树，下棵树也许要等到下辈子呢！春光不等人，更不愿意等我这一大把岁数的老人球！骨头一根比一根松散，皮肉早就要张扬着出飞卸货了，今春不吃，要是有个三长两短，岂不是馋死悔死？有钱能使鬼推磨，有钱可是难买榆钱，想吃，就自己上树摘！

总之，需找出一麻袋的理由成全爬树的饥荒。

于是，这绝美的一幕就让我这个起大早的少白头老丫头迎头撞上了。

简直笑死个人了：准备十分专业，让一个洁白的小筐也跟着上了树,拿麻绳系在腰上。我一看就懂,她没有把筐挂树杈上，潜台词是，假如掉树下，哪能单独留筐挂树上，岂不是赔大发了？把筐系腰上还可以给性命保个"筐险"，假如要掉树下，老胳膊老腿受惊吓一时抓不到救命的树杈，筐却可以，怎么也不能让她直接扣地上。湖边就是钓鱼的老头们，起鱼的时候，总能见到树上挂一个老太太，根本不用喊救命，准会有人舍鱼救美。我起得太早了，感觉很对不起她，可是，又觉得，幸亏起得早。远远的，我躲在丁香花丛里偷看她，白天，这棵榆树长相健美，一本三杈，把她装进去刚好。她身穿宝蓝色布衣，双手摇枝抓钱，发式还是民国风，皮肤还是不施脂粉的素净，那个儒雅，差点让我笑出声来！我觉得，假如是一个野蛮的老太太爬上了树，我肯定不会笑。野蛮跟上树，本就是一对，见怪不怪。

可是，眼前这个老太太，一目了然，下了树就是捧书念长篇的气质。一身的书卷气，闲云野鹤，贤淑似宫扇，却争要做这食尽人间烟火的淘气事，实在是太可爱了。就连摘钱也跟念散文诗一样，一个长串，又一个小串，长长又短短，侧身向我，韵律十足，又实在是好看。老来也争春，我简直看呆了，把去早市买早餐的事也自行取消了。都说秀色可餐，这上了年岁又上了树的秀色，就更可以养活我这一家子了。吃什么不是吃呢！不过，我还是被她发现了。一阵风起，她正准备再登一个高杈，就彻底骑在了树上，甩袖上扬之际，一回头就见到了我。她十分不好意思，起得这样早，还撞上我这年轻的后生，正是，老马也有失蹄的时候呀。满脸羞红，一边摘一边跟我说：昨晚刚下过雨，一点儿也不脏，真的一点儿也不脏，不摘就老了！

她反复强调脏老和春雨的关系。

殊不知，跟我这样的人，检讨自然之脏之老，根本用不着。

我赶紧冲她说："你上树的样子简直太好看了！"

快八十岁的人了，我不是怕她掉下树来，而是实在想说出这句话。我们没有代沟。我觉得，我说给她听，这个春天，我才是没有遗憾的，我对我的老年才是信心十足的。

反正也不知她到底摘了多少。满筐还是半筐，都不管了。我被发现了，再贪图这钱途美色，就觉得需要花高价买票了。就算世上果有榆钱票，还不见得她愿意为我表演呢。我只当这是义演结束，钻出丁香花窝悄悄回家。总之，她摘走多少钱，也不影响我即将到来的榆钱早餐，也不影响这个春天的胖瘦。似乎，摘掉越多，春色越足，越可回味。这一树的利息，就这几天疯长，早消晚又长，一直都是满满。

4

通往榆钱的路就是这样长——

我这里，过了五月半，就相当丰盛了。鼻子就再也不是摆设了。四肢也都跟着花枝动起来了。喷雪花，简直喝醉了，现出了狼样。它的前世一定是一只雪白的狼，一只想指挥家族痛改前非的狼，想吃素，不杀生，一意孤行，大革命失败直接托生成了花。那大白尾巴甩得跟群狼开会似的。我见花的样子，如同我的孩子见到虫子，通用一个音高可一蹿上天的"呀"字表达，配有瞪眼张嘴的夸张表情。他总是提醒我：咱能不能不这样大惊小怪的？

这次，我和孩子，被月亮催促着下树。实际上后来全凭着手感摘钱了，摘黑钱总是很难受的。

对爸爸的表现感恩戴德。

也感谢臭湖。

我们两个，把各个衣兜都塞得大腹便便，撑得不行的样子。好在衣服质量过关，怎么也撑不破。一同发起恨来：假如要是不怕爸爸，是不是可以光明正大地带几个装榆钱的口袋出来？我们对筐不敢奢望。一会又一同担心起来：爸爸这么长时间没有过问，是要人赃俱获教训一个狠的？更怕他劫财劫色，下树便装作若无其事。这次乱穿衣撞上了好运：上衣居然是仓储空间广阔的李宁牌运动装，兜很大，十几年如一日，第一次吃饱，还是野味。孩子的兜，上下左右前后六只俱全，屁股兜也用上了。被榆钱宠爱的后果就是：走路，必须是正宫的样子，再也不敢四下张扬大踏步了，再也不敢抱着咬耳朵了。一是一，二是二，母是母，女是女，十分正经。心里装着守财奴般的坏笑，掉一个钱也是心疼，无本买卖也很辛苦啊。

上了电梯，心就不再乱跳了，像是把榆钱存进了电子银行。

进了屋，我和孩子纷纷掏钱，哪里还能多忍一秒？这钱长得俊俏，一把又一把，掏也掏不净，通共百米不到的回家路上，好似钱又生钱了。还真有钱风，扒拉着，居然可以听到愉悦的钱响。映着亚麻灯，现出喜人的油绿。到底背靠大树水分更真，再薄的钱，也不打蔫，蝴蝶一样美丽可人，随时起飞。这时候，就更好玩了，她树上没有释放的尖叫，跟着一只只列队悠闲爬出的各种虫子集体轰鸣了，一个又一个"呀"惊破房盖儿、钻进厨房、激荡锅碗。我用平等安抚她，捏起一片带虫的钱儿说："来吧，咱们换个地方住住！"我把一只只虫放进了花盆里，钱就是虫的饭碗和家，窝吃窝拉，活得简单。我送钱又送亲。对它来说，花盆就是国际大都市了，今晚就是这虫子的乔迁之喜了！

很自然的，由虫子导引，我们一边数钱，一边研究起了前世。

我说："我最怕鸟、鸡、鸭等长羽毛的东西了，要是把我跟它们放一起，还不如让我死了好受！"

她说："那你的前世是什么呢？什么最怕鸟呢？"

我说："我想，我的前世是虫子吧，虫子最怕鸟了，鸟就是吃虫子长大的！"

她说："可是，假如你是虫子的话，我怎么就不怕你呢？"

我说："是啊，那我的前世是蝴蝶吧！"

她说："我的前世是什么呢？"

我说："我听说，通过今世喜欢的东西，也可以猜测出前世的。"

她说："啊，我最喜欢猫了，我生来就会画猫，那我前世是猫吧？"

我说："可能是吧！"

她说："唉，假如真是猫的话，我得吃了多少条鱼，杀了多少生啊？"

这时，我发现，她正一口一个钱吃得正欢，真佩服她前世今生两不误，两个频道居然和谐相处。我光顾着说话，根本没有发现，她眼前的钱都快吃光了！虫子进了花盆，她吃得格外放心，满口生津，头上还插着丁香花，爬上椅子，翘着小屁股双目起电，嘴里说着身世，舌头上嚼着美味，各司其职。而我，刚数到一百。我想，不能再数下去了，数下去，明早的榆钱早餐就泡汤了，就全是她的夜宵了。我还能到她的肚子里追债吗？

于是，用一个最农民的方法，把钱平均分成十堆儿，估算了一下，一共一千个钱吧。装到玻璃碗里，不沾一滴水放进冰箱，保鲜。这时，我们两个，才想起爸爸。爸爸，是我似父似兄的一个大丈夫，我也跟着没大没小一起叫，管什么辈分呢，翻出前几世，还指不定谁是谁的孙呢，也指不定谁是男谁是女呢。钱事告结。我们两个，开始寻找这个一路把榆钱放生到冰箱的爸爸。他最讨厌我动用小区的公共财产满足一己的口腹之欲。总之，身居城市，还干上房揭瓦的事，太不雅观。

一时找不到他，我和孩子，心里都惴惴不安，等着爆发……

我们两个悄悄上楼，楼上电脑开着，闪着恐怖的蓝光。我们光着脚，爬上楼梯，还用了手，四肢着地，减少动静，讨他欢心，自认乖巧懂事可以降罪。一粒尘也没有惊扰。我们抱在一起取暖壮胆，如同一对患难的姐妹，眼观耳听，随时准备见势不好拔腿逃跑。我必须装小装嫩，跟孩子一起平行匍匐爸威之下，共渡难关。唯一不用装怕怕，我活着就是这样不伦不类，当个正经的妻太累了。当最末一阶到来，再也没有悬空包庇之时，他突然飞声扬起，从虎背熊腰的手工大木椅上站起，传来了次日早餐的食谱：榆钱饼。

还有比这更坏的吗？可真吓死本宝宝了！

还带着一个大吃货的风神，光着半截身子，穿着半截的裤子，一身痛快，哈哈大笑。

我们一家三口相遇在自家的楼梯口，仿佛初见。他捏着一张纸片，对次日的早餐大包大揽，又一言九鼎：起早下手，亲自给我们娘儿俩做榆钱饼。又把楼梯踏得山响，钻进厨房，找出虾米和寂寞的玉米糁子，说，"喝玉米糁子粥，吃榆钱饼，最正宗！"

还说，"我一直知道你们在摘榆钱！"

眨眼第二天。

榆钱，到了饼里，还是钱，一揭即下，晶亮翠绿，更薄更透。到了口中，其实是无味。

日子过到熟，真水无香，真钱无味，平平淡淡就是真。这就是了。

我就这样吃饱，打着饱嗝，梳了一个古风的发式，松松盘起，插一根灵芝发簪上班去了。竹灵芝，就是发簪的样子。时尚的深咖色，造型简约，簪头是一朵写意的云，簪棒细长。午饭，我日日都是在单位的食堂吃。这一日，又多了一道菜：我秀色可餐。排队打饭时，我的身后站了很多人，他们深一声浅一声地议论着我的发簪，还有人十分好奇，插队向前，居然下手摸，检验一下到底是不是真正的自然山货。我就是不回头，任其品赏，我不说它脏，也不说前夜刚刚下过了雨。

这根竹灵芝的根部，其实还带着产地的原土，又黄又黏。

它是我的干细胞，还是我的发饰。满堂的饭香，都不及一根灵芝发簪的低调亮相。

被叮当作响的勺子、盘子催促着，终于，有一个人实在忍不住，一个大箭步跑到我的前头，与我正对着，未吃饭，先吃我，全然不管是否太唐突，说："真是太好看了！"说得字字扎心，唇齿生香。她满面春水，满眼含笑，那样子，就如同我站在雨过清晨的那棵老榆树下……

香河记

1

我的天，被暗杀。我是唯一的目击者。

我是不小心遇见的。

我从床上走下来，推门而出。门也喜欢夜晚。我常常没有目的地出走。我的床，还有心事，都是一样高，我不会崴脚。到了院子，我的天，正在流血。刀口深得可以诬陷我的一生。

我的天，十层惨艳。

一个正饱腹的人，一定会想到创意丰富的蛋糕，一定想着再割上一刀，再分美味到肠胃，一直睡到启明星孤独下坠。饱生饱，饿生饿。不饱也不饿，就要将心眼开张，收购一些地老天荒。所以，一起床，我一下子与天同伤。我的天，一层黑，二层青，三层紫，四层红，五层白花花地向外淌。六层蓝，七层蓝，八层蓝，九层蓝，十层还是蓝。我的天，它的血是蓝色的。蓝，它的尽头，是天的细胞。蓝色的细胞，一串串的，就要流出。

正好我站在院子里，与它执手相望，它就直奔我来了……

梨香院。我是院落离乡人。

这时，梨花早已开过。白天，梨花满地，我不开门。梨花上树，玩够了自然就下来了……

我常常等待天上掉下来的信息，接济我那常常断流的苦想与冥思。又怕抢不过其他人，因此这时离开床，想独得天揽。贝母云，波涛云，斗笠云，还有汁水饱满的乳房云，我的天，都给我了。而此时，我手里拿着一串湛蓝的气球，很想与其同归于尽。七个，我的天，它来接我了，接我到天的最深处，居住在它的细胞里。

天路并不遥远，更远的是从白天到夜晚。

可我，最想知道，是谁抢先于我起床，这样大胆暗杀天？我的天，你的痛有多深，我就要行走多远。

2

我目前的情况是：自由，可以四处游走。

不清不白，不知几夜，我就流淌到了香河。其间，我坐了一次船，与四五个国家的青年男子同室，操作旅途，翻译海水。他们都长着牵强的毛卷，都说着我听不懂的语癖，想痒想喊。只有我自己的语言，没有病，安康到汗毛。夜晚，当海风吹来，我拿起了其中一个男子的黑色马甲，当作围巾套上脖子。我听到了尊贵的、没有语病的、刚刚长出的国语："你真漂亮！"我客气地回敬："谢谢"。再也没有发生什么，十分吝啬。不知这是几等舱，舱的长相雷同。也不知这是什么海，海的长相一样。我全然忘记了，我的天，它还伤着。直到他们为了各自的长腿，不告而别。

大海卸下我，一去不复返。

这海，沿途，我去海牢探访了一只年纪很大的鼋，还有生育过多次鱼美人的鱼。我的鱼，没有水。我的鼋，被铁链子锁着，说着我听不懂的鼋语。从长相到心机，我们没有一处可以沟通。唯有眼神，哀伤似海那样深。他迷恋生，恋上了我。我心疼他，想放生。可我，举不起一只锤，拿不出一个币，救他那受苦受难的身。也周旋不出一口水，洗洗他那死也不能瞑目的脸。我急得揪掉了自己的长发。离开他时，他身上坐着一个中国古风美男子。这是他的前世，还是来生？

我的鼋，唯一的恋上我的亲爱的鼋，咱们不怕被暗杀。来生，你会变得更加俊美和年轻，让我服侍你，再请上这些鱼美人的娘，一同忘却这一世的大浪和海风。

香河——

一个僧人迎接了我。

可是他，是个灭顶的云水僧。没有头，脖子也没有。一个小肉楼，因啥单把孤品精华宝贝揪？这究竟是什么盖世的高仇，刺下这锥人心骨的殡图？他是坐着被暗杀的。常年坐着，入定，这样的姿势，暗杀最容易得手。可以不战而胜。暗器，不是高科技,他脖子的伤疤,粗糙如雷公劈开的乌鸦的家。他入定很深，没有时间回来把疼痛揿，余下的身，依然楚楚又森森。从安详的手指，还可以怀想他面容的福祉。

我的天，他比我的天还惨，他是身首两地。

他就这样迎接我。让我自己动脑，再动动脚，由致命的残缺行走出长长的圆满。

可是，他笑着，每一个衣褶都笑着。抬他的人，也没有痛。衣褶也笑着，蹦蹦跶跶，嘻嘻哈哈。小嘴当了他的油灯鼠，一步一呵护，两步一回顾，没有穿着长裤，也没有想到自己到底有多酷。都是香河的孩子。四个精瘦的孩子，两根精瘦的木杆，一条精瘦的香河。他们，并不急着寻访窝藏头颅的真凶，而是恭贺这改头换面的时空。仪式光明，孩子们唱着原创的儿歌，节奏像小腿一样欢快，唱啊唱啊，短歌唱成了长歌，长歌不当哭：寻找最好的泥，塑造最好的你。一遍一遍，又长又清澈，又松快……

他们与我行走的方向相反。我们相对。

我累了，肚子疼一样，蹲在香河的岸边。就这样看着他们，水一样，流到我身边，又水一样流过。我们的目光没有相撞。这很好，撞到什么，都比撞到他们的目光好。我用富余的目光席卷香河的水，这水太清，让我想跳河。我白白坚守了自己的清白，如许年，如许苦，还是没有香河的水清。这水，高清电子地图上没有，它此次接待了我，已属意外。更意外的，香河，还准备了一对兄妹，等着抬我……

3

香河，没有船，没有愁。

我对照着宋词，定义这个地方。它长着宋词的面孔，也长着宋词的韵律。香河，是此处最长最清丽的一个句，是首句。现在，我们三个，都是人。而我，不在韵律里。

第一次深深感到：我被一首宋词抛弃。

这是一首稀世珍品。它刚刚现身于我的世。想阅它，月还远。想听它，停不前。我的天，天上的星星有轨，我多想逮着一行清美，再也不管南北。这是一个很容易让我下跪的地方。

我的天，我跪下了。

这里的土过于香软，我一起身就顿觉腿短，直直地下陷。是我沉、我糙、还是我黏？我招呼着，这对小兄妹，你瞧我多像多余的长短句，就算是削了脚、削了手，还不一定能精确到香河的度。它是酒吗？它是多少度？是不是我平时吃多了醋？你瞧我，简直就是前途无路。我不知道把自己往哪里塞，只想着往水里一栽，彻底冲到那没心没肺的地中海！

我被这里的清澈、柔软打倒。土里土外，我摸不到一个实名实姓的伤口。这里的土，一圈一圈，粘向我，它比强硬更有雅量。我是泥，泥找泥？而我下跪到这里，又像是向着这一对小兄妹乞讨、向着香河祈祷。这样的构图正等着接下来的对白。假如没有对白，我可怎么变乖？我的姐姐，你往水里栽，这是暗杀，还是自杀？这样的官司还怎么裁？这行不行，还有下一行，肯定有一行适合你。让我们抬起你，寻找最好的泥，塑造最好的你。

他们叫我姐姐。

我又向前跪了一下，谢谢这香土，还没有将我的年纪香龄一起掩埋。我还有头，还有脖子，我肯定比刚刚走过的他还沉重。

再说，我的孩子，你们两个，这筷子样的细腰管，怎能撑起我烟筒样的粗人卷。小手腕儿、小肩畔儿、小腔瓣儿，还有这怪可怜见的小脸蛋儿，我摸着就想一根棍，一根棍，担起你们俩，谁还敢说我是不入世的女混混！

我又向前跪走半步。我的孩子，现在除了水，没有谁能抬起我的腿。如果全部依靠水，我又要被淹死，心与愿违。我听说死鱼可以凫大水，除此之外，再就没有别的办法了吗？

我向着泥、河、人一串串地发问。

问道，可以让世事精进。

而我，只是向前跪行了一步半，仿佛已经知道了答案。我的天，我的鼋，天路并不遥远。世上最远的距离，是从浑浊抵达清澈。如今清澈近在眼前，戳着我的眼皮儿，我却再难挪移。这两个妙香的小人，将导引我沟通泥与河。这样的中介不收费。

他们很快推来一部车。

香河车。它没有轮，可以水上行走。在我看来，那就是种地用的摘了轮子的种子车。长相简易，可以推演出简易的水花。可我见到它就犯难。我的天，我不是一粒好的种子，我带着子夜的伤，天大的伤，伤在梨香院，伤得又深又长又惨烈。白花花一地。这香河水实在是太净，谁面对它都会把这样的主意定：不怕湿了鞋，真怕脏了水。让我回到土窝吧，把肮脏的梦再做上一锅吧，就算是背个罪名临阵脱逃吧！

我是想逃了。

逃了也没有人知道。我刚刚问道，他们刚刚答我，用香河车回答我。这一问一答，刚刚发轫，还没有正式启程。我们的相遇，一个车辙也没有留下。我不再想着被谁抛弃，被一首宋词抛弃。可是，情况有变，这对小兄妹拉起我的手：我的天，我的姐姐，你仔细听这香河的水，其实它还是想英雄救美。这里的清澈不收费，这里的香河车也不后会退。你可坐稳了，闭上眼睛，咱们一会儿就与前面的芳草汇合。寻找最好的泥，塑造最好的你。我的姐姐，前面还有香河人、香河火和香河戏，这样的组合才是最完美的大地。难道，你不想见见香河的他、再听听香河的戏？

此刻，小兄妹与水，论神，也不能辜负了这清吹的鼓动！

这对小兄妹，用手挖出我，如挖一个年长的枯萎的根。我身上没有一片可以吃力的叶子。我的长发也像一把过气的荒草。假如没有高明的挖枝，我只能与地长眠。

我爬上了香河车。

我们三个同行。我的双脚眼瞅着沾到了香河的水。它们一卷是一卷，清唱着向上蹿，一蹿就是清凉一长串。我在这里受洗。我很听话，闭上眼睛。我就这样自由地暗杀了香河的水。暗杀了它的清澈。而我脏浮的肉身，由香河车载着，起落如宋词……

4

我必须听听香河的戏。

这是信念。

但，我真的不知道，我究竟睡了多久。当我再一次睁开眼，正躺在香河的苇席上。

这里的睡眠早已接受了我。

我被睡眠遗弃太久了，长了毛，长了狂。可怜，如一朵下不了树的梨花。下不了树的梨花，它入土为安的花心迫切，香魂百转，却苦苦没有一场像样的大风可借。苇席的清香味包围着我，我新洗，它新编。新苇席，身上有细毛毛，让我的身体长出痒，长出渴，它从唇开始，从胸开始，想要一个吻还有一个抱。海上冷清，梨香院的伶仃，我半寸半寸的肝肠，现在需要有人听。这里的吻也是不收费。一个长吻赠送一个抱。他带着一个吻，飞到我身边。还热着，还跳着，刚刚摘下。就在苇席上，就这样躺着，就像两根苇草，咬着皮实的叶条和恍若隔世的情操。

香河的人并不多。

他，是香河的他。赠我一个长吻一个长抱，就走了。就是这样不沾不滞。他与我年纪相仿，个子长长，这个吻，正合我胃口。可我不知道他叫什么。我的小兄妹，蝶恋花时蝶无罪，蜂偷蜜时花心碎，可不要笑话我，我是到了这里，我半死不活的意根，才刚刚顶出新芽儿，学着与阳光欢会。可是，我还没有给他捶捶背，他一定是累了……

而那个他，他找到自己的头了吗？

我想起了香河的孩子们唱起的长歌，一遍一遍。我环视着这间屋子，一遍一遍。我回味着刚才，一遍一遍。这屋子，骨肉都是香河泥，细腻，白皙。这泥可以制作乐器，埙，陶笛，排箫，一切与唇与吻有关的乐器。这样的泥屋，与其相亲，这样的房子会唱歌。这样的美妙，此行只能一次。再多一次，就是暗杀。我清楚，限量版的香河，它的一切都是如此。因为，那群抬着无顶僧人的孩子，一直没有回来。香河戏，也定是如此。它还没有向我的耳道、眼道、心道走来，我的身，已因它四通八达，道道都在等……

<h1 style="text-align:center">5</h1>

哥哥十二岁，妹妹十岁。

这是我目测出来的。目测他们，只能用身长。他们的眼神长久清澈，没有岁月干扰。哥哥，妹妹，我的小兄弟，我的小妹妹。香河，我在这里睡眠充足，苇席瘦了，我胖了，很快长出了新肉、新念、新情。新肉顶着旧肉，刺痒，我原先的肉矜持、冰凉，汗毛都不愿安家。现在温软，斑点下地，血色上染，眼袋退回眼仓。睫毛也是一根根精神，争着与阳光抛媚眼。那个十万火急的情况之下受赠的吻，一个菌种，也活了，一个顶一亿个。我想给自己安一个新姓，再安一个新名。我都不知道自己姓什么叫什么了。百家姓，沾染了太长的人烟与世制，放在这里都不合适。

香河的水，常常邀请我出门，到远处走走。这里很美，天与地很近，白云就长在牛背上，白云也长在白鹤的翅膀上。白云是这里常用的装饰，不收费，日日自动更新。

早晨，浅浅的，细细的，薄薄的香波，常常铺展到门槛，一声不响。这一天，还带来了一封信：黑桦树的老皮上有字，字字是经文。树皮是麻袋那样的宽，经文是粮食那样的多。第一次，我以香波的舒缓蹲下来，洗经，洗那没有细细品味的曾经、正经与未经。收了信，捧着波，走出去。原来，香河的人，或荷锄，或背草，脚下都踏着经，几步就是一张，随意得仿佛没有脚。这里，颠覆了我心中的人，也改写着我心中的仙与神。我的小兄妹，这珍贵的经文，怎能这样肆意踩在脚下？怎能这样不珍惜，这还是个人吗？我用了肆意，用了重音，表明问题的不可饶恕。我的小兄妹，迎着我的问号走过来。妹妹大笑，如一株长久压弯的谷穗突然弹射：我的姐姐，你受惊吓的样子像刚出土，你没有听说，走过的路都是经？

你这样小，怎么知道得这么多？

我的姐姐，其实，童年本来就比成年慧远，只是你们大人总抓着那大把的岁月讨长论短，我的个子小小，我的天地广阔，我的心眼尖尖，我的两手空空，我的汗毛孔郁郁又葱葱，咱们一起四处走走，我就会比你们多得到满满的几筐筐！

妹妹的嘴巴开了花。弟弟的嘴巴今天就是不发芽。

弟弟的哑口无言与妹妹的多嘴多舌，刚好是一对，十分有趣。妹妹又说，咱们去见一个父亲吧！这个父亲，长着戏骨，说着戏词，穿着戏皮，走着戏步，喝着戏汤，睡着戏床。他通身是戏，香河内外，相当有名气。可是，我的姐姐，他好久没有走出戏屋，好久没有演出，不知你能不能打断他好久的长哭，让他把堆积好久的糊涂戏语长舒？

今天的妹妹，开始把我往戏道上引。我知道，我的香河戏就要开演了。还是有些意外：香河泪。想必，他是入戏太深，或正在酝酿新生代的香河戏。这是我离开梨香院以后，第一次走向戏。我的梨香院，我与梨花一起戏。花在门外，我在门里。花向果开，我向天开。而我，我这一生，总是要结一个果的。

我的果与我的枝、我的花、我的蝴蝶、我的大风还有我的根与干，从来没有聚首，一直是分别的。我一寸一寸的干枝，需要一个果。

戏，我喜欢这个字眼，我追随这个字眼，我哭泣这个字眼。同时，我又不得不把自己栽进这个字眼。遇到好戏时，我干脆把自己种进戏里。戏，与人烟暗度陈仓，这是戏于世事最大的贡献。戏，还与圆满长相勾吻，这是戏于人心最大的抚慰。

一路上，黑土涌动，戏心越扎越深。

香河的蒲公英长得真壮，根有手腕那样粗，叶子像小锯儿。一根根，又像萝卜开出了翡翠楼、开出了黄花楼。它遇到刀就变样，遇到火就改性。这个日精蒲公英，喂饱了香河的人精。我的小兄妹，我的孩子们，我的小人精，与你们同行，日子才是云淡风轻。这样的时光，我是真舍得把心事掏光。我的欢喜心，也开了花。

妹妹又是一阵清澈的笑：日子？我的姐姐，叫也不答话啊！

这个父亲，他在我们的行走里，羽翼渐渐丰满。听妹妹说，他唱的是改良的京戏。唱腔、念白、扮相、台步、舞美，所有的灵感，都来源于鸟。他曾与我一样，坐着上好的渡轮，跟着大海的浪花，到十几个国家演出。他演的是旦，扮相惊艳。香河戏，羽毛戏，鸟戏，旦。在我心里，他就这样最后浓缩成一个字。又一个梨园，又是一个梨香院？我忘记了脚下还有经文，随意，把手也用上，踩得比谁都任性。

更任性的是他。

我的香河戏，就这样开始了。

这个戏屋，与我居住的屋子没有两样，只是在向阳的南墙上浮雕了一个大大的"戏"字。香河的房子多是这样的:没有檐,一寸也没有。门,是隐门,是泥的。香河泥好,总能让门与墙壁无缝对接。可能,这屋通身是门。我见到的,不是旦,不惊艳,是一个足量的骨感山野男。他与野猕猴桃、野葡萄等这些藤状的植物非常般配。

可能,他刚刚唱到这里——

我想我没有杀生,这些野鸟穿旧的羽毛,扔得满山都是,老狐狸用它做了花锦被,明媒促织;新野猪用它做了尿不湿;还有蚂蚁、屎壳郎,跨种之恋,一起追求俏丽的小豆娘,用它做了风花雪月的长廊。我天天数着鸟语,听那极乐鸟的洞房,也想追上几根,弄几身惊艳的大羽华裳,贡贡献,让世界开开眼,一起走过新世纪的声音之痒!

我进门就听到了因果。我不知道,这是戏,还是戏中戏,还是他在排练? 如一只求偶的极乐鸟,尾羽乍起,扇门大开,喙部情深意长,把戏词一口口喂给香河泥屋。他的唱功深不可测,扎实如美人松的根。墙壁的泥已被他抚摸得光滑油亮。我的房子会唱歌,他的房子会唱戏。这是鸟的天堂。而他,他裸着。一道眉也没有画。

小妹妹悄悄拉着我,并示意我不要出声。她的小嘴揪起像樱桃,这屋里,一下子巧巧可依了。

他接着唱——

可是前不久,我唱到紫才知道,我把罪证唱成了戏。我盗窃了一个童声,暗杀了遍山的鸟叫。你听,你再也听不到一声,它们吓得不敢在山里脱掉、脱掉旧衣,换一根羽毛也要到、也要到很远的地方设法求栖。长久不换衣服的鹌鹑，难看极了，骨瘦毛长像是总被人欺！我实在是欺负了它、辜负了它、白白糟蹋了一个女儿相、一双水汪汪的女儿眼！

我满屋寻找着水汪汪的女儿眼。我的目光，由樱桃向上索引，那里正是水汪汪。

这戏场，我多少懂了一些了。

我从颜色瑰丽的羽衣里，一羽一羽地分拣、复原、回归。长长的翎帽，是野鸡的，公的。红红的披肩，是极乐鸟的，公的。白白的围脖儿，是喜鹊的，也是公的。浅黄的袖子，是黄腹柳莺的。宝石蓝的前襟，是蓝耳翠鸟的。还有伯劳、蜂鸟、歌鸲、四喜儿、鹌鹑……它们零落在这里，都以戏曲之名而活着，鹌鹑的羽毛，都是渐变色，小片小片的，铺叙着不紧不慢的小日子，十分精致。这羽衣，的确很美。即使没有戏，也是姹紫嫣红，红到紫。

他又唱了一句：我唱到紫才知道，到了紫，就是死……

这句，有猫头鹰的音痕。

没有羽毛的他，的确很不好看，上下都是骨洞。他早已是一只鸟，现在是一只长相混合了哺乳动物的蝙蝠鸟。我提起羽衣，示意他再上身。我用羽毛引着他的歌喉，我想听听没有残缺的香河戏！可他，面对这些羽毛，脆弱的羽毛，一问一泪飘。我的天，香河戏，我不会再唱上一声，哪怕你求戏的眼神像是求经！我再唱就学山羊，咩咩叫上几声，唤上一群山羊云哄那白鹤展翅高扬。白鹤，我没有拿过它一根羽毛，它站在香河的水里向天歌，我的手总是没有那么长，只能把脚丫分成十个叉，十个叉，向地搓。没想到，这没有被我沾染的一根白毛，正好把森林里鸟失声鸟失色鸟失魂的秘密暗敲！我跟你说，凤凰不是灭绝了，是不敢出山了……

他说戏，也像是在唱戏。他跟戏，长在一起了，分不开了。他越是想分，戏与他缠绕得就越是紧。一个人，被戏吞没了。我听得出来，这长长的念白里，那个童声，就是小兄弟的。听到自己，风一样走了。他走了，这声音的产权就归一个主人所有了。走时，小脸儿上一根愁丝也没有。

这时，他突然变了声，是旦：可我，一直是杀生，是暗杀。我引着世界的鸟人，跟着青白的浪花翻卷，他们都想把美丽的羽毛挑选，飞机追着野鸡，叫得那个惨！我葬了鸟魂儿葬戏魂儿，这一个个坟、一个个丘都被善良的青草遮掩，还好，还好，中国的香河许多条，许多人跟着自费抢险，这一条好歹没有把清凉的小命罢免……

香河泪蔓延开来，他再也唱不出一声。

我能做些什么呢？

让我入戏吧！我是香河的金丝鸟，从很远的地方飞来，飞入他荒芜冰冷凌乱的戏巢。我的鼋，我的鱼美人，它们正穿越我的今世，走向来世。早了早好。我在香河，复姓金丝，名鸟。我的羽毛温暖，再铺上一个暖和的窝。我也试着以金丝鸟的声音学唱香河戏。唱给他。我的声音离开我的身体，很快融入香波和泪波……

我的戏壤，从没有像今天这样悲情至死，这样惨艳入泥，这样大羽华屋，这样百鸟朝凤。

他，坚信世有凤凰，坚信自己有罪：盗窃罪、暗杀罪。

而我坚信，他刚才唱的就是香河戏。

6

我于香河有了新名新姓。就总想着问问，这里还有什么清妙的小鸟，可以与我这只金丝鸟连宗。我怀着老式的血缘情怀，又拓展了旧式的眼光。香河菊于一个清晨乍开，朵朵金黄。我想，我们同姓，都姓金。这菊，是中国菊花的原始母本，它在世界珍奇无比，它比漂亮的羽毛还珍贵。我认得。认得，我也不说，我不想暗杀了它。就让它在这里安居产香吧。有香河菊，我也弄明白了香河水。一年一年，菊散香，水收香，香河是有香粉保养的。与之亲近，无论谁喝了，皆似神仙。

不过，我还是想知道，我的小兄妹，他们究竟姓什么？

一天，我都在想这个问题。

黄昏，香河菊与夕阳一起，把香河弄成了金河。天河汇流，再难插进一个手指。美，总是限量的，总是紧俏脱销的。我总想寻着一个名姓，给我经历的美命名。

还好，在我的小屋里，小兄弟终于说出：日子。怕我听不懂，他特意多说了一遍：我姓日子。我笑得不行了，把苇席笑开了缝，把兄妹俩笑下了床。我从没有听说过，世上还有人姓此姓。更可笑的是，那个妹妹，居然姓年月。他们都是复姓。我想起了小妹妹说过的话：日子，叫也不答话啊！原来，说的是他。我跳下苇席，打量他们，我笑得不行了：香河，还有没有姓星星的？这对小兄妹笑着直摆手。不过，笑着笑着，我就沉默了，我就沉重了。我就想起了这对小兄妹说过的香河火。

我想得一个火种。

金木水火土，我的香河之行，香河的五行，只缺这一个火了。

很快，夜晚的香河，水火相见。

我是第一次。

小兄弟，拿了几棵带茎的罂粟壳，摇晃，我能听见里面的种子，欢喜如小蜂鸟。这里的火会唱歌。他用手取出一小片壳面，这样，这棵罂粟壳，仿佛开了一扇窗。接着，他在窗里引火。可是，我怎么也没有看清，火种来自哪里。我的眼睛一秒也没有离开，就是没有看到。看不清，我也不急，随缘吧，也许那不是我这双俗眼应收的秘密。一随缘，我便开通了：香河的火种，只能属于日子、属于年月，一日日一月月一年年，燃烧，催生人烟。而我于这里，刚刚复姓金丝，火铸炼了我。

正因为，我目前还不是千足金。

这样的妙解，香河人一定心照不宣。

他，他，他，还有他们，我想我们必是再难相见。一直，唯有这对小兄妹陪着我，他是日子，她是年月。

也可以简化：日，月。

而我的天，我尽可以阅览。我又想起我的天。很久很久，我走过那么多的海咸河淡，抱守一腔热浪，最后，海将我遗弃。浩瀚遗弃了我，我痴迷于地面上的香河，我忘记了我的天。此时，小兄妹，如两株洁白的水晶兰，与我一起听着香河的水。我的身与心，回归于植物的宁静，以万物的卑微与悲壮仰望我的天，我想知道，那伤口是否愈合？可是，当我抬起头，繁星满庭，北斗横卧，饱满的银河像风车一样旋转。最亮的一颗，仿佛一伸手就可以采摘到。当我无痛，大地无痛。当我完美，天空完美。我惊奇于脚下的泥，不再让我下陷，最婉约的香河泥也接受了我。我如白鹤一样向天感恩、向着宽广的苍穹高歌：寻找最好的泥，塑造最好的你……

花山的声音

我说，中国最美的梵呗在花山。

美在有人情味；美在可以通经络；美在卯正。

我说最美，就是最美。谁也不要和我争了。最近，我的糊口之物都快被人抢光了。但我并不饥荒，人家抢，我就给，人家使劲抢，我就一股脑儿地给。还有更好吃的：禅悦食。已总结出：身外之物，每被抢光一次，整个人就像大代谢，生存的棒喝，会迎来无比红润的新生。新得像参园子里的参籽，自播自撒，通红一片。

最美，我是怎么知道的呢？

世间最美好的东西，都不是通过驯服得来。

比如花山梵呗——

现在，我坐在这里等她。

等她是十分美好的。有椅有桌，还有一个鼓胀的黑色双肩背包。我想，这是她的吧？在这里读经也是十分美好的，声音通过石壁返回耳朵，带了矿物质的沉寂，归路明确，不茫然，有磁性，异常好听，会让一个人很自信。想我以前还有语障的毛病，皆是读经文治好了我。经文是药。经文，要属鸠摩罗什翻译得最是朗朗上口，最是动情，最是有文采，最是境界高。自在得像风，自己都觉得自己清凉。经书都是巴掌大的节略本，其实更像某个人的读经笔记。小孩子会更喜欢，多像小人书啊。内容儒化了许多，人烟了许多。还读到了一个陌生的菩萨：龙树菩萨。

正是这时，她来了。

乍一看，真像个捡破烂的：抱着一个逛早市的老年人常用的红绸布口袋，也是装得鼓鼓的。腰总是微微向前倾着，整个身体都是虬着的。一进门，便直奔左侧靠墙处的一个破旧的拜垫上，背对着我开始急急地掏摸，追赶得风声一阵阵紧密。黑色的裤子，显得她更瘦了。她的个子是很矮的，或者说，我自己觉得高大。

我赶紧放下经书走向她，说明来意：我等你好久了，六点就来了。

她这才发现，还有一个我，突然灵动起来："小姑娘，你说你是等我？六点就来了？"

"是啊，昨天你唱得太好听了，还想听。"

她更开心了，转过半个身子："啊？你说好听啊？"

"当然啊！是我听过的最好听的。"

接着，我开始叙述昨天根本没有来得及讲的知音故事，我语速极快："你知道吗？昨天，我正在睡觉，早上，木鱼声还有你的声音，居然传到我床上了。我是关了窗户的。不光传到了耳朵里，还传到了脊柱里，一节一节的都跟着响通了，声音从后背开始走动，向上向下，麻酥酥的。一开始以为是录音播放的呢，觉得又不是。又以为你就住在我的隔壁或是不远处呢，快速起床，还以为几步就到了呢，结果，走了好久爬到这里才找到你！"

她很诧异："你说，山下也能听到我唱？真能听见吗？"

"是啊，真能听见，没有人跟你说过吗？很清楚，而且声音很大，好像我住的房子是空气做的。带子，还是让我来系吧！"

我又上前一步。看来她的时间更金贵，一边听我说，一边穿海青，正准备系带子。

我是真想给她系带子。

今天正是母亲节，我的母亲在远方。她又多像我的母亲，骨头很硬很硬，特别是腰间，一碰就能出响儿。可以推断出，她是长期做粗活和重体力活的人，她的肩膀压过千钧，她走路总是倾斜，一条胳膊总是自由下垂。难怪她唱得那么有力量、有节操、有土地、有自我，像父亲挺进未解冻的耕地的犁铧，铮亮耀眼，硬是打通了我、滋润了我、调服了我，也像犁铧鼓励土地，鼓励我向着更悦耳的、无须依赖伴奏的人生前进，大胆唱出自己。昨天，她用歌声将我从床上揭起，这就是：揭谛，揭谛。我还明白了，沉重也是一个人用于成长的一种大能量，当我们使用完它，必须学会将其残骸释放，才能达到真正的脱胎换骨、一心空空。最好的释放，如她，唱出了迦陵音。

我把带子系得很漂亮，她更开心了。我都系完了，她还在极力推脱：怎么好意思呢？小姑娘，这本应我自己来系啊。

她有些激动了，重新整理了头上的一朵合欢：唯一的丽色。这朵合欢是用粉色的旧毛线做成的，很容易。昨天，她也是戴着这朵合欢。不一会，她已经把保温杯、香、蜡烛、火柴、雨衣全都拿出来了，也把香炉和贡桌拂拭了，腰弯得更厉害了。我这才发现，这里根本没有职事僧，到处空荡荡的，更像一个野寺。

接下来，我就不说话了，我知道，她还有很多前奏要完成。

她拧开保温杯，给大接引佛倒上，跟我说，阿弥陀佛大伯要喝热水的，要把热水凉好给他喝，温开水舒服。说了很多遍。这对于我，闻所未闻。接着她又绕到左侧，爬到大接引佛身后。石洞里，还供着佛菩萨。她说，"一个女人的，抱孩子走了，托付给我了。"又自言自语："我都来这里二十多年了，二十多年了……"

接着：点烛，上香。她上香很自在，根本不看香，香谱说了什么，一概不在意。

接下来，最美好的时刻到来了。她回到拜垫上，把腿盘起，把海青整理到能够遮住运动鞋，拿起木鱼——

她只唱一句：阿弥陀佛大伯。

然后反复唱：大伯阿弥陀佛。

又循环唱。

我像是助唱，很开心，她特意为过路人留了正位。我想起了很久以前使用过的一个笔名：木鱼。想起了自封的一个号：行香子。想起了一切于世俗看来集中在我身上的不入流的渴望。可我，无法化解这种渴望，已结石，找不到钥匙，炸药也找不到。

生之拖累通宵达旦，生之荒诞皆如希特勒事件。以前，我倚仗《维摩诘经》调理内心，可它太高雅，道理都懂，落实到饭碗上，我端起来，还是有些吃力。最后，我通过厨房里的一盆绿萝的开示，略懂了经文要义：我发现，烟熏火燎之处，绿萝反而长得最好，叶片油亮。这叶片将我安抚，引导我走向五行时常错乱的烟火。可今天这一唱，高深的突然就落地了：每一个大佛都是我的亲人，最亲，慈悲如父，这正是《法华经》里讲到的最动人的一节。我想，她许是没有父亲的，单亲或者干脆是没有双亲的。许是她的伯父对她最好，伯父又去世了，或入了佛门。她头上的合欢暗示我：情感受过重伤。否则，这朵花，走到哪里都会让人指指点点。这朵花只是在这里显得不俗艳，并且我欣赏。

我是卯正上的花山，我精心推算的时间。

我要五点起床，精心梳洗，用龚一的古琴曲洗耳朵，精心，平沙落雁。我要从静斋走出，越过门前阔气的鸢尾科植物。都开花了。假如我说出鸢尾科植物的宙意，就像我说出人参籽的宙意，它肯定会被好大喜功的人遗弃，会被一切貌似位重权重的人下令铲除。它就应该出现在我的门前：世间，与生存缠绵的事与愿违都会化成它。起先，它总是羞答答地向我报告暗色调的消息，它也不喜欢自己的工作，总是消极怠工，总是于坏消息发生的前一日才告诉我。它知道我脆弱，因此开得格外丰盛干净。我渐渐懂得了，用失意换花意，其实最超值，可时常握有山川骨肉之香。

这个女人，我还不知道她的名字。

我生怕错过最完整的她的梵呗。

她今天唱得格外好，会让我想到一把上好的古剑。

我的脊柱再次响通。

唱，她尽量用普通话。我跟她说过，我来自东北，也跟她说过，我停留的时间很短。今天，她还加入了很多即兴的唱法，结构上更是无可挑剔。她一定常年吃素，常年喝着与这个大伯的水杯里一样温度的水，否则不会唱到如此清澈雅正、丹田无异味。间奏处，她讲述了自己的身世。她用的是家乡土语，我一个字也听不懂，只是听出有情节。我想，她必须唱出来，让花山的花草分担，让这个亲人知道。身世，她唱了很长时间，我自动停止了助唱。我已经打扰了她，一如我今天不想被除她之外的任何一个人打扰。一日日，这里，该是她多么舒心的地方啊，尽孝道，没有人跟她抢，她日日到这里送水、打扫、诉新芝麻和旧谷子。这时，我抬起头，以她的身世为背景音乐，细细端详她的阿弥陀佛大伯。满眼的亲切，是伤痕让我觉得更亲切。这个大伯，身上全是伤，修补过的裂痕宽得吓人，跨过上肢和主心骨。肉身与石身都是这么难以保存，一切固化的都是这么难以保存。自元至今，不过须臾罢了，因此，佛才说五蕴皆空的吧？然而，由这一身的世间伤做证：人人皆可成佛。我终于明白了：住是最后身。

一炷香后，她的唱也停止了。

一炷香是三十分钟。假如风小，就是四十分钟。

山间，除了我们两个，依旧无别人。真清静。我忍不住抱了她。这是我自小以来第二次拥抱一个比我年长的女人。第一次是迎合，在新疆，我被一个哈萨克族女人拥抱。当时，对方就想抱抱我，一如我今天就想抱抱她。这份朴素的梵净之美和一触即融的心灵对话，演绎了经文里的重要譬喻，削薄了业障。我只有拥抱了她，才会更得体地拥抱我的东北的亲生娘。我从没有抱过亲生娘，我以为凡是天生的亲人完全没有必要。可刚刚我懂了，抱的前一个动作，是开怀，丈量了胸襟和坦诚，冲洗了泪腺，表达了对血肉之躯的来源的感恩：肉身难得。

她问我何时能再来，我说，再来就得我自己来了，也说不上什么时候了。她马上说，自己来就不要来了，路也太远了，又太破费了。她见我的裤子坏了，又问我累不累，依旧叫我小姑娘。误会我了，以为我跪坏了裤子。其实，这裤子买时就是坏的，故意坏的。误会也是非常美好的，可以相互鼓励。

我知道，还要谢幕。

昨天，我就完整地赶上了谢幕和之前的一刻钟的梵呗。

她回到大接引佛前，正对着大伯。借用入门处的空地，把雨衣打开，匍匐朝拜。六个，我昨天就数过了。我果真是先前自觉高大了。当她把身体全部舒展、指尖与脚尖成一条直线时，我发现，匍匐的她比我高大了许多许多。她的胳膊和腿像是有弹性，她的腰板也可以直直的，她的脖子很长很长，她的合欢掩于青白相间的齐耳短发里。这是她一天最舒展的时刻，她睡觉的地方也许更局促。又出门拜了四方。回来，瞅见了那个黑色背包，居然取出了一张巴掌大的日记纸，拿给我，让我念念上面写了什么。原来，她不识字。我接过来，一字一顿：我是一个来花山体验生活的学生，我在这里体验生活七天，背包寄存这里四天，非常感谢……

没有留名。

她笑着把留言放回原处，说："东西放这里，肯定不会丢的，你说呢，小姑娘？"

她要收拾雨衣。我赶紧上前说："我也做一个，你看我做得对不对？"

她开心极了："好好，你做吧，做吧。"

这是我第一次自愿匍匐大地，以母女的情境。我知道，出了这里，再也没有人会这样教我。我爬行的婴儿时光已不记得了，我掉进坑里的日子从没有就范到这步田地。我的身体之一半，寸肤不让亲密大地，勉强说只有一次，还是隔靴搔痒。很多年前，因好奇女儿总是喜欢躺到地板上，我也跟着躺到了地板上，想知道究竟是什么如此吸引她。原来，无比的舒服，每一节脊椎都找到了最坚实的依靠，是最直的虚线，很快就想美美地睡上一觉。那时，我的脸是冲天。此时，我的脸冲地。我想起了青蛙，想起了躬身行走的毛毛虫和蛇，想起了爬行的过山蕨。当我把胳膊像她一样尽力向前伸展时，额头和鼻尖贴地时，我听见我的体内，除了已经响通的脊柱以外的所有骨头都跟着陆续响通了，尤其肩胛骨，嘎嘣串串。只是，我的膝盖还需锻炼，只一下就很疼。我想歇一下。过了几秒钟，伏在地上的我，居然被自己逗乐了：这是多么好、多么环保、多么节能、又多么没有噪音的伸展运动啊。揭地，揭地，菩提娑婆诃……

来顺别克小记

1

我对来顺别克的采访，时间定格在一个小区的商业街里。这时，我已经身在茶楼了。

一个月前，我们见过一面，当时，在新疆，在吉林省对口阿勒泰地区援疆干部的座谈会上。他的发言，出口成章，声如洪钟，情义饱满，引入的人物、事件恰到好处，叙述的语气不卑不亢，过往的数字果敢精确，对哈萨克族百姓的深情评论更是随处可见。我当时惊呆了，一个东北汉子叙述起工作中的儿女情长，竟是如此动人！当时，我想，这样的发言，不是打了腹稿，就是做出了百倍于发言内容的事情。我记忆最深的一个场景是：当地的百姓，从很远很远的地方投奔他组织的医疗会诊队伍，假如这一次没赶上，就打听着从一个义诊地点赶往另一个地点，直到把病看上。他还说，他们的工作，不是把医院建得多好看，而是怎么干。又说，怎么干他们都能干。这最后一句，仿佛是个病句，但在那样的语境下，它是阳光，它是来顺别克的誓言。

事前，我们约定时间和地点：下午1：00，门口一个大钟。早上，我跟茶楼里的一个女孩说："我需要一间空屋子，我需要静，我要急用，下午！"我的突然下榻，让茶楼顿时失去了往日的悠哉，茶水那么慢，我那么急，急得门口的花瓣都被我卷进了门里。这个小区，房檐下一路都是花，这一侧，黄秋英、金鸡菊、孔雀草、万寿菊，还有波斯菊。我才发现，她也是花，一堆茶具里一个茶台上插着一个她。这时，她已昏沉沉开在了梦里，而我生生地折起她。怕她不解，我又说，我要做一个采访，要录音，再次强调，我需要安静。她想了许久，起身把我引到地下室。全天下地下最安静、最凉快。

下午1：00，来顺别克准时出现了。他从高大的建筑物大钟下穿过，正是这个寓意：他从时间里挤出来，暂时挣脱时针、分针、秒针的摆布，走向我的录音笔。见到他时，他凡是露在外面的皮肤，都是黝黑的，他满脸都是汗珠子，一颗颗饱满硕大透亮，前赴后继，整个人都是沸腾的。流汗，本是太阳底下常见的水景，我已造不出，我的毛孔过早地与太阳绝交，不再互动，成为摆设。而他把汗流得这样彻底，这样痛快，让我顿时对汗珠子充满了崇拜！他个子太高了，处处得低着头，跟我到了地下室。这时，楼上几个房间的麻将声已经四下皆起，东西南北风正在猛吹。就算我关了房门，麻将声依然可以推倒长城般蜿蜒入耳。我才明白，这个茶楼，茶是陪伴，麻将是主题。

落座、喝水、擦汗、吸烟、吐雾，这时他开口便说："哎呀，我跟你说，受感动在哪呢？我们到吉木乃边境的时候，见到戍边的哈萨克族百姓的时候，到处都有国旗的时候，我眼泪就下来了，他们太爱国了，为他们做什么都应该，都不为过！"眼泪，他说的分明是吉木乃边境的眼泪，出身遥远，早已名珠有主，早已落地，不可能来到这里。可是，这时，我已分不清，他脸上流淌的究竟是汗水还是泪水。

2

来顺别克，汉名：姚来顺，来自吉林省卫生厅，现在阿勒泰地区卫生局主要分管疾病控制和妇幼卫生工作。老家吉林省德惠市，家中排行老八，上有五个亲哥哥、两个亲姐姐。求学期间，他由兄长供养。出身农民，恩并寒门，土厚情深。目前，一个姐姐已经过世。姚家大院，四世同堂，子子孙孙中，除他一支独行远走新疆之外，其他的主要分布在德惠境内，尚有八十六岁高寿的慈母担任家族之长，堪称福惠。亲，我必须使用这个字。亲，用在这里，表明这是一个标准的中国式传统家庭。

来顺别克，是由当地的哈萨克族百姓所赐。赐，我也必须使用这个字。当他幸福地向我讲述命名的过程时，我觉得，唯有此字可担此长途友情之大任。他是这样说的："很快，我在那里有了一个哈萨克族名字，现在，他们也把我当作真正的阿勒泰人了！"我问他："别克，它是什么意思？"他突然欢喜起来："别克，就是帅气、勇敢、英雄的意思，也算是一个美誉吧！"哈萨克族，称男生为别克，称女生为古丽，古丽就是漂亮花朵的意思。

我想，这个美誉，与他的怎么干，一定有着直接的因果关系。这是我的笔不能绕行的，也是我的心必须求索的。当他身边的自然环境、工作环境、时代环境和情感环境突变到极致，唯有沿着这个美誉，寻找那个散落在西域民间的他，才是正道。面对一个浑身正气的人，我也当攒足了正气与他同行。我问他，你的工作内容是什么呢？

我想，谁不做工呢？不工作来这里图什么呢？难道就是为了成全一幅以戈壁为底色的行乐图吗？他又不是靠采集天地灵气得以度日的艺术家。我知道，工作内容，这四个字，可将他内心的雪山悄悄融化，悄悄流淌出来自精神之巅的甘洌。他是慷慨的，三秒钟过去，他的工作内容，便如额尔齐斯河一样泛着绿松石色的河水，哗啦啦覆盖了我身边一切悠闲的世音，生存霎时紧张起来，宛如战场。我听到了一种病：布病。

3

布病，就是布鲁菌病。

早年，我听说过布病。这世上，病的品种太多了，我能记住布病，全是因为我的两个亲妹妹，一个是养羊的，一个是养牛的。一山的羊，半坡的牛，她们早就知道如何预防布病，如何保护自己，如何第一时间把风险降低到零下。我听阿勒泰的一个汉族嫂子说，这里的牧民接生小羊羔，刚下地，就会连着胎衣直接抱在怀里，像抱自己的孩子一样。这个嫂子在牧区工作，她当时，还表演着，把手臂大幅度做搂抱状，并拉开了衣衫。她还十分感慨地说：这就是他们的钱啊！羊羔活下来才能换来更多的钱啊！

凡是来这里工作的内地人，时间久了，都会把自己的表演天赋挖掘到骨缝和眉眼，再木讷的人也会变得神采飞扬。这里以哈萨克族居多，汉族的干部们，与他们沟通起来，在哈萨克语还没有成功入住他们的口腔之前，都要经过用肢体语言代劳这个过程。所以，学习哈萨克语，是他们的必修课。来顺别克目前也正在学习。

把小羊羔抱在怀里，这是多么温馨的画面。但，牧民的胸膛，就是布病的第一张婴儿床。

这是来顺别克对布病的原味描述：凡是牧区多的地方，就很容易有这种传染病，是人与兽同患的传染病，男生得上，说白了没有性能力，这一生可能都是半死不拉活的。女生得上，不孕或是流产，这些后果都很严重。但是，有些老百姓也不知道，不知道怎么防治，剪羊毛、挤奶、接羔等，一系列的劳作都是跟牲畜亲密接触……

与之相对应的，是这种医疗现状，这仍是他的原味描述：阿勒泰，当地太缺医疗卫生人才，自治区挖地区，地区挖县，县挖乡，乡里再也没人可挖，恶性循环。内地，假如没有职业医师证，从医是违法的。但是这里，他也得看病啊！所以，出现医疗事故都是无法解释的。凡是有点医疗水平的都被挖走了。举个例子吧，吉木乃县疾控中心招一名大学生，给了一个九十平方米的房子，落编，这才留住。后来，我开玩笑说，赶紧给这孩子介绍个对象，尽快安家吧！其间，果真介绍了，这回算是稳定了，定居吉木乃了。人都是想往高处走的，并且上面还有人点名要你，你说能不去吗？

还有更闭塞的，这还是他的原味描述：地域太远，人烟太稀，打疫苗，有的地方十分偏远，得骑着马走好几天，免疫规划，难度确实很大。再者，孕妇与婴儿的死亡率还是很高，有的时候，他们还是用老方式接生。还有，一旦牧民得病了，那么远的路途，从乡到县，假如说县医院治不了，地区再治不了，再到乌鲁木齐。阿勒泰到乌鲁木齐将近七百千米，假如病情急一点，没等到地方，人就没了……

说到人没了，我们都沉默了。死亡，丧生于这样的长途，让人心疼心痛心里不甘。这里，草树需要抢救，雪山需要抢救，玉石需要抢救，这里长年鸣响着生态的警钟。

说到阿勒泰到乌鲁木齐，这七百千米路，我是深有感触。我，作为一个东北人，身边的绿色富裕到审美疲劳。这里，见不到黑土，见不到合腰粗的树，仿佛到了另一个星球。

平时，我们仅靠对袖珍地图的纸上丈量、按比例推算，那是无论如何也无法抵达那种辽远的。这种辽远，还有因坏天气的突然扫荡而成倍递增的艰险，还有因见不到人烟而额外附加给人类心灵的高密度恐慌。这种辽远是立体的，是除了前进没有任何补救方案的，是随时可以自动复制而不受人的意志掌控的。新疆采风的最后一程，我们一行人从阿勒泰驾车到乌鲁木齐，一路上，戈壁，天空，阴雨，反复出现，绿色像蝴蝶一样一只只忽地飞过，我仍是捕捉不到一个可以抱守过夜的生灵。直到中午抵达了一个叫火烧山的地方，我们就餐，见到新疆名菜大盘鸡，才算惊魂稍定。一道菜，活色生香，可以将各个角落里与我们藏猫猫的生活气息品味出来，葱花都是喜人的。七百千米，我的想象力比车速还快，我把几生的困苦都设想着自动上路了，我想，所谓的神话，也许，都是如此这般：于极端里缔造高端，高处不胜寒。

来顺别克，援疆期限三年。三年，他要做一件很悲悯的事。

他心里很不甘。

这里，除了布病，还有包虫病，还有贫血，还有许多只需施展常用的医术就可获得新生的常见病。

其实，凡是来这里援疆的人，都有一颗悲悯的心。悲悯是什么？就是将时间压榨，四处采生，于艰难处留情，以电视快镜头的速度，将残缺的民生补贴，让干渴喝饱，让生境更美好。与他交谈，这些语汇，出现的频率最高：造血、把人带过来、短期代教、大型短期巡诊、远程会诊、唤醒设备、逐渐刺激……他必须长期使用它们，才能让阿勒泰地区的大卫生得到大的改善。实际上，这些内地常见的行政术语，当它们安享于医疗水平等同于国际水平的城市时，它们早已以一个长者的模样享受晚年了。可是，当这些术语来到这里，来顺别克要将它们感召重用，用到极致。

4

来顺别克，其实我真的很想问问他：他的工作方式，是否得益于与一条河的深度交流？当年，草原帝国的主宰者们，征战到额尔齐斯河畔时，百般无奈，曾用过水攻战术渡过难关。请注意，额尔齐斯河，它是一条河水向西流。河流就是河的思维，我总是这样想，它之所以成为中国唯一一条注入北冰洋的河，与它的流向息息相关。向西，逆向，来顺别克也是这样开展工作的：向西，把吉林省的卫生人才带过去，让带过去的人，当导师，给阿勒泰培养出一批带不走的医疗卫生队伍。

采访中，我问的每一个问题，都是突击与随机的双双驾临。可他，竟然也能把问题回答成百度名片的标准模样，术语、数字、高度、维度都有。我整理他长达三万字的采访录音，总因这样的回答暗暗叫绝！如此追求完美的人，已经达到了完美自然成的境界。

他说，长枪短炮相结合。

接下来，这些带有枪风炮雨的访谈录，尽管它会损伤一个纯文学文本的艺术性，但我还是想一一罗列出来。我受他的启发，再比喻一次：我们阅读中将要遇到的数字，就是他的子弹呀！我们阅读中将要遇到的没有署名的专家们，就是他的战友呀！

之一：组织吉林省首批 9 家省直医疗卫生单位 24 名专家，赴阿勒泰地区 8 家医疗卫生机构，开展为期 3 个月的短期带教帮扶工作。2015 年增至 42 位专家。

之二：协调吉林大学一院、二院、中日联谊和口腔医院 12 名专家首次在阿勒泰市、布尔津县、哈巴河县和吉木乃县人民医院开展为期 1 个月的大型巡回义诊活动。

之三：大力实施人才培养工程，疾控妇幼全年共举办 7 期业务培训班,共培训业务骨干 395 人次。唤醒设备,建立新科室,以 B 超室起步,填补了 50 多项空白。

之四:首次开通吉林省与阿勒泰受援单位远程会诊平台和实施远程教学工作。积极开展援疆规划外资金和物资帮扶工作,争取吉林省卫生计生委援助资金 30 万元。

……

这些,只是纲要,只是首次,首次之后,是一次次的复制、升级、拓展、丰富。来顺别克说,很多工作,我要是不问,他自己都想不起来了。

他还说,工作思路,多点开花。

说到花,这真是个诗意的表白,让我一下子想起了西域里那些贴着地皮生长的一种常见的野花:点地梅。远望花朵,点点弥漫,好似花毯。没错,来顺别克的工作,也是地毯式的,哪里缺医少药,哪里就有援疆医生。除了多点开花,还有大树:远程会诊系统,就是大树,就是和风东来。还有河流:输血(请进来)、造血(代教),就是河流。

采访中,我的心逐渐适应了跟着他的心一次次落地、揪起、抻长。他说,一按启动球,一颗心就算是放下了,这就开始了,书记们都到场,落地生根,发芽开花,结果啊!他总是把自己的设计涂满健康的自然本色。为开一朵花,他仿佛承受了地球之重。内地,我们常常这样说:开花结果。而在新疆,来顺别克必须加上一长串的前奏,他要这样说:落地生根、发芽开花。落地是重要的,根是重要的,芽是重要的。为了留下高品质的种子,整个植株都离不开人为的呵护,这个过程是艰难的、琐碎的、熬人的、没有退路的。琐碎到一个 B 超室、针灸推拿、治胃病科，这些人体器官常用的家常科室，先前，多是零储备。琐碎到宣传单、画报、微信、短信、广播电视免疫讲座。他说，阿勒泰地区，假如说，发病率、病死率、转诊率、转院率，三年以后我们回来，能降到五个百分点，或是十个百分点，这也是三年不虚此行。还有，当地老百姓的防病意识能提高的话，将是他们最大的欣慰。

采访中，我的耳朵也逐渐适应了来顺别克随时输入的一个个书记、一个个院长、一个个主刀、一个个业务骨干。我很快继承了来顺别克的情感，与这些未曾谋面的身怀绝技之人遥相致敬。这都是他的战友，一直以铁杆粉丝团的力量支持他：想法、资金、两地领导的高度推动、专家的舍利取义……他这样表达这种感情：援友同心，其利断金。金，阿勒泰，本就有金山之意，凡是来这里的人，都自动把自己清空：忘记自己是著名专家，忘记自己是新闻头条人物，忘记自己是领导。都放下了一个小我，以大我的姿态与金山义结金兰，同心同仁，即便是当初单位突然派来的，也于三个月的行医之旅中，一日日顿见真我，最终得以抱守朴素高远的人生价值观，观自在。来顺别克还表达了自己的深度担忧，说了一句很孩子气的话：真心希望三年以后，我们带出来的这些业务骨干，都别被这挖那挖去。他的意思是说，他和他们好不容易栽培出的医苗苗，就跟戈壁上长出的牧草一样珍贵。

他曾把自己的工作，比喻成下棋。

而常常，他是自己与自己下。下得布局合理了，棋盘中的每一个棋子都能发挥重要作用了，这时跳出一个人的纠结，和盘托出，等着点赞，等着棋子变身成人，汇成一个队伍，一步步向着"阿勒泰大卫生全覆盖"铺展。他说，细节决定成败，绞尽脑汁啊！一个月，三个月，一年，三年，安全问题、健康问题、心态问题、心理问题、档期问题、保障问题、接待问题，日日更新的情况、波动、先进事迹，他都要第一时间知道。把心揉碎，希望一小片一小片都能独当一面，都能三百六十度与同仁们永结同情游。

5

一个月前，在阿勒泰，我追着他到会议室的一个靠墙处，向他索要发言稿，这也是我的职业病。同时，我还有一种预感，我将会写他。当时，他脸上的汗珠子正隐隐而出，他高大的身子坐在一张简易的木椅上，需要把脊背弯下，才能显得不那么突出。他已经习惯了汇报完毕就退场，一秒钟也不留恋。我时常出现一种错觉，我今天茶楼门前见到的产自他脸上的汗珠子，一定是那一天的延续。这汗珠子，与那次的汗珠子，我品味到了里面的亲缘关系。当时，他拿出一张 A4 的打印纸，上面写着：妇科孙默勇、最美新疆人李顺兰、光明使者孙永建等。除此之外，还有十几个醒目的"！"，急！危！险！重！最大民生！他这样的断句，让每一个汉字都是千钧之体，都是刻不容缓。最难忘的，他还写到医患关系：家里做客。

而后，他工作，我采风。新风旧风，我都采。

这里，当下，坐落着世界上唯一的一所哈萨克医院，它同时也是世界上唯一的哈萨克族医药医学实践技能考试基地。当然，让这个世界医药学遗产得以妥善传承，这也是来顺别克的工作内容之一。他很像一个导演，他最先拿到手的，也许只是一个策划、一个故事梗概、一个粗线条的大纲。而他，要写出分镜头脚本、写出精彩的台词、还要征募到出色的实力派演员。最后，还得让老百姓叫好。

这是来自阿勒泰的好声音：没有援疆医生不挂号；没有援疆医生不看病；看病只找援疆医生。

阿勒泰，与医有关的，历史上鼎鼎有名的，丘处机来过，耶律楚材来过。一个出世，一个入世。当年，丘处机行程一年有余抵达成吉思汗的汗帐时，成吉思汗正病着，他得的是常见的皇帝病，他也想长生不老。元朝的几代帝王们都把丘处机当神仙敬着。可是，当成吉思汗问到何以长生不老时，丘处机的回答却是这样的：有卫生之道，而无长生之药。耶律楚材，兼备诸葛亮的气质风神，比其更有才华。作为元朝几代帝王的重臣，他也是，以一己之力让草药之香飘荡在连年征战里。

卫生，我从丘处机这里读到了它的词根本义：护卫生命。这两个字，来顺别克用行动把它翻译成今天的白话：重防，轻治，防治结合。他说，要是医院盖得很华丽，人声鼎沸，像个集市一样，来看病的人越多，说明没防好，医院不是经商啊！医院不能以盈利为目的啊！他还说，防，最简单经济的办法就是宣传。宣传，他几乎得了一种职业病，不管什么会议，但凡有机会，总要追补几句。由于我自己曾是电视台记者，这个身份，使我身上也生有一种从未根除的职业病。每到一个陌生的地区，总要收看一下当地的广播电视节目，节目里的信息，可以弥补双脚未能抵达的风情。阿勒泰，我也是如此，下榻的宾馆里，我接连收看了几个地县级频道。的确，有很多的医疗卫生讲座节目，于地产的哈萨克语电视连续剧交叉适时插入，那种讲述，不是轰炸式的以卖药为主，而是缓慢的以阐释病因病情为主，画面朴素，没有煽情音乐，多是原声。

我猜想，假如让来顺别克来撰写节目片头解说词，他一定更胜任。一个视众苦如己苦的人，光是情感，足以行文！

新疆之行，一路，纵是十分困顿，我也没有舍得睡觉，我曾追着一对正在亲吻的宝宝云，追了几十千米，它们光着小腔儿，十分欢赞。我明白，唯有大地空旷，我与天空的对话，才能抵达婴儿的真。我对新疆的石头也是跪拜的，对花草也是，相机里装的都是它们，这样的行为肯定让人耻笑。我知道，再来一次，不知何年何月。我与我脚下的路，前世今生，也一定是个定量，也一定早有安排。生，是无常，生，也是福报，要懂得惜福。这里的每一朵云，都具备医疗消毒作用。睁开刚刚被云朵棉消过毒的双眼，将这空旷、寂寞、孤独、野性、惊艳、飞旋于神话之巅、立志于把生死为史诗陪嫁的海根福地，装进心眼，这样我们的信仰，就再也不怕绝收。

6

来顺别克，是有信仰的。

他的信仰，起步通俗，过程波折，脚踏着骆驼刺，一步一开阔。然，总要修成正果。他说，通过这次援疆之后，就算是圆满了，就算是自己对自己有一个很好的交代了。

圆满，他还不到四十岁，就接近了这个妙境。中国，自东汉以来，有如许的中国人为了这两个字，他们在这个称为西域的地方，拼尽自己的骨血，葬送自己的仕途，愧对妻儿老小：张骞，班超，耿恭，耿秉，耿夔，甘英，梁慬，班勇……还有那些没名没姓的以"丁"相称的战士们更是不计其数，还有那些"以夷制夷"的无辜的百姓们，还有那些流放到新疆的人。他们，也许，骨子里本都住着一颗圆满的心，奈何荣辱总是双双眷顾！来顺别克，逢盛世，发古情，立大志。圆满与完美，是他修身必备，如同饮用水。他对自己是十分苛刻的，有时，苛刻到极点，唯有自己可以降服自己。采访中，他跟我说过一句话：其实，人最难超越的是自己。又说，自己觉得自己很伟大就可以了！

新疆，是修成正果之地。这个，不必细细点数，世人皆知。他，以求道之心援疆。

下面，这是他的原声，在此直播一段——

我："您，出身军人吗？"

他："像军人吗？"

我："很像。"

他："这是愿望。军人是我向往的。小时候，感觉军人可保家卫国，年轻、热血。先说空军，我超高，我185，那时最高只能176。考二炮没考上。我说也挺好，我到卫生系统，这也是没有硝烟的战场。"

我："到汶川，从来就没有怕过吗？"

他："简单地说，都写过遗书的。当时，飞石啊，雨阵啊，你就不能想哪安全了，跟生命就没有关系了，那时才知什么叫'把生命置之度外'，随时都可能死。你要是总想，你就啥也不能干了，所以你就得多做事，假如自己牺牲了，对自己也是一个交代，对得起自己。抗震救灾时候，我想我不用报名肯定能去上。我是首批去的，一瞅当地那情况，那种惨重，容不得你想其他的。职责，不能退缩，国家需要你的时候，你就得上！"

我："遗书都写些什么？"

他："让媳妇照顾好孩子，假如还有抚恤金的话，我说我还有一个老妈，你给她分点。"

……

这次，我能约到来顺别克，他也是刚从德惠老妈那里赶来。他这次回来，是再次组织吉林大学附属医院专家团队赴阿勒泰义诊。自己也说，这次回来，都不敢跟任何朋友说，那样，就看不成老妈了。又哈哈大笑说："这三年也就这样了，还聚啥了？"又很愧疚地说："三年，肯定有缺失的地方，有两样是一辈子也弥补不了的。一是，老妈面前尽孝，缺失了，谁也不能替代我那份啊。二是，咱们的孩子都那么小，父亲的言传身教缺失了。"他说"咱们"，这正是他的情怀：一日援疆，终生战友。在他眼里，我也是他的战友。

一个有信仰的人，可以不计流言，照样留守。可以不计回报，照样富足。可以不计生死，照样万物生。成就他信仰的精神之荫有数枝，隐枝，显枝，枝枝相卫。这里摘取几枝：一枝非常感人，一枝非常风趣，一枝悲欣交集，一枝活色生香。

下面，再直播一段——

我："说说儿子吧！"

他："我儿子当时，他一句话挺感动我的。他两岁时，他在幼儿园里说，我爸爸去'晃荡'的地方去了，他挺自豪。当时，我在地震现场。还有，我们的媳妇太优秀了……"

我："援疆，这么远，老妈同意吗？"

他："我一跟她说这事，她确实不同意，她说你看你孩子这么小，你撇家舍业的，你现在不是挺好吗？你非得去那么远干啥呀？当时，我是报名竞选上的，结果定下来，就我一人去。我得彻底跟老太太解释呀！我把岳父岳母都找来，当说客。完了，我又吓唬她，我说妈呀，我经过组织政审了，政审完了，现在要是不去，违法啊！她也不懂啊，就说，那你得去啊！"

我："我想，一定会有这样的声音传到你们的耳朵里，说你们援疆是为了回来更快地提拔？"

他："假如说，我们是为了这事，它用不上三年啊，我们在家半年就可以解决啊！这都无所谓，很多事，我们说，顺其自然。我们觉得，我们很忙，没时间再想这些事情了。来这里，都变得纯粹了，我们都很珍惜这三年，万里援疆路，一生援疆情，这是我们最大的财富。再者，百姓，一是可爱的，二是不幸的，他们得上病，他们并不知道是怎么得的，回头造成对家庭的伤害，对整个社会的负担也是很重的。"

我："每次回来，给他们带什么回去？"

他："我会带东北的大酱，还有东北的酸菜，周六周日，我们在一起吃吃东北菜，我也很会做……"

7

来顺别克小记，我想，只能叫这个名字，叫小记。因为新疆，只是来顺别克精神领地里的一小片，更多的他，在西藏，在洪水里、在地震里、在非典里……那些只有风知水知的孤独脚步，我因无缘与其同行，我的笔便也无缘书写。采访他，他的气场险些将我化掉。他以慈悲之心，军人的风神，以德惠民，没有辜负生养他的故乡，也没有辜负需要他的异乡。

还记得采访刚刚结束，当他即将起身时，他突然对我说："哎呀，假如今天你不是一个女记者，我肯定会流眼泪的。"我终于明白，他的喉结一次次鼓动的原因了，因为我的女儿曾跟我说过："妈妈，假如你实在忍不住要流眼泪的话，你就使劲往下咽，问题就解决了，"我试过很多次，很管用。我的女儿，跟他的儿子一样大，都是九岁。我知道，这个小记，并不纯粹，里面掺杂了太多的我。但是我要说的是，这里，我不是我，我是东北，我如茶楼里这个慢悠悠的女孩一样，过着茶一样的慢生活，衣食来源丰富，已然淡忘世间还有苦难，正等待一场来自西部的心雨和汗雨将我浇透，让我成长。我一次次插叙到他的故事里，我想把阿勒泰解说得更好，把他解说得更好，以此，向西部致敬，向所有的援疆工作者致敬，向来顺别克致敬。

野人女真胡冬林

定亲

现在，胡冬林的日子过得舒服极了：衣服有人洗了，饭也有人做了，窝藏在帽檐里的动物粪便也没有机会在帽子里过夜了。2018 年 8 月下旬，我被突然邀请参加了他的定亲仪式。其实，我觉得，皆因他很重视这次定亲，才大老远请我去作陪。在我们东北，为喜事作陪是一件很荣耀的事。在我们东北，一个男人遇到终身大事，特别是定亲这等大事，必须请个外人作陪、见证。否则，就是对女方的不重视，就是把婚姻当儿戏，就是没有诚心。作陪的人最好是女性，可以轻松切入女性话题，省得冷场。

他选择我是多么合适啊！

我是女生，一个成了家的女生，一个痴迷植物的女生，一个长白山下出生的女生，一个灵便到可以准确抵达他任何新居的女生。我敢说，没有谁比我更合适。我敢说，这是他待人接物极不儒雅的一生中做得最儒雅的一件事了。当真正的缘分到来，他变得啥啥都低眉乖巧了。我好似闯进了他的洞房。简直不可思议，一个把"写字"硬生生说成"刨字"的大粗人，在自己心仪的女人面前居然变得那么腼腆，还脸红了！我还真是第一次见他因女人而脸红。向来，他的脸都是气红的，红得发紫。刚开始，我以为他又写出新作品了呢，毕竟我们好久都没有他的消息了。我们都很想他啊。结果，一经踏进他的屋，我就明白了：天赐大美给他。嫂夫人很贤惠，对他也很满意……

真好啊！完成任务的我从他那里回来，实在欢喜了好一阵子，直到天大亮了还不舍得从属于他的喜事情境里走出来。我只略微动动嘴皮告诉身边的人，先不要晃动我，先不要和我说话。我的意思是，我要好好整理一下胡冬林的喜事。我的身体之于大自然，有妙用。这个父亲样的人，终于结束了长达37年的独身生活，摘掉野人帽子，放下暴跳如雷，露出星鸦般沙哑柔情的低笑，走向平凡的日常。他会过一种此前从未有过的生活。

此前，他的日子实在太苦了。这种苦，因有动物的自由恋爱、自由合欢、自由争风吃醋而加剧。

他在长白山上，见识最多的就是生灵的求爱、繁衍、养儿育女、为领地角斗。他的文字里，写动物的情爱和飞鸟的情爱，写得最动人。写他与一只星鸦约会最动人。他写母爱富足的熊孩子，总是喜欢用这样一句话：又是一个胖小子。我相信，这句话他也同样用来赞美他的外孙。他生性古板、老套、生猛，爱情观念更老套，笔下的动物和飞鸟的情爱，总是男追女，总是穷追不舍。一个人，得是对爱情多么渴慕，对世俗的饮食男女又是多么绝望才会与一只意外丧夫的寡妇星鸦约会啊！甚至粗渴发誓：半生蹉跎，相见恨晚；若有来世，转投为鸦。

我敢说，写《约会星鸦》的他是没有动机的，那就是他的一个恋爱日志。这世上，众生都有修行，禽畜都是争相投生为人、努力跻身人道、以人道为驿站、再转站寻求更高境界，他却许愿逆袭，愿来世转投为禽。

他说着我父亲常说的土坷垃话。他穿着我父亲常年穿着的黄胶鞋。他站在山里、站在火车站、站在干货铺、站在任何一个地方，甚至站在机场，就是一个老农的模样，根本不像一个作家，戴上眼镜也不像，穿上西装也不像。他大概知道自己的不像，因此，每有公开场合发言，都会弄得他汗流浃背。他磕磕绊绊，紧张到手心都淌汗。讲完了，落座后，把大手向脸上一抡抹把汗，便急切地征问身边的人：我这样讲行不行？这时，他是极不自信的。

我很知道他为什么紧张，因为他亲身体验的大自然，都是与常识相悖的，都是颠覆性的、爆炸性的。他不知道怎么讲述更合适，他测量了听众的接受能力。他更适合答记者问，前提是，这个记者必须真正热爱大自然，且热爱得专业、能跟上他的博物节奏，若是假的，他几句话就给验出来了。说白了，与他对话得备课，他没时间在一问一答中现授科属种。

他的腰从来都不是直的，像拉了一辈子耕犁。他与对他心思的人握手，不管老小，总是双手齐上，像他笔下的抱起食物的五道眉松鼠一样抱起对方的一只手：可爱、笨拙、拉人、有劲儿，震天呼啸，忘记了松开。他骂人，总是从村野山沟里拿来就用，从不拣择。他恨一个人，绝不是直接说出"杀"字，而会手舞足蹈，反复比画，咬牙切齿，眯缝着眼一遍遍诅咒：要是让我再见着这个人，我就这样，"咯嘣"一声，把他的脑袋拧下来！他手里的"拧"干净利索，像拧一只鸡脑袋。他的笑，从来都是带着少许咳声的，就像伴奏，一长串发射的时候，辨识度极高。

总之，他这个人啊，性格还是这么闪电，击中哪里，哪里必须噼里啪啦地火速回应、苍穹满电。否则，就对不起他做人的真：这个野人女真，做事是真较真儿啊。就在今天早上，我向一个叫徐悭的新闻记者打听 2013 年以前的胡冬林。我是故意问的。我知道凡是在长白山管委会文广新局工作过的记者，都有一肚子苦水，而胡冬林的到来，直接把他们的苦水提纯成了胆汁。我说："你采访过胡冬林是吧？"他马上眉头大皱："我跟你说，我以前不知道他这么有名啊，等到他在长白山开作品研讨会了，我才知道他的名气这么大。之前，就是因为熊的事，他可把我们折腾蒙了……"

还债

我可不想再说熊的事。胡冬林替我们人类向长白山的熊还债、向长白山的大自然还债，弄出了一身的病。正如德高望重、被誉为"中国散文教父"的著名文学前辈张守仁所说——

《狐狸的微笑》是冬林蹲守长白山近二十年，用他最宝贵的财富健康换来的金子般的作品，值得文学界重视它、议论它、表彰它。最近十几年，我一直在编一本《世界美文观止》。我发现冬林《狐狸的微笑》里的美文可以进入世界经典动物散文的行列。他的文字可以和美国梭罗的《瓦尔登湖》，法国布封在《自然史》中写马、天鹅的动物散文，英国珍妮·古多尔写利桑敏雅自然保护区里黑猩猩的文章以及俄国屠格涅夫写夜莺、猎狗的名文媲美。不仅可以媲美，他的有些华彩文字甚至超过了梭罗和布封。

张守仁对胡冬林的这些肯定和赞美，我是亲耳聆听，我就在现场。我觉得，这就是胡冬林之于中国文学的价值。目前，获得这种褒奖和肯定的人并不多。

顺便透露一下：胡冬林是很喜欢被表扬的。

还记得 2013 年他的作品研讨会在长白山召开，结束时，他随我们一起回长春。我们坐在同一个大巴上。当时正值鸢尾科的植物花开，车窗外，迷茫的大草甸子里，紫气团团。他显然很激动，腰依旧是不直的，蜷缩在中间右侧靠窗的位子上，眼含湿意。他亲切地喊着坐在前排的《作家》杂志社主编宗仁发，像个撒娇的孩子："小宗小宗，我这回可以了啊，我终于为咱们吉林省写了点字了，你说是吧？"他称写作为写字，向来这么说。这一车的人，岁数都比他小。走到全国也多是如此。他又说："小宗小宗，接下来，我准备找个老伴儿，把这一身的病好好治一治，完了呢，一起上长白山，再多写点字。"他讨老伴儿的样子像是讨要奖品。

胡冬林的写作到底有多苦呢？

我最清楚了。

长白山脉，由于针叶的松科植物密集，每年，在大暑到来之前，这里到处都是蜱虫。它几乎与早春钻出地面的低矮植物同时出现的。蜱虫到底有多厉害呢？它最擅长驾驭风，我曾多次亲眼见它可以骑风在空中飞行，眨眼间就是半里地。因此，即便阔叶林，蜱虫也是很多。我春天蹲在矮灌木丛中拍摄，它能接连爬到我的眼皮上。可它比七星瓢虫还小，并不容易被发现，往往发现时已被它叮咬到肌肉里了。

还有一件事可以说明它的毒性之快：当临近中国边界的俄罗斯人被蜱虫叮咬了，会用直升机以最快的速度把人空降到牡丹江市林业中心医院进行救治。俄罗斯疆域辽阔，回到本国的医院治疗，在抢救时间上是来不及的。即便幼蜱，毒性不大，也会长达十几年在伤口处以各种瘙痒提示森林的恐怖。我们东北，凡是常年劳作、与山林经常打交道的人都要定期注射森林脑炎疫苗，而这也仅仅是保命之计。蜱虫留给人的后遗症，最轻的就像脑出血患者的后遗症，我们东北人叫"走路拐筐"。在东北，只要接近原始森林，蜱虫必然密集。我每次上山回家，都要搜身，一寸一寸地排查身上是否粘有蜱虫。我想，这个过程，粗枝大叶的胡冬林定是没有的。

胡冬林体验的窝棚、地窖子究竟有多恶劣呢？可以用睡帐篷来对比。长白山保护站的人说：睡帐篷，必须侧着身子睡，要不凉气一上身，全身就疼得起不来。大雪封山后，在野外也尽量不要吃雪，太阳出来，人脚印里的雪融化得最快，可以喝里面的水。而胡冬林不擅长喝酒，驱寒就少了重要武器。

可对于胡冬林来说，世间最厉害的病是什么呢？即：可以注入基因、变成基因遗传的病。

它的后果是什么呢？

他没时间回答我们。他实在需要一个助手。

我代为传达一下吧：请大家去琢磨造型千奇百怪的植物就知道了；请大家问问遭受过大地震、大洪水而侥幸存活的人的内心就知道了。万物的进化，根本不是慢悠悠、很舒适的过程，其实都是遭受暴力、基因突变的累积。达尔文的进化论堆砌的都是动植物遭受突然袭击时含恨适应、恨之入骨、永不消除的记忆。爱无罪无色，爱像菩萨的光芒照拂。胡冬林对长白山生灵的爱，就是减少长白山生灵对人类的恨，就是阻止一种恨基因在动植物体内蔓延、传宗。因此，当我读到他对物种基因何以形成的解释时，我觉得他真是悟得透透的：人类是野生动物的最终消灭者和奴役者。只要人类导致一个动物物种在自然界中的对手或天敌灭绝，自己取而代之，或者在自觉或不自觉中成为一个顶级动物物种如熊、虎、豹、鹰等物种的捕杀者，那么，人类会被这一物种认定为最大的敌人。这个结论将被刻印在动物的遗传密码中并一代一代传下去。

然而，宇宙的因果律，胡冬林就是再长出一百张嘴也说不清楚。他真的没有那个时间。我敢说，就是他对物种基因密码的解释，这世上百分之九十九的人会认为他在胡说。这是没有五百年便拿不出证据的事。然而，这却是一个人长期与大自然亲密接触可以感知的事。这种感知的前提，需拿出真心对待大自然。这种感知，可以从一百多年前一位印第安酋长给美国总统的一封信中获得通感：我们知道人类属于大地，而大地不属于人类。世界上的万物都是互相关联的，就像血液把我们身体的各个部分联结在一起一样。生命之网并非人类所编织。人类所做的一切，最终会影响到这个网络，也影响到人类本身。

这个酋长可以说是胡冬林的知音。很多人都疑惑，胡冬林那本散文集为什么叫《狐狸的微笑》呢？他总是不解释。我替他解释下吧：回到大自然的家谱里，胡指的就是狐。这是大自然的宗教，早被迷信追捕，他只能像逃犯一样，累死累活，到处救火。把手当脚，把脚又当手，把吐沫星子当灭火器里的干粉。他喉咙喊哑了，得到的仍是各路伪保护者的骂声一片。他的博客上，至今还昂然挺立着诸多匿名留言，更像恐吓：这是在炫耀你的丰功伟绩吗？你这是在想方设法帮自己出名，你不用知道我是谁，知道也无所谓，我只是想说，人没有私心那是神，自己好好想想吧！而胡冬林是单纯的，当一个人明暗发出正反两种声音，他不会听弦外之音，他把伪保护者的虚情假意和临危自保当成是悔自心中来。

胡冬林激进吗？

其实，长白山真的应该再次封山了，已是迫在眉睫。

今年八月份，我选择于生态较好、野性尚存的西坡登山，我见珍贵的长白红景天稀少得可怜，我见许多扯着艳丽围巾拍照的大妈们"扑通"一声倒在正值花期的大白花地榆上摆拍起没完，游客蚂蚁一样多，工作人员根本制止不住。阶梯两侧，凡是人能够得着的地方，高山龙胆便一棵不剩。在长白山锦江大峡谷，一个操着南方口音的中年妇女正在挖掘七筋姑，她可能把七筋姑当成兰花了。再过不远处，就见一只五道眉松鼠正抱着一粒七筋姑的种子在午餐。胡冬林天天看见人类这样掠夺、造害，他又怎能不生气、不急火攻心？人们争相为五道眉松鼠拍照，谁注意过它手里的食品？

谁像胡冬林这样研究过长白山生灵的食物链？他捻开动物的粪便闻了再闻，就像一个负责任的自然法医。更没有人在意，浑浊的人味也会干扰天然林的磁场。既是圣境，就交给心中的神圣去居住好了，人又何必占有太多！对大自然的挤兑，就是对人类自己的挤兑。胡冬林最想表达的是这个思想。然而，这种反作用力，他没有时间解说，他只能用一个个血腥的现实暂时唤醒人们的同情心，为血淋淋的大自然止痛，再用一堂漫长的《蘑菇课》点拨人类怎样保养大自然。可谁能放下这条利益链转而求其次？官员有官员的难处，大自然有大自然的难处，百姓有百姓的难处。

夜行

我最知道中国的自然文学写作有多难。更别提生态文学写作了。一个简单的例子，当我用专业的科属种对植物进行写作，我总要磨破嘴皮子解释：欧洲千里光，并不是我到了欧洲，这仅仅是它的学名。可是，对自然的敬畏也告诉我，必须诚实写作、准确写作、负责任写作。浅薄的将就必将推倒重来，一切的瞒天过海都抵不过一种微小植物对花期的忠诚。人不能揭发的谬误，大自然却可以一年一审讯。

我觉得，胡冬林之所以坚持自己又苦又不讨好的写作方式，同样是因内心这份谦卑、谨慎的坚守：当一个人与大自然交往过多，渐渐成了至亲，是万万不敢在笔下撒谎的。甚至新作开笔之时，是要向大自然汇报的。甚至写什么，也得大自然应允了才可以写的。大自然也有隐私权，有很多是不能写的。更因他每天步之所至、目之所及，都是它们，假如长期胡乱编派它们，良心又怎么过得去呢！

还因他获得了太多月光的洗礼，常常被大自然感染得热泪盈眶。

读他，会发现，他常常夜晚出动，常常是子夜到凌晨两点还没有入睡，他和他笔下的生灵保持着同样的作息，他的胆子比猎人还大。他曾是资深记者，最懂得纪录片的前期储备。他到山野荒沟里去听鸟叫，与它们一起过夜，这无疑最损坏他的健康，也无疑让他的文字充满了珍贵的夜色。而常常，他都要热泪盈眶，顶着一张大花脸回到自己的灶冷锅清。饥肠辘辘，却再也没有力气做出一碗粥，这一刻，多么幻灭！我觉得，这就是胡冬林笔下常说的孤独的来源。说实话，以前，在我没有夜里山行的行为时，我读不懂他偶尔忍不住倾泻到文字里的"热泪盈眶"。当我因某一种植物需夜间观察而有了与他同样的行为后，再读他，会在他的泪点处突然洒泪。

我觉得，胡冬林承受了太多太多人们对大自然的误解和不解。这导致他知音稀少，读者飘忽。我敢说，他写的鸟，那些千奇百怪的学名，那些让人消化起来就艰难的专业术语，没有人会全部发音准确。这让他焦躁、愤懑、嘴角起泡。他只以笔作战，是远远不够的，他需要一个部队，帮他注释、营销、传播。我早年就听到有人这样议论：他那是作秀，这样写作的人实在太笨。说实话，一个人写植物和研究植物都是容易有读者的，毕竟，植物多数都开花，这世上没有人会拒绝花开。毕竟，植物是安静的，不怎么会走动的，只要逮到了花期，就不愁结不出果子。

可是，看看胡冬林的笔下，他好像特别喜欢横空出世的物件，特别喜欢隐秘的夜间出动的物件，特别喜欢成日抓不着影的物件，特别喜欢庞然大物。还特别喜欢潜入水底的、攀岩爬树的、生计艰难的、傻乎乎的、弱势的。他喜欢动态的一切、朴素的一切。比起皮毛华美的东北虎，他更赞美接地气的臭烘烘的野猪。他是有预谋的，却不是件件都有胜算的。因为大自然并不听他指挥。当一个物种在他的山林笔记里只出现了一次，就意味着一篇文章的报废。而为了这个报废的结局，他同样也要等上数年。

我觉得，中国的生态文学写作，当向胡冬林学习。他之前，中国没有纯粹意义的生态文学写作。很多都是掺了假的、隔靴搔痒的、不彻底的。我觉得，不管小说，还是散文，在写动物、写鸟类、写植物时，是不可以违背自然规律进行虚构的，肆意虚构的危害实在太大。比如，当这本书向孩子大量推介时，孩子们会认为大自然就是那样的。更何况，现在很多书借着全民阅读的通道直接对准了学校里没有任何自然常识、也没有机会接触大自然的孩子。一个事实是：凡是自然与生态文学写作者，还肩负着向读者传播准确的博物知识的重任。而读者，也几乎这样默认了。

因此，凡是读了胡冬林的书的孩子，真是此生之大幸。他的文笔是自然流畅的，孩子阅读是没有任何障碍的。我建议所有的孩子去读胡冬林的书。他的文字是最准确的、最诚实的、最较真儿的。

这是《野猪王》里的后记：这部小说即将面世，最先要感谢好兄弟孙喜彦。2005年秋与他在长白山相识，终于找到一座富矿。别的不提，单单围绕这部小说，我向他提出不下300个问题，而且越来越难，他总是对答如流（记得我有一次就在纸上列出87问），尤其第三章"天阁现身"中的"金角鹿"一节，几乎是在与他的一问一答中完成的。两年来，他介绍过去的狩猎师傅和伙伴给我讲故事，安排我在大山里养蛙人的土房居住体验山林生活，带我上山在野猪拱过的林地查找小树苗，带我寻找昔日熊冬眠过的仓子和猎人住过的地窖子，找来各种猎具实物给我看，带我找寻长白山部女真讷殷部的遗址；有时唠到深夜，就把父母住的热炕头让我住，总之没有他的热情相助，这部作品绝没有今天的模样。

这里，我需要补充的是，胡冬林的小说千万别当小说来读，他更多地运用了电视制作的剪辑手法。他最终的目的是要忠于大自然。他在准确写作、非虚构、强大的博物观照的基础上，锤炼出小说的质感，这对任何一个作家来说都是难度极大的。他渴望得到认同，而直到有作品发表或出版，他才会神经放松。这个后记，我前后数了下，他直接点名道姓感谢了40人，还间接感谢了他的江湖：狩猎师傅、猎帮兄弟、民俗和方物学者、爱鸟人士、萨满专家、菌类专家、动物专家等散落在民间的野生高手。我知道，他更多的是在代表大自然发出感恩之言。
他就是这样的人。

评论家雷达早就说过：胡冬林的写作是大于文学的。

最后，我推荐大家观看由胡冬林编剧的动画片《昆虫联盟》。
我相信，大家会像我一样发出赞叹：这个可爱的山里人，这个
不知道心疼自己的山里人，这个把山神爷的饭桌当写字台的山
里人，这个一丝不苟坚守着野人女真远古基因的山里人，还可
以是中国的宫崎骏啊。我还要拿着延胡索的蓝问问他：可否与
尔心中蓝豆娘的蓝同为世间自然蓝之绝色？